U0896499

梦中秀丽 小说集

领略时代的变迁与人性的光辉　探寻被岁月尘封的美好与感动

欧阳斌 著

UNITY PRESS 团结出版社

图书在版编目（CIP）数据

梦中秀丽 / 欧阳斌著. -- 北京 : 团结出版社,
2025. 9. -- ISBN 978-7-5234-1889-5
Ⅰ. I247.7
中国国家版本馆CIP数据核字第2025HK9385号

出　　版：团结出版社
（北京市东城区东皇城根南街84号　邮编：100006）
电　　话：（010）65228880　65244790
网　　址：http://www.tjpress.com
E-mail：65244790@163.com
经　　销：全国新华书店
印　　刷：长沙市精宏印务有限公司
装　　订：长沙市精宏印务有限公司

开　　本：170毫米×240毫米　　1/16
印　　张：18.5
字　　数：260千
版　　次：2025年9月第1版
印　　次：2025年9月第1次印刷

ISBN：978-7-5234-1889-5
定　　价：89.00元

自序：我和我的《梦中秀丽》

在人的一生中，总有一些记忆深深扎根于心底，难以磨灭。对我而言，秀丽山便是这样一处特殊的存在。

秀丽山坐落于现今衡阳市蒸湘区雨母山镇，紧邻雨母山，海拔不过两百米。当我最初与秀丽山结缘时，它还隶属于衡阳市衡南县东阳乡的东阳村。雨母山，因“母”字而添几分温柔，秀丽山如同依偎在其旁的孩子，远望去，两者相依相偎的模样令人动容。而我，也曾如同那紧紧依偎着秀丽山的孩子，在它的怀抱里度过了许多难忘时光。

我与秀丽山结缘，始于1975年的冬天。那时，我还未满十岁，却遭遇了人生中最沉重的打击——永远失去了我亲爱的母亲。失母之痛，宛如一道无法愈合的伤口，深深地烙印在我心中。尽管当时我年纪尚小，但那份刻骨铭心的痛苦，至今仍历历在目。我记得自己当时哭得声嘶力竭，即便喉咙完全发不出声音，却依旧停不下来。在母亲离去后不久，我便随着父亲来到了秀丽山，从此开启了我与秀丽山长达十多年的相伴岁月。

那时，衡南县商业局在秀丽山开办了一个养殖场——东阳鸡场。父亲在东阳鸡场先后做过食堂管理员、仓库保管员、养殖员等工作。父亲为人勤劳善良，古道热肠，爱打抱不平，他的侠义心肠使他在东阳鸡场乃至周边村庄都颇有人缘，结识了不少挚友。那时，东阳鸡场有七八十名员工，其中约一半是从长沙下放过来的知识青年，一小部分来自衡阳本地，还有一些是当地农民以及临时聘请来做工的。俗话说，“有人的地方就有江湖”，东阳鸡场虽规模不大，人员来源却颇为复杂，磕磕碰碰在所难免，不同区域的人之间时常产生矛盾，甚至爆发激烈冲突。这些经历，都被我看在眼里，记在心上，成为了我日后文学创作的宝贵素材。像贺师傅、罗大安、刘一江、程小刚、李伟民、陈巧红、朱晓珍、唐兰等，他们在现实生活中都有各自的原型。

初到东阳鸡场时，我还是个不到十岁的孩童。在鸡场生活的日子里，我自然也渴望能找到年龄相仿的伙伴。幸运的是，我真的结识了一些好友。我的小说中，阿莲、黄勇、小凤等角色皆有其现实原型，只是在创作时，我隐去了他们的真实姓名。当然，明眼的读者很容易看出，书中的阳小兵其实就是我的化身。他与阿莲之间那份朦朦胧胧、难以言表的情感，正是我年少时亲身经历过的。他在那个时期所拥有的烦恼、羞涩、渴望以及单纯，也完完全全是我的心境写照。正因如此，我才称这部小说为“一部中国式少年维特之烦恼”。

在这部小说中，读者还会看到我与父亲之间的冲突。这种冲突最为激烈的爆发点，在于书中主人公阳小兵失偶的父亲试图娶乡卫生院的医师胡芸秀为继室，而我先后两次坚决反对，让“我父亲”陷入了极为尴尬的境地。在此，我想坦诚地告诉读者朋友们：这种冲突在现实中，我与父亲之间也真实发生过。这是我一生中最大的憾事，现在每每回想起来，都追悔莫及。

后来，我与爱人结婚，婚后便定居在我当时的工作地——南岳区。不久之后，父亲也搬来与我们一同生活。1995年，父亲因病离世，永远地离开了我们。1997年，我和爱人工作调动，来到了长沙，自此在长沙扎根。无论工作地点如何变迁，身处何方，秀丽山始终是我心中的牵挂，那里的山水、那里的人和事，永远令我难以忘怀。

出于对秀丽山深深的怀念，2001年初，我特意重返秀丽山。那时，距离我离开秀丽山不过十多年，然而秀丽山却已面目全非。鸡场早已停止运营，衡南县商业局将其转让给了衡阳市钢管厂，可钢管厂并未对其加以利用。满山的梓树被砍伐得七零八落，一些鸡舍也已坍塌。我在鸡场徘徊了两圈，除了遇到一位看守场子的罗姓老员工外，再未见到其他人。走在秀丽山，我仿若置身梦中，若不是见到老罗，我几乎要怀疑东阳鸡场是否真的存在过。那次归来后，一个念头在我心中悄然萌生——我应当写些关于秀丽山的文字，这不仅是对秀丽山的怀念，对父亲的追思，也是对我少年时代的深情回望，更是对那个特定时代的铭记。但采用何种方式来表达这份情感呢？我考虑过诗歌、散文，最终，我决定以带有自传色彩却又并非纯粹自传的长篇小说形式来呈现。那时，我的工作颇为繁忙，然而不知从何处涌来一股力量，促使我每天下班后便全身心投入写作，有时一个晚上竟能写出几千字。在小说中，我采用主人公阳小兵第一人称的叙述视角，直接引用了一些我在秀丽山的亲身经历，同时也根据小说创作的特点和需求，构思了一些人物和情节。小说中的“阳小兵”可以说是我，但又不完全等同于我；小说中的“我父亲”可以说是我的父亲，但也并非完全照搬现实。由于描写的是我熟悉的秀丽山，熟悉的人物和场景，写作过程十分顺畅，仅仅利用了几个月的业余时间，我便完成了这部13万多字的小说初稿。初稿完成后，我并未急于出版，而是将其搁置一旁。

未曾想，这一放便是二十多年。自南岳调到长沙后，我辗转于湖南省旅游集团公司、湖南省旅游局、永州市双牌县委、湖南省纪委、张家界市政府、张家界市政协等多个单位和岗位，如今又回到了湖南省文化和旅游厅工作。我的年龄也从当初调到长沙时的32岁，增长至59岁，即将步入花甲之年。六十年一甲子，这是生命的一个重要轮回。在时光的流转中，我无法再回到童年和少年时代，但我可以对那段岁月进行总结与回顾。而且，随着年龄渐长，家族中的长辈们都说我越来越像当年的父亲，而我也越发怀念和感恩父亲。那么，怎样才是对父亲最好的怀念与感恩呢？我想到了自己创作的《梦中秀丽》，想到了将这部作品正式出版。我并不奢望这部小说能够引起轰动或者畅销，只是希望读到它的人，能够感受到我对父亲的爱与悔恨、感恩与怀念；能够知晓，我今日所取得的点滴成绩，背后离不开平凡而伟大的父亲的默默支撑。同时，出版这部小说，也是对我自己六十年人生的一次深刻总结。

整理《梦中秀丽》并未花费我太多时间。在整理的过程中，我又回想起自己曾经创作的其他一些中短篇小说，稍作整理后，竟发现有十篇之多，包括《美狐》《牛葬》《男人的约会》《两个女人一粒沙》《朋友》《虚幻之恋》《第九十七号"俘虏"是莉莉》《其实那夜没有鼠》《怀念小黑》等。在此，我想着重介绍一下《美狐》。1983年，我中专毕业后，第一份工作是在衡南县茅市供销社。茅市是衡南县的一个偏远小镇，镇上有一条不知名的小河蜿蜒而过，临河而建的房子鳞次栉比，颇具古色古香的韵味。在茅市供销社，我先后做过人秘股干事、批发部收款员和业务股业务员。茅市镇虽然地处偏远，但相较于周边乡村，却是物流与人流的集散地。镇上每三天有一次赶集日，每逢此时，街道两旁摆满了各种货物，人群熙熙攘攘，拥挤不堪。人们既是热闹的旁观者，也是热闹的创造者。每逢赶集，我也喜欢置身于拥挤的人群中，去感受小镇独特的民风民俗、文化氛围以及丰富的物产。正是在这样的观察与体验中，热爱文学的我积累了大量的文学素材。有些素材，我在茅市镇工作时便开始创作成文字；有些则需要我慢慢品味、沉淀，陆续写成文章。读者看到的《美狐》这篇短篇小说，便是取材于我在茅市镇亲眼所见或听闻的几个真实故事，经过我的加工与梳理，形成了小说的基本文稿。小说中的梅静、张小阳、苗婆婆、刘伟、周大华、孙永富、汪中强、林志明、郭凯敏、于非、刘强等人物，都能在我在茅市镇的经历中找到原型。倘若没有这些真实人物的存在，便不会有我小说中的人物塑造。尤其是梅静，这个美丽动人、青春洋溢却又饱受生活磨难的女子，她的经历和故事，大部分都是我在茅市镇亲眼目睹或亲耳听闻的。梅静原本是一名对生活和爱情充满憧憬的小学老师，然而却遭遇了诸多坎坷与欺骗，最终变得癫狂，时常赤身裸体地行走在大街上，被人们称作“狐狸精”。每一次，当梅静以这样的姿态出现在众人面前，承受着众人异样的目光时，她的内心实则在滴血。梅静的遭遇极为罕见，令人深感同情。我在茅市工作时，便开始构思创作这部小说。虽然《美狐》完成时我已离开茅市镇，但我依旧感恩茅市镇，感恩在我初入职场的日子里与茅市那些形形色色的人物相遇。他们仿佛自然而然地走进了我的小说，而非我刻意将他们写入其中。

《牛葬》这部小说同样创作于我在茅市工作期间，其题材来源于我听闻的一些故事。小说的情节很简单，讲述的是老人阿土与他的老牛达达相依为命的故事。阿土35岁才成家，妻子生下聋哑女儿哑妹后不久便离世了。哑妹成年后，被小伙子张小三带走。从此，阿土便与达达相互陪伴。阿土日渐衰老，达达也垂垂老矣。有一次耕地时，阿土因心急打了达达。此后，达达生病，阿土满心愧疚，以为是自己的打骂所致。不久，达达死去，阿土按照人的丧葬习俗将达达安葬。然而，达达下葬后，尸体却被盗走。阿土更加自责，很快也病倒了，不久后便追随老牛达达而去，牛葬最终变成了人葬，这便是《牛葬》的故事梗概。我创作这篇小说，旨在向人们展现，即便在科学技术高度发达的今天，仍有像阿土这样对世界、对万物怀有最朴素情感的人。

我在茅市镇仅仅工作了三年多，便调到了衡阳市南岳区，在那里一待就是十二年。南岳区给予我最多的，是佛、道、儒三种文化的熏陶与滋养。在这段时间里，我创作的小说相对较少，诗歌和散文则更为多见。1997年，我从南岳区调到湖南省旅游局工作。从县级旅游区来到省城，我面临诸多不适应，总感觉难以融入省城的生活。于是，调入长沙工作后，我将更多的精力和业余时间投入到写作中。那段时间，我迎来了创作的又一个高峰期，长篇小说《东奔西走》《针尖上的蔷薇》《梦中秀丽》均创作于此时。编入这部中短篇小说集中的《男人的约会》《两个女人一粒沙》《朋友》《第九十七号“俘虏”是莉莉》《其实那夜没有鼠》《虚幻之恋》《怀念小黑》等小说，也大多创作于我从南岳调到长沙后的十年左右。这些作品，我当时统称为“新都市小说”，着重刻画人们在都市生活与工作中的焦虑和困惑。比如，在《男人的约会》中，我通过甲乙丙三个来自不同领域的男人，展现他们在都市中的欲望、竞争、焦虑、惶恐与无助，以此揭示都市人的内心纠结；《两个女人一粒沙》则通过一个男人眼睛进沙化脓后，妻子与情人截然不同的态度，烘托出真爱的珍贵，体现都市人在情爱方面的困惑与挣扎。在《朋友》这部小说里，我讲述了这样一个故事：大林与小伟是铁哥们，大林在省城工作，小伟在市级城市工作。大林结识了姑娘琴，二人情投意合，谈婚论嫁之际，大林公派去英国进修一年。大林走后，小伟来到省城工作，为排解寂寞，在网上结识了姑娘芸，二人很快在现实中走到一起。然而，他们万万没想到，芸就是琴，小伟的网名杰也被琴知晓。当大林归来，三人面对面时，琴羞愧难当，悄然离开这座城市；小伟面对大林，满心愧疚，甚至砍掉自己一节手指。这个网恋故事的结局虽残酷，却发人深省，根源就在于小伟和琴内心难以抑制的欲望。同样以网恋为题材的《虚幻之恋》，讲述了年过半百的孙处长内心空虚，化名“白马王子”上网寻求刺激，却被同事以“埃及艳后”之名戏弄的故事。故事诙谐幽默，却也能引发读者诸多思考。《第九十七号“俘虏”是莉莉》和《其实那夜没有鼠》则讲述了两个中年男人不同的情感走向。《其实那夜没有鼠》中的孙志刚，与妻子肖琳的婚姻名存实亡，但为了女儿，他一直坚守底线。年轻同事吴敏对孙志刚心生爱慕，出差时试图引诱他，孙志刚最终坚守住了原则。吴敏离开后，在生命的尽头，给孙志刚留下“其实那夜没有鼠”几个字，让孙志刚悔恨不已。《怀念小黑》是我以散文体创作的一篇探索性小说。小黑是我在衡南县东阳鸡场时养的一条小狗，陪伴我多年。然而，我却听信了鸡场周边村民的话，亲手将小黑送给他，最终小黑被打死吃掉。这件事成为我心中的一道阴影，我深感愧疚。通过散文体小说的形式将小黑的故事写出来，对我而言也是一种心灵的救赎。我创作的中短篇小说数量不多，大多是在40岁左右完成的。在那个时期，写作于我而言仿佛成了一种瘾，我不停地创作，写完后便将作品锁在柜子里，从未想过发表。直到决定出版这部中短篇小说集时，它们大多已在柜子里尘封了20年以上。我并非专业作家，更称不上大家，之所以留下这些所谓的中短篇小说，是因为小说中的情节和人物时常在我心中翻涌，让我无法抑制创作的冲动，于是便将它们记录了下来。

生活是文学创作的源泉。在此，我要感恩我的父亲、母亲，他们赋予我生命，塑造了我的品格；感恩我的妻子，她用温柔、善良和勤劳，以及无私的爱，默默支持着我；感恩我所有的亲人和朋友，他们是我前行路上的强大动力。

走过六十年的人生历程，回首往昔，我心中留下的更多是美好、幸福、平静与怀念。感恩秀丽山，感恩雨母山下那座小小的山峰。如今，或许鲜有人再提及那座小山峰，更少有人知晓小山峰下曾经的东阳鸡场，但我永远不会忘记秀丽山，不会忘记与它紧密相连的那些岁月，那是我人生中最难以忘怀的童年与少年时光。

感恩茅市，感恩南岳，感恩长沙，感恩永州，感恩张家界；感恩我生命中的所有遇见。一切过往，皆为序章；一切过往，也都是珍贵的回忆。

我的小说必定存在诸多不足之处，期待各位读者和专家能够不吝赐教，提出宝贵的批评和建议。同时，我也在此郑重声明：文学源于生活又高于生活，我的小说人物虽有生活原型，可能带有身边某些人的影子，但并非对某人某事的真实写照。恳请大家阅读时切勿对号入座，若有雷同，纯属巧合，一笑而过即可。

梦中秀丽，梦中，我的童年与少年，我的难以忘怀的人生记忆。

欧阳斌

2025年3月5日于长沙

目录
Contents

小说内容虚构，若有雷同，纯属巧合！

梦中秀丽

一部写给父亲和母亲的思念录

一部中国式的“少年维特之烦恼”

一部对过往岁月的深切怀念

——作者

一

“到了。”

这是二十年前的那个下午，父亲站在罗家大屋南侧凹凸不平的公路上，指着隔垅相望的秀丽山，吐出的两个字。

那天的准确时间是1974年农历腊月二十七日，离春节还有三天。

那天，站在父亲身边的，除了9岁的我和7岁的妹妹，还有我故乡那个村里的秘书周天明、我小姑父唐冬生。父亲穿着一件洗得发白的蓝中山装，我穿着一件袖口破了几个洞的黄军布衣，妹妹穿着一件红色碎花上衣、灰色裤子，头上胡乱扎着两个小麻花辫。周天明攥着一把破旧的弯把伞，小姑父唐冬生挑着一担旧箩筐，里面装着碗筷、旧衣裳——这就是我们去秀丽山安顿的全部家当。

那天，父亲说这话时，已随我们坐了两小时汽车，又走了十来里山路。父亲一路上很少说话。此刻，他手指对面圆形小山，语气里有即将抵达目的地的释然，却也难掩无穷的辛酸与无奈。虽然家什压在小姑父肩头，但父亲知道，自己肩上的担子远比这沉重得多。

在此之前七天，父亲失去了他心爱的妻子，我失去了慈祥的母亲。母亲的死，至今仍让我感到迷雾重重。

母亲是七天前的那个早晨离世的，先一天下午，母亲还和往常一样参加集体劳作，收工后又去菜地忙活。回来时天快黑了，她说脑袋不舒服，去乡卫生所买了点药，吃了就睡下了。那时父亲在一百多里的秀丽山养殖场工作，根本不知道母亲病了。晚餐是七十多岁的爷爷做的，饭后我和妹妹照旧一左一右陪着母亲睡。

第二天一早，年幼的我们没顾上生病的母亲，我去放牛，妹妹找小伙伴玩耍。放完牛，我又拿着小木枪在台阶上捣鼓。母亲身体好时，包揽了全部家务。她做的饭，无论什么米都香气四溢；她腌的酸萝卜条，微辣带酸，总能让我馋得流口水。后来几十年，我走南闯北，尝过各地的酸萝卜条，却总觉得差了母亲做的那股味儿。

爷爷做好饭，要我去叫母亲起床。我连喊几声，没有回应。推了推母亲肩膀，还是没反应；拉她的手，冰凉冰凉的；摸她的脸，更是冷得刺骨。我察觉不对劲，跑去告诉爷爷。爷爷骂骂咧咧地过来，试了试，脸色骤变：“快……快去喊人，你娘不对劲，可能出大事了。”

很快，乡亲们围了过来，乡卫生院的医生也赶到了。一位医生摸了摸母亲的脉搏，探了探她的鼻息，转身面色凝重地说：“人已经去了。”

晴天霹雳！9岁的我听懂了这句话。“娘……娘……我要我娘……”我和妹妹哭喊起来，爷爷也哭喊着母亲的名字，围观的乡亲们跟着落泪，母亲的卧房成了泪海。母亲才三十七岁啊！

父亲从五十里外的养殖场赶回来，姐姐也从三百里外的株洲赶回来。

我永远忘不了父亲回来时的样子，他还没进屋，撕心裂肺的哭声就传了进来。进屋后，原本被乡亲架着、几乎没了力气的父亲，看到母亲的遗体，不知哪来的劲儿，挣脱开，扑到床边：“春桃呀，我的春桃呀，我对不起你……”捶打胸口的“咚咚”声，至今萦绕在我耳边。

姐姐哭喊着扑到母亲面前，突然昏迷。几个月前，为减轻家里负担，母亲送姐姐去株洲叔叔家念书，母女俩还依依惜别，没想到竟成永诀。

母亲出殡那天，我的喉咙都哭哑了。棺椁下葬时，我抱着不肯松手，哭喊着："我要我娘……"可再怎么哭喊，母亲还是走了，再也回不来了。

关于母亲的死因，说法不一。有人说脑溢血，有人说急性胰腺炎，还有人怀疑卫生院开错了药。乡亲们提议请法医鉴定，父亲却拒绝了，他说："人已经走了，再追究也唤不回她，别让她再挨刀了。"

母亲在时，父亲在外工作，家里有母亲操持。母亲一走，家庭重担全压在了父亲身上。他和叔叔商量后，决定让爷爷、姐姐去株洲生活，自己则带着我和妹妹去秀丽山养殖场。

听到父亲说"到了"，我虽还沉浸在丧母之痛中，却也生出一丝新鲜与好奇。我知道，从这一刻起，我的命运将与眼前这座小山紧紧相连。

秀丽山海拔不过两百来米，树木葱郁，几排红砖瓦房若隐若现。三面是田垅，西边隔着小山坳与雨母山相连，远看像海中孤岛。山脚下围着围墙，墙内是红砖房，房前矗立着高高的水塔。

父亲说："反正马上就到了，我们再歇一会吧。"说着，给周天明和唐冬生递上烟——他平时不抽烟，那天却特意带着。周天明一边抽烟一边劝："老阳，春桃走了，人死不能复生，见了领导别太伤心。你还有三个孩子要照顾，得坚强点。"

"唉，我命苦啊……"父亲喃喃着，泪水又流了下来。妹妹见状也哭了，我替她擦了擦眼泪，自己的眼眶也湿了。

夜幕渐浓，孤独感突然袭来。就在这时，一个黑影从养殖场飞奔而来，是条浑身乌黑的狗。"黑虎。"父亲叫着它，止住眼泪，抱了抱它。黑虎又挨个和我们亲热，我也迎上去抱住它，像是交到了新朋友。

就这样，黑虎在前引路，我们一行人踩着夜色，朝秀丽山走去。

我不知道这座山会给我留下怎样的回忆，那圈围墙又将围住怎样的岁月。我深一脚浅一脚地走着，走向未知的未来。

二

父亲的住房在秀丽山北侧围墙边的一栋红砖平房里。平房约莫二十来间，东头是养殖场的职工食堂，西头是厕所，父亲住房和厕所之间隔着两间澡堂，另一侧住着食堂的掌厨贺师傅。食堂后面的围墙上开了扇小门，穿过小门，便是从养殖场通往罗家大屋的捷径。

站在食堂后门，对面的罗家大屋清晰可见；就像站在罗家大屋旁的路上，能将秀丽山的景色尽收眼底一样。

那天，我们从罗家大屋方向过来，离秀丽山养殖场的围墙还有上百米，贺师傅就发现了我们。

“阳会计，你回来了！”贺师傅走出围墙，热情地迎接我们。

父亲赶忙向同行的周天明与唐冬生介绍：“老周、冬生，这是我们养殖场食堂的贺师傅。”接着又转身对我和妹妹说：“小兵、小凤，这是贺师傅，快叫贺伯伯。”话未说完，父亲的声音就哽咽了：“这对没娘的孩子，今后就只能跟我在一起了……”

天色渐暗，我们看不清贺师傅的神态，只觉得这个穿着朴素、中等身材的人与父亲年龄相仿，透着和蔼善良。

“老阳，别太伤心，事已至此，还是多为孩子考虑吧。”

“老阳，孩子跟着你也别怕，我们会帮你一起照顾。”

贺师傅连忙安慰父亲。

在贺师傅的陪伴下，我们不知不觉穿过了秀丽山养殖场的围墙。秀丽山养殖场虽是清泉县商业局下属的国有企业，规模却远超罗家大屋。从罗家大屋一路走来，四周漆黑一片，可一进入养殖场，路旁的灯光便亮了起来，瞬间明亮许多。走进秀丽山，山上满是高大挺拔的树木，我叫不出树名，周天明却一眼认了出来。

“哎哟，没想到这一山都是梓树，长得真好！梓树可是做枪托的好材料。”当过兵的周天明见多识广，一进围墙就赞叹起来。我知道，他是想借此转移父亲的注意力。

就这样，我第一次知道了梓树。从围墙进来，很快就到了父亲的卧室。

“老阳，回来了，回来就好。”我们还没进屋，一个人就从父亲房间走了出来，紧紧握住父亲的手。

父亲握着那人的手介绍道：“这是老罗，罗大安，我们养殖场的保安，家就在对面的罗家大屋。”

父亲的卧室十分简陋，里面并排摆放着两张床，一张是父亲的，另一张是罗大安的。罗大安比父亲年龄稍大，个子也略矮。后来我才知道，罗大安的妻子也是两年前去世的。同是丧偶之人，罗大安对父亲满是同情。等我们都进了屋，罗大安指着屋内的一张床铺说：“老阳，你带了两个小孩过来，这间房以后就全归你了，我睡到隔壁贺师傅那去。”

很快，又有一些我们不认识的人前来，纷纷劝慰父亲。过了一会儿，一个叫刘一江的大个子走了进来。父亲赶忙向周天明、唐冬生介绍：“这是我们养殖场的刘场长。”

“哎哟，从古山赶过来不容易，你们辛苦了。”刘一江声音洪亮，带着几分官腔。

周天明和唐冬生连忙回应：“不辛苦、不辛苦。”

众人聊了许久，才各自散去。

那晚，周天明和唐冬生住在贺师傅房间，我和父亲睡在父亲的床上，妹妹则睡在罗大安让出来的那张床上。这是我在秀丽山的第一个夜晚，我做了一整晚的梦。梦中，母亲也来到了秀丽山，给我们带来了许多故乡的糍粑。我仿佛闻到了故乡糯米糍粑那独特的香味，忍不住喊了出来：“妈，好吃，我还要吃……”我的叫声惊醒了父亲。

“小兵，别叫了，你没有妈了……”父亲轻轻摇醒我。这时我才发现，父亲一直都没睡着。

因为春节临近，周天明和小姑父唐冬生第二天就离开了秀丽山养殖场。

父亲带着我和妹妹把他们送到前一天在罗家大屋旁歇息的马路上，一直目送他们沿着小路远去，直到再也看不见他们的身影，父亲才带着我们往回走。我不停地回头，朝着他们离去的方向挥手，我挥别的不仅是他们，更是对故乡的不舍。

从此，故乡成了我心中难以磨灭的记忆，也成了我心中永远的伤痛。

送别周天明和唐冬生后，父亲回来便整理房间。在有限的空间里，腾出一小块地方作为生活区，放置了火炉和一张小桌子，炒菜、吃饭都在这儿，我和妹妹做作业也只能在这张小桌上凑合。

趁着父亲去做早餐，我带着妹妹小凤到外面转了转。前一天到秀丽山时，天色已晚，几个人一起过来，我们没来得及仔细观察父亲住房周边的环境。现在出来一看，父亲住的这栋房子前面是一个大坪，坪里还安装了两个篮球架。坪的旁边，除了父亲住的这栋房子，还有两栋三层楼的建筑，一栋是职工住房，另一栋是养殖场的办公用房。坪的另一边，有一条小路通向山上。坪的四周依旧是梓树，向山岭望去，整座山都是高大的梓树。故乡古山也是丘陵地带，山虽多，但树木稀少，我很少见到梓树，像这样漫山遍野的梓树更是头一回见。我和小凤觉得新奇，这儿看看，那儿瞧瞧，早把吃早饭的事抛到了脑后，直到贺师傅过来找我们，我们才跟着他回到父亲的房间。

我很快了解到，罗大安和贺师傅是父亲关系很好的同事。那时，秀丽山养殖场大概有八十多名员工，主要由三部分人组成：第一类是清泉县商业系统的干部和职工，这类人只有十多个，场长刘一江和我父亲就属于这一类；第二类是从长沙、衡阳等城市下放来的知识青年，有四十多人，是养殖场的主力军；还有一类像罗大安和贺师傅这样，家住在养殖场附近，作为临时工被招进来工作的，也有二十来个。因为春节将至，我们来养殖场的时候，大部分人都已经回家过年了，所以秀丽山显得格外冷清。这种冷清与故乡那个有几十户人家的村子春节前后的热闹形成了强烈反差，更增添了我对故乡的思念和失去母亲的悲痛。

不知道是领导安排，还是他们自己的意愿，那个春节，贺师傅留在了秀丽山。罗大安因为家就在围墙外的罗家大屋，所以春节期间大部分时间也陪着父亲。

罗大安曾在村里做过秘书，是个有些文化且善解人意的人。就在小姑父唐冬生他们走后的第二天，罗大安带着他的三个儿子来到了秀丽山。他的三个儿子，最大的十八岁，最小的也有十二岁。罗大安原本希望我能和他们交朋友，可他的大儿子、二儿子对和我交往没什么兴趣，老三虽然只比我大三岁，但我们之间也没什么共同话题。所以，罗大安的三个儿子在父亲房间待了个把小时就离开了。

看到儿子们这样，罗大安无奈地摇摇头。

三个儿子走后，罗大安像是突然想起了什么，对父亲说："哎呀，我差点忘了，林场长的女儿阿莲和小兵、小凤年龄差不多。林场长说年前要去岳母家，春节前会回来，今天应该回来了。我去看看，让阿莲和小兵、小凤认识认识，他们要是成了朋友，以后就能一起玩了。"

话音刚落，门外就传来了说话声："老阳啊，你回来了！回来就好。"随着声音，一个穿着旧军装、胖乎乎的中年男人大步走进了父亲的房间。父亲和罗大安立刻停止交谈，快步迎了上去。

来人正是林副场长。

"林场长，谢谢你，我昨晚就回来了！"父亲紧紧握住林副场长的手。

"我们刚才还提到你呢，你不来，我正准备带小兵、小凤去你家找阿莲玩呢。"罗大安在一旁说道。

林场长快速打量了我和小凤一番："行，行，我等下就让老谢带阿莲过来，让几个孩子认识认识。"

我后来才知道，罗大安说的林场长叫林之良，以前在部队是营级干部，复员到秀丽山养殖场当副场长还不到半年。林之良口中的老谢是他的爱人，我一直叫她谢阿姨，可她的真名我至今都不知道。林之良说的阿莲是他和老谢唯一的女儿，只比我小一个月。以前林之良在部队时，老谢就带着阿莲随军生活，林之良转业到秀丽山养殖场当副场长后，老谢又带着阿莲一起来到了这里。阿莲的学名叫林小莲，林之良夫妇和秀丽山的其他人都习惯叫她阿莲，后来我和妹妹小凤也这么叫她。

林之良和父亲、罗大安寒暄了一阵就离开了。

没过多久，一位身材苗条、气质优雅的中年妇女带着一个和我年龄相仿的小女孩来到我家，这个小女孩就是阿莲。

阿莲有些害羞地跟在谢阿姨身后。谢阿姨把阿莲带进屋后，往前推了推她，温和地对父亲说："老阳，你家的事我和老林在路上就听说了，事情已经这样，别太伤心了。老林让我带阿莲来和你的两个孩子认识认识，我就带过来了。"说完，谢阿姨转向阿莲："阿莲，这是阳伯伯家的孩子，你和小兵年龄差不多，以后要好好一起玩。"接着又看向我和小凤，说："这是我们家阿莲，你们以后多一起玩。"

"哎呀，老谢，你们两口子真是太贴心了，刚才林场长说要带阿莲过来和小兵、小凤认识，没想到你真带过来了。"父亲感激地说道，还拉了拉我和小凤。

我和小凤轻声叫了谢阿姨。

阿莲被谢阿姨推到我们跟前时，还有些忸怩。可活泼好动的小凤看到来了个小女孩，立马跑过去拉住阿莲的手说："阿莲姐姐，阿莲姐姐，以后我们一起玩。"

那时我还不到十岁，已经有了些男女有别的意识。虽然小凤很快就和阿莲热络起来，但我连正眼都不敢看阿莲。

谢阿姨和父亲还在交谈。谢阿姨是个善良的人，说话声音轻柔。交谈中，我看到她好几次都落下了眼泪。谢阿姨和母亲年龄相仿，看着她慈祥的面容和为我们悄悄流下的泪水，我心里涌起一股特别的亲切感。

大家都在聊天，我却感觉自己像个局外人。这时，我才偷偷地打量起眼前这个叫阿莲的女孩。

我第一次正眼看阿莲，就觉得她身上有一种独特的气质，这是老家古山那些女孩所没有的。阿莲和她母亲谢阿姨一样，身材苗条，容貌秀丽。

她长着一张典型的瓜子脸，眼睛又大又水灵，十分迷人。阿莲的嘴唇薄薄的，尤其是上嘴唇的唇沟底部还有一个小小的尖顶，显得俏皮可爱。我已经记不清阿莲那天穿的是什么颜色的衣服，但可以肯定她穿得很整洁。阿莲前额的头发稀疏发黄，脑后却梳着两条整齐的小辫子，每条辫子上还系着一条红绸带。阿莲那天和妹妹小凤说话声音很小，但看得出来她们很聊得来，还不时发出笑声，让我在偷偷看她们的时候，心里满是羡慕。说实话，见到阿莲的第一眼，我就觉得她宛如天仙。毕竟我当时只是个孩子，虽然心里有这种感觉，却一点也不敢表露出来。我只偷偷地看了她几眼，就不好意思了，假装低头找地上的东西。

阿莲看似在和小凤聊天，其实在我偷偷看她的时候，她也在悄悄观察我。当我低头假装找东西时，我看见她朝着我这边做了个不易察觉的鬼脸，好像在说："呵呵，一个大男孩怎么这么害羞呀，我知道你是假装在找东西。"

我被阿莲这一眼弄得更加不好意思了，头埋得更低。

我和阿莲的这些小动作都被谢阿姨看在了眼里。

或许是考虑到第一次见面，谢阿姨不想让我太尴尬，在父亲房间没待多久，她就对父亲说："今天就是让孩子们认识一下，认识了以后就有伴了，希望他们以后多一起玩，互相照应。"说完，谢阿姨就准备带阿莲离开。

我看出阿莲有些不情愿，还想多玩一会儿，可谢阿姨要走，她也没办法。这时，阿莲又看向我，那眼神好像在期待我能跟她妈妈说说，把她留下来。

我明白阿莲眼神里的意思，可还是不好意思开口。

就这样，阿莲跟着谢阿姨走了。

出门时，小凤和阿莲互相道别，我却像个木偶一样，站在父亲身旁，一句话也没说。

这就是我和阿莲的第一次见面，一次我们彼此都没说过一句话的见面。

这个场景后来无数次在我脑海中浮现，我常常问自己：我也不是个特别害羞的男孩，那天怎么就那么害羞呢？后来，阿莲也多次问我：看你也不像是个害羞的人，那天怎么连招呼都不敢和我打？

我答不上来，不知道该怎么回答自己，也不知道该怎么回答阿莲。

三

谢阿姨带阿莲来后的第二天上午，小凤便央我带她去阿莲家玩。我因课业缠身不愿前往，小凤转而向罗大安求助："罗伯伯，我想去阿莲家玩，您能带我去吗？"

"行！当然行！"罗大安爽快应下，旋即看向我，"小兵，你与小凤一起去吧。"

"我还得做作业，不想去。"我推辞道。

最终，罗大安只带着小凤去了。小凤回来后，滔滔不绝地描述阿莲家的舒适，尤其艳羡地提及她家有三间房，还摆着一台电视机和一台缝纫机。那个年代，电视机和缝纫机在城里已不算稀罕，但在乡下却是不折不扣的奢侈品。彼时我离开古山，村里仅有一户人家有台黑白电视机，一户有缝纫机。正因如此，小凤说起阿莲家同时拥有这两样物件时，我起初满心怀疑。可看她讲得头头是道，虽然信了，心底却涌起一阵自卑——阿莲父亲是养殖场副场长，而我父亲不过是食堂管理员；阿莲家有三间房，我们一家三口却挤在一间小屋里；我家全部家当，小姑父唐冬生两箩筐就能挑完，而阿莲家却已如此富足，两相对比，差距实在悬殊。

当天下午，小凤又邀我去阿莲家，被我拒绝了。直到1975年农历大年初一，我才第一次踏入阿莲家。

阿莲父亲作为副场长，又是春节留守领导，初一清晨，父亲便将罗大安、贺师傅请到家中，按故乡习俗"挂红"——每人喝了一碗用糖开水冲泡的红枣鸡蛋汤，随后决定带我们去阿莲家拜年。小凤叫我去，我想拒绝；可父亲发话，我哪敢不从？

我们刚到阿莲家门口，就见她父亲林之良点燃一长串鞭炮。阿莲身着红色灯芯绒上衣、蓝布裤，依偎在母亲身旁迎接我们。时隔多日再见，我觉得阿莲比初见时更漂亮了。

阿莲家住在养殖场住宅楼一楼，这房子并非按家属套房设计，她家占了并排两间房，中间用门连通，还在一间房后用红砖砌了临时厨房，又开了扇门，形成二室一厨的格局。这样的住房放在现在不值一提，但在当时，我和小凤都觉得十分气派。

初到阿莲家，我虽不像小凤那样四处摸索，目光却忍不住在屋里打量。我一眼就瞧见了小凤心心念念的电视机和缝纫机，又从那张摆着双人枕头的大双人床，判断出这是阿莲父母的卧房，隔壁则是阿莲的房间。阿莲房间门半掩着，隐约可见一张精致单人床，叠得整齐的小棉被、带红色图案的枕巾，还有个小枕头。我自小爱幻想，当即在脑海中勾勒出阿莲伏在床上睡觉的模样，觉得这张小床十分有趣。

那时我不过九岁多，还不懂故作深沉。尽管自卑、自尊与初萌的性别意识，让我不敢轻易与阿莲交朋友，但那天我们仍相谈甚欢。

过年期间，罗大安酒兴正浓，即便早晨与父亲、贺师傅“挂红”时也喝了不少。或许是借着酒劲，一进阿莲家，他看看我，又看看阿莲，竟当众开起玩笑：“林场长、老谢、老阳，我看阿莲就比小兵小一个多月，他俩挺般配，干脆结为亲家得了！”

罗大安说罢，哈哈大笑。林之良、谢阿姨和父亲都尴尬地赔着笑。

“大安，你这两天喝多了吧，别拿孩子开玩笑。我们小兵就是个农村娃，不敢高攀。”父亲连忙解释，生怕引起林之良误会。

“嘿嘿，大安说笑呢。”林之良不置可否地笑笑。

这番话，我、阿莲和小凤都听得真切。小凤年纪小，还不明白其中意思，我和阿莲却隐约懂了。我的脸瞬间涨得通红，躲到父亲身后；阿莲轻轻捶了罗大安一下，嗔道“罗伯伯好坏”，便跑回自己房间。从她这一捶，我察觉到阿莲和我一样，对男女之事已有朦胧认知。

正月初六起，返场过年的人陆续回来，秀丽山又热闹起来。大家从家里带来不少好吃的，三五成群聚在一起吃喝谈笑。附近的农民工也争相邀请返场领导去家里做客。父亲只是个食堂管理员，不在场领导之列，虽有人安慰他，却鲜少有人请他吃饭。加上他工作繁忙，我和小凤仿佛被人遗忘。我家房前的大坪里，常能看到外地员工聚餐。他们吹笛、拉二胡、弹吉他，自弹自唱，这一切让我和小凤感到新奇不已。

然而，一件意外之事，让我对他们心生怨恨。记得春节上班后不久的一个黄昏，二十来个外地员工在坪里聚餐。他们围成圈表演节目，比往常更热闹精彩。我和小凤没忍住，凑到了人群边上。

春节后父亲一直忙碌，我和妹妹又不会洗衣服，身上的衣服都脏兮兮的。小凤尤其邋遢，母亲去世后，她自己梳头总是乱糟糟的，我俩看上去活像小乞丐。起初，他们沉浸在表演中，没注意到我们。可当我们为一个双人舞喝彩时，一个头发微卷的高个子突然开口："这哪来的两个乡里宝，傻头傻脑的。"

我不知道这人叫什么，因他头发卷曲，便在心里唤他"卷毛"。卷毛话音刚落，二十多双眼睛齐刷刷看向我们，看得我和小凤浑身不自在。

"哈哈，还真像小乞丐。"

"哟，莫不是河南逃荒来的？"

嘲讽声与哄笑此起彼伏。

"来，让这两个乡里宝也表演节目。"卷毛又喊道。话音未落，就有人来拉我和小凤。

我和小凤虽小，却也听得懂这些侮辱性的话。这是母亲去世后，我们第一次遭受欺侮。那时城乡差距巨大，城里人总有种优越感，乡下人在他们面前难免自卑。我知道这些小青年都是从城里下放到养殖场的，人多势众，我若与他们起冲突，肯定吃亏，便打算离开。

可他们不依不饶，小凤被吓得大哭。我强忍着愤怒，瞪大双眼。卷毛率先冲过来。我在古山也算孩子王，哪受得了这般羞辱？待他靠近，我一边护着小凤，一边用方言骂道："我捅你娘，你才是乡里宝，你祖宗都是乡里宝！”

卷毛没想到我会回骂，愣在原地。但很快他就反应过来，恼羞成怒：“哼，小乡里宝还敢骂人，打死他！”其他人也跟着起哄。

就在卷毛要动手时，一个清脆的女声传来：“别动，程小刚，你不能打，这是阳会计的孩子！”循声望去，是个十七八岁的姑娘。

“巧红，别管闲事！今天谁来都没用！”卷毛仍不罢休。

“程小刚，你疯了？人家又没招惹你，欺负小孩算什么本事！”叫巧红的姑娘挡在我们身前。

“巧红，你别管，不管是哪个的崽女，老子今天都要打死他。”卷毛并未放弃，依然气势汹汹地向我们走来。

“对。打死他，打死他。”依然有人在起哄。

“让开！”卷毛还想往前冲。

“程小刚，你跟孩子计较什么？”巧红毫不退缩。

“是的，程小刚，回来！跟小孩计较什么！”

“卷毛，你敢动巧红试试！”

同伴们对程小刚的劝阻声多了起来，还有人快步跑来制止。最终，卷毛放下手，恶狠狠地吼道：“滚！”

我狠狠瞪了他一眼，带着小凤离开。

一到家，小凤就放声大哭，我也委屈地掉下眼泪。父亲闻声赶来，我们哭着把事情经过说了一遍。父亲性子刚烈，抄起凳子就要去找程小刚理论。好在聚餐的人已经散了，他在坪里遇到罗大安，被劝回了家。

“老阳，别跟他们一般见识，他们也还是孩子。”罗大安劝道。

“欺人太甚！”父亲仍气愤难平。

“算了，让小兵和小凤离他们远点。”

父亲长叹一声，将我们紧紧搂在怀里，眼眶也红了。

经此一事，我牢牢记住了程小刚和巧红。后来得知，他们都来自长沙，程小刚父母是省城领导，而巧红家境普通，父亲是搬运工，母亲是家庭妇女。我也明白了父亲在养殖场地位低微，那天他虽愤怒，事后却反复叮嘱我和小凤："爸爸只是个普通食堂管理员，你们在外一定别惹事，尤其是那些高干子弟，我们惹不起。"那时我虽不完全懂这些话的含义，却真切感受到了父亲的无奈。

"爸，今天是他们欺负我，我以后会小心的。"我向父亲保证。

"好，凡事多留个心眼。"父亲没有责怪我。

四

转眼就要开学了。

来秀丽山前，我在故乡古山小学念书。那所小学离老家不过二里地，抬脚就能到，上下学十分方便。秀丽山坐落在清泉县冬阳乡冬阳村，离秀丽山养殖场不远，有两所学校——冬阳村小学和冬阳附中。附中面向全乡招生，规模比村小大得多。父亲斟酌再三，决定让我和小凤都进冬阳附中。他请阿莲的父亲林之良帮忙跟校长打了招呼，校长很爽快地应了下来。

我和阿莲同年级，顺理成章分到一个班；小凤比我低两个年级，去了另一个班。我的班主任叫朱晓珍，是从长沙来的。往后的故事里，我还会好好写写这位我敬重的好老师。

报到那天，父亲带着我和小凤到了学校，阿莲知道后，主动来当向导。

我们先去找黄校长。校长姓黄，叫黄仲仁。黄校长矮矮胖胖，五官端正，自带一股威严劲儿。要不是在这乡村中学见着，说他是省长我都信。黄校长和父亲没多寒暄，便给我和小凤的班主任写了条子。父亲拿着条子，先送小凤去她班主任那儿，安置好妹妹后，才带我去见朱晓珍老师。阿莲一路都陪着我们。

快到朱老师跟前时，阿莲几步上前迎了上去："朱老师，这是我们养殖场的阳伯伯，他儿子要来咱们班读书。"

"哟，阿莲，我说今天怎么迟到了，原来是带来新同学了。"朱老师声音柔和，说完抬头打量着我和父亲。

父亲赶忙递上黄校长的条子，朱老师接过快速看完，问："孩子在老家读书挺好的，怎么想着转学呢？"朱老师也就二十来岁，瘦高个儿，扎着两条长辫子。下放前，她在长沙一所小学当过一年语文代课老师，到冬阳乡后，先在村小代课。大家都夸她课讲得好，正巧附中缺语文老师，就把她借调过来了。和父亲交谈时，她一口长沙话。长沙话和衡阳话差别不小，对我来说新鲜得很。之前，除了在秀丽山养殖场听过几个小青年偶尔说两句，我还从没认真听过长沙话。

"咳，孩子命苦，他娘走了。"父亲话音落下，眼圈微微泛红。

"啊？这么小就……没娘了。"朱老师显然没想到是这个缘由，立刻意识到自己的话有些不妥，又补了一句，"小小年纪没了娘，真是苦命孩子。"

"唉，他娘这辈子也不容易。往后孩子读书，就得多麻烦朱老师费心了。"父亲察觉初次见面不宜太过伤感，赶忙转移了话题。

朱老师看向一旁的阿莲："林小莲，你们住得近，平时多照应着阳小兵。"

"老师，我知道了。"阿莲懂事地点点头。

上课铃响，父亲和朱老师告辞，回秀丽山去了。

朱老师把我领进教室，向同学们介绍："这位是阳小兵，他父亲在秀丽山养殖场工作，从外地转学来咱们班，大家多关照。"

教室里没有掌声和欢呼，只有一双双好奇的目光在我身上扫来扫去，仿佛我是个"外星人"。

朱老师是语文老师，一开课，她的长沙话就换成了标准普通话。这是我听她上的第一堂语文课，初来乍到，老师一转身去黑板上写字，同学们就齐刷刷看向我，看得我浑身不自在。整堂课，我表面上在听，可一个字也没听进去。

下课铃一响，朱老师抱着教案离开，教室瞬间热闹起来。一群同学围了过来，你一言我一语：

“你从哪儿来的？以前咋没来这儿上学？”

“你爸在养殖场做什么？你妈妈呢？”

“你原来班主任姓啥？”

正热闹着，后排突然冒出个怪声：“别跟他玩，是个没娘的野孩子。我上课前在我爸屋里听见的。”接着是一阵哄笑。

我扫了眼后排，说话的是个个子不高、尖嘴猴腮的男生，看着比我大。他说从父亲那儿听到的消息，难道他是黄校长的儿子？可黄校长富态，他却长得猥琐，哪儿有半点相像？被这样挖苦，我又气又急，心里直犯嘀咕，除了校长儿子，谁能这么快知道我的事？

“林小莲，他是你什么人？快说！”那尖嘴猴腮的家伙又把矛头转向阿莲，还怪声怪调地喊，“哈哈，我知道了，这是林小莲的老——公！”

“林小莲，真是你老公？”“快说呀，是不是你老公？”几个吊儿郎当的同学跟着起哄。教室里哄笑声此起彼伏，有人笑得眼泪都出来了。阿莲羞得趴在桌上哭起来。

我攥紧拳头，牙齿咬得咯咯响，恨不得冲过去揍扁那家伙，管他是谁儿子！可同桌罗小高死死拉住我的衣襟。罗小高和我同龄，却比我高大，力气大得我根本挣不脱。

上课铃及时响起，这场风波暂时平息。

来冬阳乡不到二十天，先是在养殖场被卷毛程小刚羞辱，如今刚上学，又被尖嘴猴腮的人挖苦。我满心委屈，不明白为什么失去母亲已经这么痛苦，还要被人戳伤口，难道他们真的铁石心肠吗？

五

那个在我转入冬阳附中，上完第一堂课后就讽刺挖苦我的家伙，果然是黄校长的儿子黄勇。黄勇比我足足大了四岁，按常理，他早该初中毕业了。但他从小贪玩，直到九岁才被当校长的父亲连哄带骗送进学校，因此，和我同在小学四年级。自那次之后，黄勇一有机会就挖苦我，好几次我想找他算账，都被罗小高拉住了。

很快，我了解到罗小高的家庭情况，他竟是个比我还命苦的人。罗小高的父亲自幼父母双亡，且是个哑巴，由叔叔抚养成人，可叔叔在他十五岁时离世，从此他父亲孤身一人。罗小高父亲快五十岁时，收留了一个路过的女乞丐，与之成婚生下罗小高。然而罗小高还不到一岁，女乞丐就在一个晚上神秘失踪。从此，罗小高永远失去了母爱，父亲想尽办法将他拉扯大，家里也越来越穷。同是从小失去母亲的人，相比之下，我算是幸福的。

罗小高虽家境贫寒，却长得结结实实。据说他父亲自小跟叔叔学了一身武功，他小时候也跟着父亲练过几招，所以班上没人敢招惹他，包括黄勇。或许因为家境困苦，罗小高学习十分用功，成绩总是稳居班上前三名，这也是黄勇不敢欺负他的另一个原因。

就这样，黄勇成了我的敌人，而罗小高则成了我的好朋友。

秀丽山离冬阳附中有三里多路，每天早晨上学，阿莲和小凤一起走，我则在罗家大屋的一个路口等罗小高，然后我们结伴上学。和罗小高熟络后，我常去他家，也会邀请他来秀丽山这边玩。罗小高家只有两间破旧的土砖瓦房，一间作卧室，一间作厨房。墙上的土砖因年代久远，风化出许多对穿的小洞，虽糊着旧报纸，屋外的光线还是能透进来。因为家里只有一张床，罗小高说，他和父亲一直睡在一起。他家的被子比我家的破旧得多，上面明显的破洞都没修补。罗小高的父亲高高大大，满脸又硬又粗的络腮胡子，用城里人的眼光看，称得上是个颇具男子汉气质的美髯翁。每次我去他家，他父亲都十分客气，把家里仅有的好吃的拿出来招待我。可罗小高似乎对家境感到羞愧，总是一脸不好意思。罗小高在学校对老师、同学都很随和，令我惊讶的是，他对父亲态度却不好。有时父亲无意间说错话，他就大声呵斥，说父亲没修养、信口开河；有时父亲说得对，他也没好口气反驳。而他父亲在他面前脾气出奇地好，不管他说什么都唯唯诺诺，仿佛只要罗小高高兴，就算他说太阳从西边出来，父亲也不会反驳。我私下问过罗小高，为何这样对父亲，他恨恨地说："谁让他把我生出来。"原来，他把自己降生到这个苦难世界的原因，都归咎了父亲。

在我们成为同学前，罗小高很少来秀丽山养殖场。成为同学后，应我的邀请，他来的次数多了起来。他到我家的表现却截然不同，每次都会礼貌地称我父亲为阳伯伯，尽管我父亲比他父亲小十多岁。虽然我们三人同班，但罗小高和我在一起时，很少提起阿莲。有时在路上或秀丽山树林中遇到阿莲，他就脸红，一副不知所措的样子。他还含蓄地打听过阿莲家的住址，之后再来我家，总会有意无意地在阿莲家房前小坪或房后山岗转悠，却从未提出要去阿莲家。

与秀丽山相邻的雨母山，是附近有名的山，有一千多米高。有一次，罗小高提议我们四人一起去爬山。我跟阿莲说了后，她要请示她父亲，她父亲不同意，她就去不成了。我父亲也因小凤年龄小，没答应让她去，原定的四人登山，最后变成了我和罗小高两人前往。

我们都是农村长大的孩子，平时登雨母山并不吃力，但那天风大，我们花了近两个钟头才登顶。站在山顶刻有"日月坛"字样的巨石上，罗小高大喊几声后，便张开双臂，仿佛要拥抱蓝天白云。那时我还没有读过李清照"生当作人杰，死亦为鬼雄。至今思项羽，不肯过江东"，以及"年少万兜鍪，坐断东南战未休。天下英雄谁敌手？曹刘"这样豪迈的诗句，但从罗小高的举动中，我能感觉到他是个从小就有雄心壮志的人。那时，他的成绩在班上一直名列前茅，我觉得他各方面都值得我学习，庆幸能有这样一位同学做同桌。

在雨母山顶，我问罗小高，为什么每次我要和黄勇起冲突，他都要拉住我。罗小高像个小大人似的叹了口气："他爸爸是校长，我们斗不过他。"我不服气："我不信校长就能一手遮天。"罗小高劝道："好汉不吃眼前亏。"罗小高不过和我同龄，只是命运更坎坷、吃过更多苦，我不明白他为何会有这么成熟的想法，心里对他满是佩服，也庆幸刚到冬阳这个人生地不熟的地方就遇到了他。

那天，我还跟他说了我和卷毛程小刚的冲突，他给我的建议还是忍："阳小兵，你必须忍，你不是黄勇的对手，更斗不过程小刚，不忍肯定要吃大亏。""罗小高，你怎么总说忍，这是谁教你的？"我对他的"忍字诀"感到吃惊。"我爹。"他回答得干脆。"你不是怨恨你爹吗？怎么还听他的？""我是怨他把我生出来，但他教我的忍字诀我懂了，我们没办法，只能忍。"

没想到，罗小高后来出事，恰恰就出在这个"忍"字上。

六

我和罗小高登雨母山后不久，父亲就和卷毛程小刚打了一架。

秀丽山养殖场以养鸡为主，除了住房和办公用房，沿山还建了低矮的红砖鸡舍。鸡需要活动空间，所以每栋鸡舍外都用铁网围出场地。但光靠养鸡难以维持近百人的生计，场里又建了猪舍养猪，还分出一部分人搞种植，根据季节种上白菜、花生、玉米等，此外还办了豆粉加工厂，收购绿豆、黄豆加工成粉丝。

程小刚最初被分配养鸡，他嫌活儿重不愿干，要求去养猪，场领导答应了。可到了猪场，他又嫌养猪活重，想去粉丝加工厂。碍于他父亲的关系，场长刘一江再次迁就，把他调到了粉丝加工厂。粉丝加工厂的第一道工序是磨豆子，这活儿不辛苦，也没什么技术含量，只要按节奏把豆子倒进铁斗就行。虽然任务不重，但得按时上下班，否则会影响后续工序。

入夏后的一天下午，程小刚午睡睡过了头，迟到半个多小时。粉丝加工车间负责人李伟明批评了他。李伟明来自衡阳，父亲曾是市里领导，但当时已失势。李伟明没有程小刚那种目空一切的习气，工作认真，为人正直，深受场里领导器重，担任了车间主任。他个头比程小刚还高，程小刚侮辱我的那次，他不在场。程小刚赶到粉丝厂后，李伟明当场训斥："程小刚，你也太舒服了吧，你迟到，几十个人都得等你。""我又不是故意的，谁知道睡那么沉。”程小刚还振振有词。“这算什么理由，不想工作谁都能睡香。”李伟明沉着脸。“我就不来上班又怎样？”程小刚耍起无赖。“不来上班就滚！”李伟明毫不退让。“滚就滚！”程小刚扔下活计要走，被同事劝住，但满脸怒气。下班铃一响，他把工具一扔就走了。

大家都知道程小刚被李伟明批评后窝了一肚子火，却没想到他会把气撒在老实的贺师傅身上。

那天程小刚生气，吃饭去晚了，到食堂时菜已经卖完。贺师傅见他没吃饭，马上说要给他炒菜。可程小刚不领情，把铁饭盒往取饭窗口一砸，破口大骂：“他妈的，老不死的，敢欺负老子，故意把菜搞完的吧。”程小刚比贺师傅小很多，不仅不领情，还对贺师傅直呼“老子”。一向温和、连大声说话都不敢的贺师傅被气得满脸通红：“程小刚，我都能当你爹了，我答应给你炒菜，别一口一个老子的。”程小刚把贺师傅的话当成挑衅，用饭盒使劲敲窗口：“老东西，还想造反？老子就这么说，你能把老子怎样？不就是个煮饭的嘛。”

好心的贺师傅终于忍无可忍，把锅铲往灶上一扔：“好心给你炒菜，你还倒打一耙，我不炒了，看你能怎样？”“你不炒？老子打死你个老鬼！”程小刚说着就要冲进食堂。

程小刚和贺师傅吵架时，我正端着碗在食堂门口吃饭。眼看两人要打起来，我赶紧跑回家告诉父亲。父亲饭都没吃完，把碗一放就往食堂冲：“这个程小刚太过分了，之前无故欺负小兵，现在又欺负贺师傅，我就不信治不了他！”我有些后悔告诉父亲，但已经来不及了。

等父亲赶到食堂，程小刚和贺师傅已经扭打在一起。年近六旬、身体单薄的贺师傅哪里是程小刚的对手，只见程小刚一只手卡住贺师傅的脖子，另一只手按住他的双手，把他顶在墙上，贺师傅脸憋得通红。“程小刚，你个混蛋，谁都敢欺负！”父亲怒吼着冲上去，用力推开程小刚卡住贺师傅脖子的手。程小刚见状，松开贺师傅就和父亲打起来。他发狠朝父亲肚子踢了几脚，把父亲踹倒在地。父亲虽挨了踢，还是照准程小刚鼻梁打了两拳，打得他鼻血直流。我见父亲被打倒，新仇旧恨涌上心头，端起一钵饭就朝程小刚砸去，虽然砸偏到他肩上，还是把他痛得直叫。程小刚更怒了，转身就要去摸餐桌上的刀，眼看一场更大的流血冲突就要爆发。这时，缓过神的贺师傅挥起大扫把挡在我们面前保护我们。

程小刚挥舞着刀要冲过来。“住手！都放下东西！”关键时刻，场长刘一江大声喝止，李伟明、巧红等人也跟在后面。“都别管，老子今天拼了！”程小刚不听劝，继续挥舞着刀。“程小刚，有本事冲我来！”巧红姑娘挡在贺师傅身前。李伟明趁机夺下了程小刚手中的刀，一场大祸这才得以避免。

“你们都是混帐，好好的打什么架！”刘一江把程小刚、父亲、贺师傅一起骂了一顿。大家怒目而视，谁也没说话。

程小刚流着鼻血被李伟明和巧红送到冬阳乡卫生院，父亲也被贺师傅扶回房间。罗大安很快赶到我家，和贺师傅一起劝父亲去卫生院检查，父亲坚持不去。

程小刚和父亲打架的事很快传到了他父亲那里。程小刚父亲单位有人给刘一江打电话，说我们三人打程小刚一人没道理，必须严肃处理。刘一江原本想大事化小，各打五十大板，接到电话后态度大变，马上召集场领导开会，处理结果明显偏袒程小刚，把矛头指向了父亲。

最后，程小刚象征性地赔了父亲30元医药费，父亲却要赔他300元，还被撤掉食堂管理员的职务，去当饲养员。贺师傅也因参与此事，被扣发一个月工资。父亲对这个处理结果十分不满，他知道这背后是程小刚父母在施压，但人微言轻，也无可奈何，只能接受现实，心中对程小刚、刘一江等人充满怨恨。

七

我父亲变得愈发沉默。

我的班主任朱晓珍老师来自长沙，很快便知晓了父亲与程小刚打架一事。父亲与程小刚打架后的第三天下午——也是刘一江、林之良等人决定让父亲去当饲养员的那天下午，父亲遭受的不公处理，让我幼小的心灵也受到极大冲击，吃过午饭，我并未立刻去学校，而是在外面游荡近两个小时才到校。

等我赶到学校，已是下午最后一节课。我刚进教室，就透过窗户看见陈巧红走进朱晓珍的房间。朱老师是我的班主任兼语文老师，这节是数学课，并非她授课。但自陈巧红进去后，我便一直心神不宁。

陈巧红来做什么？是来告诉朱老师程小刚和我父亲打架的事？她为何要跟朱老师说？难道是劝说朱老师处理我？我有些害怕，毕竟在父亲、贺师傅与程小刚的冲突中，我用碗砸了程小刚。虽说陈巧红在两次冲突中都是阻止者，但他们都是长沙来的……

算了，告状就告状，报复就报复，我不怕。

那堂课无比漫长，好不容易等到下课铃响。抬头时，朱晓珍已朝我走来，我的心"扑嗵、扑嗵"直跳。全班同学的目光都集中在我身上，我注意到阿莲的眼神扫过来，那目光中带着难以言说的意味。

"阳小兵，你到我房间来一下。"出乎我意料，朱老师并未当众批评我，而是温和地让我去她房间。

朱老师的卧室兼办公间就在教室隔壁，不到十平方米，一张单人床、一张书桌几乎占满空间。书桌上贴着一幅《红色娘子军》剧照，彰显着那个时代女主人的爱美之心。自进入冬阳附中，这是我第一次进朱老师的宿舍。朱老师虽身为教师，却也不过是个不满二十岁的女孩。一进朱老师的房间，一股淡淡的清香扑面而来，这是我从未闻过的味道。

我进去时，陈巧红正坐在朱老师床上，见我进来，急忙起身。"小兵，快坐。"巧红将我拉到她身边，她的声音悦耳动听。尽管之前多次听过她说话，但如此近距离交流还是头一回。

我内心波涛翻涌，表面却故作镇定，一言不发。

"阳小兵，我和巧红都是长沙人，也是好朋友，今天她特地来安慰你。"

见我神情呆滞，朱老师直接说明了巧红的来意。

“安慰我？我有什么好安慰的。”一听到巧红是来安慰我，程小刚凶神恶煞的模样、他踢在父亲身上的脚印瞬间浮现。即便知道巧红在两次冲突中都帮了我和父亲，我依旧语气不善。

“阳小兵，别胡闹，巧红是真心帮你。”朱老师显然不满我的态度。

“她凭什么帮我？为什么要帮我？”我沉默地盯着陈巧红。

“小兵，我知道你家里的不幸，不到十岁没了娘，确实可怜，我很同情你们一家。程小刚向来爱惹事，这次打架他理亏，可你父亲却受了不公正的处理。我担心这事影响你学习，才来找朱老师聊聊。”见我不说话，巧红继续道，“小兵，你还小，经历的事少，自己要好好学习，也要多让父亲宽心。”她的话语情真意切。正如她所说，我年纪尚小，还不明白为何同是长沙来的，有程小刚那样横行霸道的人，也有陈巧红这般善良的人。

“阳小兵，别因为一两件事就对生活失去信心，振作起来，多为你父亲考虑，他内心的痛苦比你更深。”巧红说完，朱老师接着劝道。

我依旧沉默，泪水却在眼眶里打转，我拼命忍着，可还是没能忍住。

巧红和朱老师不过是不满二十岁的姑娘，只比我大十来岁，却让我仿佛找回了失去的母爱。那一刻，我才深刻意识到，平时看似坚强的自己，内心实则无比脆弱。

“朱老师，巧红姐姐，谢谢你们关心。我……我会好好读书的。”我哽咽着说。

“这就对了，巧红也算没白跑一趟。”朱老师见我表态，欣慰地说。

“别谢我，我是受李伟明委托来的。”陈巧红补充道。

“李伟明？”我一头雾水。虽然从父亲口中得知李伟明重情重义，但实在想不明白他和巧红有什么关系，以我的年龄，还无法从男女情感角度去揣测他们的关系。

“呯、呯、呯”，敲门声响起，朱老师打开门，来人竟是学校的黄校长，这让我十分惊讶。

“黄校长好，这是陈巧红，在秀丽山养殖场工作。”朱老师赶忙介绍，又向巧红介绍，“这是我们学校的黄校长。”

“黄校长，您好，感谢您在学校关照晓珍。”巧红十分懂事，不等黄校长开口，便起身说道。

“哪里哪里，我路过，顺便通知朱老师晚上开全体教师会。”黄校长神色有些慌张，与在全校师生大会上正襟危坐、字正腔圆的模样判若两人。

自朱老师开门请黄校长进来，我便局促不安。见朱老师和巧红起身，我也跟着站起来。黄校长起初没注意到我，看到我时，脸上闪过一丝不悦，很快又掩饰过去，继续若无其事地和朱老师、巧红交谈。

“陈巧红，名字挺好听，朱老师，以前怎么没听你说她是长沙来的？”黄校长的镇定让我佩服。

“是这样，阳小兵他爸和我们长沙来的程小刚……”朱老师刚开口，巧红便抢过话头：“黄校长，是这样，阳小兵和林小莲的父亲在秀丽山养殖场工作，他们知道我和晓珍是朋友，让我来冬阳附中玩时，顺便了解孩子的学习情况。”我惊叹于巧红的随机应变，不明白她为何隐瞒父亲与程小刚打架的事，或许是怕影响我吧，至少在我看来，她是为了维护我才这么说。

“朱老师，黄校长，巧红姐，我先回去了。”我觉得不宜再待，鼓起勇气打了招呼，离开了房间。

我不知道黄校长、朱老师和巧红还聊了什么。同学们都已放学，我从课桌里拿起书包，匆匆往家跑。

“阳小兵，阳小兵！”刚出校门，就有人喊我。还没反应过来，罗小高已到身边。

“罗小高，你怎么还没走？”我问。

“朱老师喊你去，我不放心，等你呢。”罗小高说。

“罗小高，真够朋友。”我心中满是感动。

路上，我将父亲和程小刚打架的事、父亲受处分以及巧红来的目的，全都告诉了罗小高。

“狗日的程小刚，等我长大了一定收拾他！”罗小高说罢，面露凶色。

“你在雨母山顶不是一直劝我要忍吗，怎么现在又这样说？”罗小高虽是我的好朋友，可他前后矛盾的态度还是让我惊讶。一会儿劝我忍耐，一会儿又扬言报复，我难以捉摸他的内心，隐隐觉得小小年纪的他，带着如此复杂的心态面对世界，似乎藏着某种危险。

八

自从因与程小刚打架而被调去当饲养员后，我父亲和场领导刘一江、林之良等人的关系渐渐疏远了。父亲本就不热衷过问单位里的那些事务，如今更是一门心思扑在工作上，整天闷在三号鸡圈里。

说起和程小刚那场冲突，根源在于贺师傅和程小刚的争吵。贺师傅在这件事上虽没受到处分，但对父亲的遭遇深感愧疚。此后，每天晚饭后，贺师傅和罗大安都会到我家，陪父亲聊聊天，缓解他心中的郁闷。也就是从父亲成为饲养员开始，我们搬了家。三号鸡圈的布局很规整，一栋小平房被围墙环绕，小平房里有八九间屋子，其中三间作为非鸡舍使用：一间用来堆放饲料，一间是拌饲料的工作间，还有一间则成了父亲的工作间。这间工作间比父亲以前当食堂会计时住的房子小多了，摆上两张床铺后，几乎没有多余空间，所以煮饭、吃饭都只能在拌鸡饲料的那间屋子里解决。

父亲负责的三号鸡圈养着数百只鸡，每天天还没亮，鸡叫声便此起彼伏。更让人难以忍受的是，吃饭的地方紧挨着拌饲料的屋子，鸡饲料散发着奇异的发酵味，鸡舍与吃饭的地方、走廊又相互连通，鸡舍里的臭味不断飘出来，再美味的饭菜，在这样的环境下也变得难以下咽。刚搬到鸡圈那几天，我吃不好、睡不香，晚上还总做噩梦。面对现状，父亲不再抱怨领导，反而时常鼓励我要好好学习，他那句“现在不好好念书，今后养鸡都没人要”，至今还萦绕在我耳边。

贺师傅和罗大安的陪伴对父亲来说意义重大，只有他们来了，父亲脸上才会露出难得的笑容。那段时间，他们常和父亲聊两件事。一是想给父亲再找个妻子，他们半开玩笑半认真地问我："小兵呀，我们帮你再找个后妈可以吗？"我心中只有母亲的形象，对"后妈"这两个字十分抵触，便坚决拒绝："我不要后妈，我不要后妈！"父亲的态度同样坚决，每当他们提起这事，父亲就会说："小兵和小凤他们都还小，我再苦再累也要把他们拉扯大，这样才对得起他们的娘。"要是他们继续劝说，父亲急得脸通红："你们别跟我说这么多了好不好，我说了不再找就不再找。"场面总是十分尴尬。

他们聊的另一件事，就是我和姐姐、妹妹的城镇居民户口问题。那时候，城乡差距很大，有了城镇居民户口，就意味着能由国家安排工作。父亲是秀丽山养殖场的固定工，拥有城镇居民户口，但按照当时的户口政策，子女一般随母亲落户，母亲是农民，所以我和姐姐、妹妹都是农村户口。如今母亲去世，姐姐跟着叔叔生活，我和妹妹跟着父亲，在村里没了直系亲属，继续保留农村户口多有不便，可解决城市户口谈何容易，父亲根本不知道该找谁帮忙。

经过多方打听，他们得知养殖场饲养员宋云桂的丈夫在泉塘区派出所工作，而冬阳乡归泉塘区管辖，这意味着解决户口问题得先找泉塘区派出所。罗大安陪着父亲很快找到了宋云桂。宋云桂三十多岁，身材微胖，了解来意后，她爽快地答应帮忙，但也告诉父亲，她丈夫去年刚从部队转业到泉塘镇派出所当干警，没什么实权，实权掌握在所长张福祥手里。父亲赶忙说："宋云桂啊，我们都是一个单位的，我这三个孩子也确实可怜，不管你丈夫是否有实权，他毕竟也是个副所长，让他带我去见所长总比我自己去要好一些。"宋云桂一口应下："老阳，你放心，我一定让他带你一起去见张所长。"

罗大安很快帮父亲起草了关于解决我们三姐妹城镇户口的报告。第二天一早，父亲带着我和妹妹，还提了几只鸡，去找宋云桂的老公。我知道，父亲带上我们，是想让别人多些同情。宋云桂也很热心，主动提出一同前往。宋云桂的老公看起来老实本分，或许是刚到派出所工作不久，听完父亲的自我介绍，面露难色。宋云桂见状，有些不耐烦："你别吱吱唔唔好不好，人家老阳没有个伴，带着三个小孩怎么生活？要你去找张所长你就去找嘛。"她老公无奈地说："云桂，你别为难我好不好，你又不是不知道，咱们张所长的脾气大得很。"但宋云桂不依不饶："我不管你三七二十一，反正你今天要带老阳他们去找。"最后，她老公只好妥协："那……那就吃了晚饭才到他家里去找吧。"

那一天格外难熬。我们在宋云桂家吃了午饭，饭后她老公去上班，父亲觉得不好意思继续呆在她家，就带着我和妹妹在街上闲逛。泉塘镇只有一条主街，不过三里长，我们来来回回走了无数趟。到了晚饭时间，父亲不好意思再去宋云桂家，便带我们在街边粉店一人吃了一碗米粉，还给我和妹妹每人买了一个包子。吃完后，我们又继续在街上晃悠，直到天快黑了，才去敲宋云桂家的门。宋云桂有些责怪："哎哟，老阳啊，你是怎么回事嘛，说好了来吃晚饭，怎么这个时候才回来。"父亲解释道："已经在你家吃了中饭，不好意思再麻烦你们了。"宋云桂连忙说："说哪里的话，都是一个单位的，还讲这么多客气干啥呀。"随后，她转头对丈夫说："你就带老阳他们去吧。"她丈夫则说："别急，我先去看看，张所长他们回来了没有。"

过了一会儿，宋云桂老公回来，小声说："张所长这会儿正在家，我们快去吧。"父亲留下两只鸡在宋云桂家，把剩下的装在塑料袋里提着，带着我和小凤，跟在宋云桂老公身后。张所长住在另一栋家属房的三楼，到了门口，宋云桂老公先是轻轻敲门，见没人回应，又稍重些敲了两下。屋里传来一个妇人的声音："谁呀？""所长娘子，是我哩，我是小刘。"这时我才知道宋云桂老公姓刘，可他看起来四十多岁，头顶都有白发了，却自称"小刘"，让我很是疑惑。门开了，一个比宋云桂老公年轻、打扮得体的女人开了门，看到我们后，脸上露出不快："小刘呀，他们是哪里的？"宋云桂的老公没管所长夫人的态度，按照宋云桂的叮嘱，把我们往屋里带，还主动帮所长夫人关门："所长夫人，您坐，您坐，我来关门。"

穿过过道是客厅，所长正在看电视。让我惊讶的是，这个让宋云桂老公敬畏的所长，个头竟比他老婆明显矮小。"哟，小刘来了，坐，坐。"所长只是微微欠身，招呼宋云桂老公坐下，却像没看到父亲一行。父亲赔着笑，自己找了个位子坐下，我和小凤站在他身旁，装鸡的塑料袋放在他膝下。宋云桂老公把父亲的来意说明后，父亲赶紧递上罗大安写的报告。张所长说："这个事情嘛，按政策是不行的，要解决只能在那特殊情况的指标中考虑。"听到这话，父亲仿佛看到了希望，满脸堆笑："多谢张所长，多谢张所长，那就麻烦您按特殊情况解决，我这也是实在没办法了。"

就在这时，袋子里的鸡不安分起来，扑腾着发出叫声。所长老婆嫌弃地说："哎哟，提这些东西来干什么？脏兮兮的。"父亲赶忙起身，把鸡往厨房提："嘿嘿，张所长，这是一点小意思。"张所长则说："别这样嘛，办事就办事，拿这些东西干什么！"虽然同样不稀罕这些鸡，但张所长的话听起来比他老婆有修养多了。父亲把鸡放好后又坐了一会儿，所长老婆接连打了几个哈欠，暗示我们该走了。张所长随即对父亲说："你先回去吧，报告留在这里，我们研究研究之后再说。不过，即使我们同意了，你还得要去找县里啊！"父亲和宋云桂老公连忙道谢。

从张所长家出来，宋云桂老公客气地邀请我们去他家休息，父亲拒绝了。当时已经晚上九点多，秀丽山距泉塘镇有二十多里山路，还得穿越雨母山。为了不让我们害怕，父亲让我走在前面，小凤走中间，他自己殿后。一路上，父亲不停地给我们讲童年趣事，有时自己说着说着就笑了，可小凤却一点也不觉得有趣。我们深一脚浅一脚地赶路，直到快十二点才到家。开门的那一刻，我听见父亲长长地叹了口气："唉，终于到家了。"这声叹息，和几个月前我们从古山过来经过罗家大屋时，如出一辙。

那次之后，父亲又找了张所长好几次，只是不再提鸡，换成了其他礼物。三个多月后，父亲从派出所回来，兴奋地告诉我们："派出所批了。"

然而，派出所批了只是第一步，接下来还得去县公安局。县公安局的关卡更多，要先找户政部，再找管户口的副局长，最后找局长，找人难上加难。为了能说上话，父亲厚着脸皮四处求人。一次不行，就一次次去办公室等、去家里等。记得有一次，父亲带我去找吴副局长，下午在办公室没等到，晚上就买了东西去他家。他家的人说他出去办事，晚上会回来，父亲就带着我在楼下等。那是个寒冬的夜晚，北风呼啸，别人都在温暖的屋里，父亲却搂着我在寒风中一直等到凌晨四点，吴副局长才回来。得知我们的来意后，吴副局长深受感动。交谈中才发现，他竟是我的远方表哥，论辈分还得叫父亲表叔。这层亲戚关系让吴副局长态度大变，不仅带我们进了家门，还热情挽留我们住下。父亲执意不肯睡床，就在沙发上坐了几个钟头。第二天，吴副局长就主动带着父亲去见局长。

父亲的真诚最终打动了各位领导。一年后，我和姐姐、妹妹的户口终于从农村转到了城镇，吃上了“国家粮”，那时我也从一名小学生变成了初中生。拿到户口簿那天，父亲把罗大安和贺师傅请到家里，三人喝得酩酊大醉。平时不喝酒的父亲，那天足足喝了三大杯白酒，脸上满是如释重负的喜悦。

九

升入初中后，我和阿莲、罗小高、黄勇依旧分在同一个班级，班主任也还是朱晓珍老师。

自从父亲当上饲养员，与林之良的关系明显疏远，但他对阿莲始终关爱有加。我打心底里喜欢阿莲，喜欢她轻声细语的说话方式，喜欢她苗条的身段，还有她无论穿什么都显得优雅的模样。虽然我们每天共处一室，可我总是小心翼翼地与她保持距离，不敢有单独相处的机会。

妹妹小凤和阿莲的关系却愈发亲密，每天上学放学都形影不离。放学后，不是小凤去阿莲家，就是阿莲来我家。小凤去阿莲家时偶尔会叫上我，可我常常到了门口就找借口溜走；就算进了门，也只是呆坐着，没多久就匆匆离开。而阿莲来我家时，只要甜甜地喊一声“阳伯伯”，父亲就笑得合不拢嘴。阿莲来了，我不方便出门，要么假装看书，要么借口帮父亲拌鸡饲料，可眼睛总会不自觉地瞟向阿莲，耳朵也仔细听着她和小凤的对话。

我和阿莲感情的转变，源于小凤的那场病。

那是初中第一学期临近结束的时候，一天放学回家，小凤突然说肚子痛。起初父亲没太在意，可到了晚上，她疼得厉害，额头上满是豆大的汗珠。父亲慌了神，赶忙背着小凤去卫生院。经检查，医生说是急性阑尾炎，必须立刻送往衡阳市治疗。父亲急忙在罗家大屋租了辆拖拉机，连夜将小凤送去衡阳。路上小凤就陷入昏迷，好在抢救及时，才脱离危险。

那晚我和父亲一起陪小凤到了衡阳。考虑到第二天还要上学，又临近期末考试，父亲让我先回去。第二天清晨，我顾不上吃饭，一路从衡阳往回赶，到家后抓起书包就往学校跑。等赶到学校，第二节课已经开始了。这节是数学课，我的数学成绩一直不太好，数学老师李志稀对我也没什么好感。因为迟到，我着急进教室，忘了喊报告。李志稀认为我是故意不尊重他，我刚坐下，他就大声质问：“阳小兵，你干什么去了，这个时候才来上课。”“我……我……我家里有事。”我支支吾吾，不想说出实情。

“家里有事就可以不来读书吗？不想读就趁早滚蛋。”李志稀突然大发雷霆。

“对，还不如趁早滚蛋。”黄勇在一旁阴阳怪气地附和，脸上满是得意。

“李老师，我……我确实家里有事。”我还是不愿说出小凤生病的事，委屈得眼泪在眼眶里打转。

“李老师，阳小兵家确实有事，他妹妹病了，是阑尾炎。”这时，一个轻柔又熟悉的声音响起。我循声望去，只见阿莲从座位上站起来，正在向李老师解释。在我印象里，阿莲一直很害羞、胆小，没想到她会有这么大的勇气。

李老师和同学们都没想到阿莲会站出来为我说话，目光齐刷刷地投向她。

“林小莲，你可别帮他撒谎。”李志稀还是不相信。

“李老师，是真的，我今早起来，我爸妈就跟我说了，他妹妹现在还在衡阳呢。”阿莲像是豁出去了，继续说道。

“那好吧，阳小兵，你先坐下，我再去打听一下，要是有假，我饶不了你。”见阿莲如此坚持，李志稀只好作罢。

我坐下后，心里却翻江倒海。一方面是对李老师误解我的怨恨，另一方面是对阿莲挺身而出的感动。说实话，在这之前，我对阿莲的喜欢还比较表面，可现在，我真切地觉得她是个外柔内刚的好姑娘，这份好感也升华成了深深的倾慕。我胡思乱想着，完全没听进去李志稀后面讲的内容。恍惚间，我发现有一双目光时不时地看向我，当我感激地回望时，那目光又迅速躲开了——是阿莲的。

数学课一下课，黄勇就在教室里起哄：“哎哟，好大的胆子哟，生怕自己的人吃亏哟。”他故意把“自己的人”说得怪声怪气。同学们都听出他在说阿莲，话里话外暗示阿莲对我过于关心。

“黄勇，你欺负人！”几个同学立刻出声指责，掌声中，我听到阿莲厉声呵斥。

“我又没点名，谁搭腔就证明谁心里有鬼。”黄勇不依不饶，话越说越难听。

“黄勇，你……你……无聊。”阿莲说完，趴在课桌上哭了起来。

阿莲是为我才勇敢站出来的，我不能看着她受辱。我握紧拳头，正要教训黄勇，就听见罗小高大喊：“黄勇，不准你这样欺负阿莲！”只见他怒气冲冲地朝黄勇走去。

“哟，又来一个英雄救美。”黄勇依旧一副嚣张的样子。

“老子今天打死你！”罗小高一拳挥过去，死死卡住黄勇的脖子。平时和黄勇关系好的陈文川、李天丁等人见状，赶忙过来拉架。

我不再犹豫，冲过去揪住黄勇的头发。有了我的帮忙，罗小高更加勇猛，对着黄勇的脸就是两拳，打得他鼻血直流，眼角也渗出了血。黄勇在挣扎中也打肿了罗小高的嘴唇。

事情闹大了。不知谁叫来了朱晓珍老师，她大概也是第一次遇到这种场面，声音都在发抖：“黄勇、罗小高、阳小兵，你们都给我住手！”

朱老师一来，许多中立的同学也纷纷过来拉架，好不容易才把我们分开。

“简直是无法无天了！”黄校长带着怒气赶来，身后跟着副校长朱水军和教导主任熊明亮，三人脸色都十分难看。

“阿勇，快抬头，别让血流到衣服上。”黄校长径直走到黄勇身边，小心地扶着他。

“爸，他们故意欺负我。”黄勇哭着告状。

“阿勇，我先帮你擦擦，再带你去医院。”熊明亮满脸讨好，掏出卫生纸给黄勇擦血，擦完后又扶着他去医院。

“朱副校长，你留下，让罗小高、阳小兵写检讨。”黄校长临走时，还不忘瞪了朱晓珍一眼，“朱晓珍，你教的好学生！”

“罗小高、阳小兵，跟我去校长室。”朱水军沉着脸说。

“我也要去吗？”朱晓珍有些不知所措。

“不用了。”朱水军冷冷地回答。

我和罗小高像犯错的孩子，低着头跟着朱水军去校长室。路上，我看见罗小高吐了一口血，轻声问：“怎么回事？”“嘴唇破了，没事。”他满不在乎地说。

校长室离教室隔着两间房，以前我只是远远张望过，总觉得那是个威严又有些可怕的地方。屋里一边挂着伟人头像，一边贴着鼓舞人心的标语。

一进校长室，朱水军关上门就开始训斥：“你们胆子不小，竟敢在教室里打架，还打黄校长的儿子，眼里还有没有校规？”

“黄校长的儿子就了不起吗？就能随意欺负人？”罗小高毫不畏惧地顶嘴，看着他倔强的样子，我不禁想起电影《烈火中永生》里的小萝卜头，要是生在那个年代，他肯定比小萝卜头还要坚强。

“罗小高，你……你他妈找死！”朱水军气得拍桌子，脏话脱口而出。

罗小高还要反驳，我悄悄拉了拉他的衣角，他这才住了嘴，但脸上还是不服气的神情。

朱水军让我们写检讨，我和罗小高异口同声地说：“要写，黄勇也得写！”

“黄勇写不写不用你们管。”朱水军不耐烦地说。

第三节课下课了，我没吃早饭，又经历了打架，肚子饿得直叫。为了早点离开校长室去买吃的，我有些动摇了：“写就写吧。”罗小高用责备的眼神看了我一眼，没说什么。

“那好，阳小兵你先写，看你罗小高写不写。”朱水军想用分化的办法对付我们。

罗小高始终不肯低头。我想着妹妹还在衡阳住院，不想让父亲操心，再加上实在饿得受不了，最终还是写了检讨交给朱水军。

“你先走吧，罗小高留下。”朱水军看了看我的检讨，就把我放了出来。

我一出校长室，就直奔学校旁边的小卖部，买了两筒饼干充饥，然后回到教室。这才知道黄勇已经回来了，眼角包着纱布。同桌丁小强悄悄告诉我，熊明亮跟朱老师说，要是罗小高那一拳再偏一点，黄勇的眼睛就保不住了，听得我一阵后怕。

阿莲一直盯着我，眼神里满是疑惑，我知道她在想：为什么我回来了，罗小高却没回来？

罗小高是条硬汉子，说什么也不肯写检讨。黄校长原本想开除他，多亏几位老师看他成绩好、家里穷，联名求情，才改成留校察看处分。不仅如此，他还要和我一起承担黄勇的医药费，一共96元，每人48元。

我因为及时写了检讨，只得了个严重警告处分。父亲还在衡阳，第二天下午，我就找贺师傅借了48元交给黄勇。为了显得公平，黄校长也给了黄勇一个警告处分。

罗小高对这个处分满心不服。学校开大会宣布处分决定时，他当场喊了起来："处分不公平！"台下几百名学生议论纷纷，台上的黄校长和朱副校长脸色瞬间变得十分难看。

关键时刻，朱晓珍老师又出面了，她轻声对罗小高说："罗小高，算我求你，给我点面子行吗？"罗小高这才不再喊叫。

好在朱副校长反应快，见罗小高安静下来，清了清嗓子，就像什么都没发生一样，开始宣读对优秀学生的表扬决定。念完后，他大声说："让我们用热烈的掌声鼓励这些同学！"掌声响起，大家很快就忘了刚才的小插曲。

留校察看对罗小高打击很大，48元医药费对他家来说也是不小的负担。他在班上放话："打死我也不出这48元，这不是钱的问题，是道理的问题。"

因为我写了检讨，罗小高打心眼里看不起我，觉得我是个软骨头。虽然我想帮他出这48元，却始终不好意思开口……

十

我和罗小高与黄勇打架事件发生后，阿莲成了全校最受瞩目的人物。她走在校园里，总能听见身后传来同学们的议论："瞧，这就是林小莲，罗小高、阳小兵就是因为她才跟黄勇打架的。"

实际上，阿莲只是为我洗刷不实之词，说了几句公道话，却因此承受了巨大的心理压力；而罗小高是看到阿莲被黄勇侮辱，才怒而出手。这场风波因我而起，所以我既愧疚于阿莲，也对罗小高满怀歉意。

父亲陪小凤在衡阳住院那几日，每天放学后，我都会匆匆跑到食堂。好心的贺师傅总会为我端上一份热饭热菜。宣布我和罗小高处分决定后的第三天下午，我正要去食堂，却意外看见阿莲站在食堂门口。打架事件前，阿莲在上学路上和学校里都不敢和我搭话，如今就更小心翼翼了。看到她，我猜想她或许有话要对我说。

"阳小兵，我想跟你说件事。"我还没来得及开口，阿莲便先说道。

"阿莲，是不是说罗小高的事？我也正想和你聊聊呢。"我示意阿莲往食堂后面，朝着罗家大院的方向走去。阿莲心领神会，跟了上来。

这是我第一次和阿莲单独近距离交谈。那时我虽只是个十来岁的孩子，但经人提及男女之事，也有了些许懵懂的意识。说真的，我很乐意和阿莲相处，可真在一起时，却又莫名地不好意思。

"阳小兵，这是48元钱。罗小高是因为我才跟黄勇打架的，他家条件不好，他的罚款就麻烦你帮我转交吧。"阿莲从裤兜里掏出一个小纸包递给我。

"不行，阿莲，这钱该我出。"罗小高确实是因阿莲才与黄勇起冲突，但追根溯源，是我的迟到引发了这一切，"你为我受了这么多委屈，我怎么能让你出这笔钱？"我推辞道。

"阳小兵，别再说了。我家经济状况比你好，况且小凤还生着病，你别硬撑了。"阿莲态度坚决，我只好收下纸包。

我还想和阿莲多说说话，这时有人从罗家大屋朝着秀丽的养殖场走来。阿莲匆忙丢下一句："阳小兵，你一定要帮我交。"便快步离开了。

望着她慌张离去的背影，我心中满是感慨。想起两年前，我从罗家大屋走向秀丽山时的迷茫，如今庆幸能在这座如孤岛般的小山头，遇见这样一位善良的姑娘。

尽管天色渐暗，我还是决定立刻把钱交给朱晓珍老师。

放学后的学校格外冷清。我和罗小高与黄勇打架一事，给朱老师添了不少麻烦。听说黄校长在教师会上给了朱老师警告处分，还扬言若她班上再发生类似事件，就把她调回冬阳乡最偏远的村子教书。朱老师在冬阳乡无亲无故，她不仅语文课讲得精彩，为人也十分和善，我实在不希望她回到那个偏远之地。

朱老师的房门虚掩着。我刚走到门口，就听到黄校长在屋里说话："小朱呀，罗小高他们打架这件事，我也是没办法才给了你处分。不过你放心，我可不会真让你回那山沟里当农民。”

“黄校长，我明白您的关心。这次是我没管教好学生，给您添麻烦了。您放心，我一定好好教育罗小高和阳小兵，绝不让类似事情再发生。”朱老师的语气诚恳真挚。

“那就好，你明白我的心意就行。”黄校长意味深长地说。我以为他要出门，正准备闪身躲开，却听见他又开口：“不，我还没走，我去关门。”他的声音比在台上作报告时小了许多。

“别这样，黄校长！”朱老师的声音带着一丝慌乱。

我的心“砰砰”直跳，紧张得双手微微发颤，不知道屋里会发生什么。就在这时，一直背在身上的书包突然掉在地上，里面的文具盒与地面碰撞，发出不小的声响。

“谁？”黄校长神色慌张地打开门。

“是我，我来帮罗小高交48元罚款。”我只好硬着头皮走了出来。

“阳小兵？交罚款怎么不在上学时交？而且这钱该罗小高自己交，你替他交算怎么回事？”黄校长很快恢复了威严。

“上学时罗小高把钱给我，让我代交，我给忘了。刚刚在家才想起来，就赶紧跑来了。”我撒了个谎。

“那行，交给朱老师吧。”黄校长语气生硬，还故意对着屋里说：“以后，班风可得抓严点。”说完便离开了。

等黄校长走后，我才把实情告诉朱老师。起初她不同意收下阿莲代交的钱，在我再三解释下，才勉强收下。看到朱老师收下钱，我总算完成了阿莲交代的任务，急忙跑回秀丽山。

到了秀丽山养殖场，我直接去了阿莲家，把事情经过告诉了她。阿莲如释重负：“这就好。”

可事情并未就此结束。第二天，罗小高还是知道了阿莲帮他交罚款的事。自尊心极强的他，不仅没向阿莲道谢，反而觉得我帮阿莲这么做是看不起他。放学路上，罗小高把我叫到一旁，语气不善：“学校罚我的钱，谁叫你让林小莲帮我交的？”

“罗小高，你别误会，这钱是林小莲主动要出的。”我解释道。

“谁出都不行！这钱我本来就不想交，既然你们已经交了，退不回来，那我明天就带钱到学校，你再帮我转给林小莲。”

“你上哪弄这么多钱？”

“不用你管，我不会去偷、去抢！”

我实在想不出罗小高能从哪里弄到48元钱，所以回秀丽山后，没把这事告诉阿莲。

没想到，奇迹真的发生了。第二天上学路上，罗小高见到我，递给我一个小布包。打开一看，里面正好是48元钱。“罗小高，你到底从哪弄来的钱？”我疑惑地问。

“阳小兵，别小瞧人！这钱该我出，你保证帮我交给林小莲。”罗小高态度坚决。

我不好再追问，接过布包。当天放学后，在回家路上，我把布包转交给了林小莲。

“这个罗小高，也太要强了。”林小莲接过布包，轻声感叹。

罗小高究竟是如何一夜之间凑到48元钱的，一直是个谜。直到几天后，我们闲聊时，他无意间说起，那钱是变卖了母亲留下的手镯换来的，这个谜团才终于解开。

十一

小凤在衡阳住了十来天院，病愈后回到家中。经历病痛折磨，她身形消瘦了许多。为给小凤治病，家里花去三百多元，这笔钱虽不算巨额，但对我们这样的家庭而言，已是沉重负担。父亲的神情愈发忧郁，整日愁眉不展。

父亲带小凤住院期间发生的事，我既害怕跟他说，又觉得不能瞒着。

在父亲带小凤回来的那个晚上，吃完晚饭，我终于鼓起勇气开口："爸，你不在家的时候，我跟黄校长的儿子黄勇打了一架，还在贺师傅那里借了48元钱。"

"怎么？你跟黄校长的儿子打架！我跟你说过多少次，遇事要忍一点，你……"父亲一听，顿时火冒三丈。

"爸，是他太过分！"我满心委屈地辩解。

"他再过分，你也不能动手！"父亲的语气严厉，不容置疑。

"那你跟程小刚呢？"我满心期待父亲能安慰我，没想到等来的却是指责，一时气不过，便顶撞起来。

"啪！"我的话刚出口，一记响亮的耳光就重重落在脸上。父亲憋红了脸，气喘吁吁地吼道："老子打死你，你个不争气的家伙！"

我知道提起程小刚的事戳到了父亲的痛处，捂着脸不敢再言语。

"爸，别打哥哥了，我住院后他一个人在家呆了十多天，你怎么一回家就打他呀。"小凤的话让我鼻子一酸，那些独自守家的日子瞬间涌上心头。妹妹住院期间，虽然罗大安受场里委派帮忙料理饲养工作，但他家老二也生病了，每晚都得回家照顾。贺师傅要在食堂值班，无法陪我。我一个十来岁的孩子，守着偌大的鸡圈，心里满是恐惧。半夜里，鸡圈偶尔窜进老鼠，鸡群突然惊起哄叫，我吓得躲在被子里，捂着耳朵瑟瑟发抖。父亲在时，我的衣服都是他帮着洗；父亲陪小凤住院后，阿莲说让她母亲谢阿姨帮我洗，我不好意思麻烦别人，每次都是等罗大安喂完鸡离开，自己拿着脏衣服到自来水管前搓洗。那时，看着盆里的水泛起涟漪，总会想起母亲去世前的情景，眼泪就止不住地往下流，心里只盼着小凤早日康复，父亲早点回家。

可父亲回来了，我满心委屈地说出打架的事，换来的却是一记耳光，怎能不让我伤心。小凤话音刚落，我再也忍不住，放声大哭起来。

父亲高高抡起的手掌缓缓垂下，重重地叹了口气。让我意想不到的是，他眼角泛起泪花，紧接着竟哭出了声。我和小凤一时慌了神，这是母亲去世后，我第一次见父亲当着我们的面哭泣。生活的重担压得父亲喘不过气，他每月仅三十多块钱工资，要维持一家人的生计，还要供住在叔叔家的小玲姐姐读书，本就捉襟见肘，偏偏妹妹又生了病。妹妹生病是意外，可她刚出院，我就告诉他打架的事，难怪父亲会如此生气。但父亲终究心疼我这个儿子，打了我之后，听小凤这么一说，想必也满心懊悔。

父亲一哭，我和妹妹也跟着大哭起来，一家三口抱在一起，泪如雨下。

过了许久，父亲止住哭声，抚摸着我的头说："唉，孩子，不是爸爸不爱你，实在是我们惹不起别人啊！我跟程小刚打架没好处，你跟黄校长的儿子打架更没好处。"

"爸，我以后一定听您的话，再也不跟别人打架了。"我理解父亲的无奈，向他保证后，又将打架的详细经过说了一遍。

"唉，阿莲真是个好孩子。只是这件事连累了罗小高，他家可比我们还穷啊。"父亲说着，开始翻箱倒柜找钱，想还给贺师傅，可找遍了所有角落，也凑不出那48元钱。

正当父亲为此苦恼时，门外传来敲门声，来人正是贺师傅。

"我不在家，小兵多谢你关照了。"父亲满怀感激地说。

"哪里的话，咱们之间还客气啥。我是来告诉你，小兵跟黄校长儿子打架借我的那48元钱，你不用还了。上次程小刚的事让你吃了不少苦，我还一直想找机会报答呢。"贺师傅的话正好说到父亲的心坎上。

"那怎么行，一码归一码，这次是小兵借的钱，必须还。我向来坚信宁可人负我，不可我负人。"父亲态度坚决。

"老阳，你这就见外了，你对我这么好，就让我尽点心意吧。"贺师傅也不肯让步。

"好吧，这笔钱我记下了，以后一定还你。"父亲最终还是没松口。

"行，以后再说吧。"贺师傅无奈，只好暂时妥协。48元钱的难题暂时得到缓解，父亲的脸上也露出了些许轻松。

"老阳，你去衡阳这十来天，场里出大事了。"贺师傅凑近父亲，压低声音说。

我好奇不已，赶忙凑过去。我在养殖场，竟然不知道发生了什么大事。

“你们走后不久，程小刚的父亲来了秀丽山养殖场，阵仗可大了，七八辆小轿车，县里、市里的领导都来了。刘一江还专门让我去泉塘镇买了十多只脚鱼。程小刚父亲来后的第三天，场里开了全体职工大会，宣布程小刚当副场长了！”

“什么？程小刚当副场长？就是那个跟父亲打架的家伙？这怎么可能！”我震惊不已，后悔自己竟然错过了这么重要的消息。

“贺师傅，不会吧，他凭什么当副场长！”父亲同样满脸疑惑。

“听说新来的县委书记是他父亲的老部下，亲自给刘一江打了招呼，刘一江能不听吗？”贺师傅解释道。

“他当副场长，那李伟明呢？李伟明的表现可比他强多了。”父亲还是不愿相信这个事实。

“谁让李伟明的父亲现在失势了呢。要是他父亲还在位，凭李伟明的能力，早就当上副场长了。”贺师傅感慨道。

我这才知道，李伟明的父亲曾是清泉县所在市的市长，后来被划为右派，他性格倔强，死不认错，所以一直没能平反。

“老阳啊，我还听说程小刚的父亲以前是李伟明父亲的部下呢。真是三十年河东，三十年河西啊！”贺师傅长叹一声。

“世道不公啊，老贺！来，咱们喝点酒。”父亲提议道。想起之前父亲喝醉的样子，我连忙劝阻：“爸，你身体不好，别喝了。”

“去，小孩子懂什么！”父亲不耐烦地呵斥我。

“算了，老阳，今晚别喝了。程小刚当副场长就当吧，咱们该干啥还干啥。”贺师傅也在一旁劝道。

“世道不公啊，世道不公啊！”父亲连叹两声，随后陷入了长久的沉默。那时的我还是初中生，不懂政治，但看着这一切，心里对权力产生了深深的厌恶，原来权力有时竟如此不堪。

十二

程小刚当上副场长后，依旧轻浮张狂。刘一江安排他管理粉丝厂，这让他有了报复李伟明的机会。他上任不久，就提议免去李伟明粉丝厂厂长职务，让李伟明去当蔬菜队队长，还让自己的哥们王红波接任厂长。李伟明自然不服，不愿离开粉丝厂，程小刚便指使王红波，让李伟明干磨豆子的工作，这是程小刚之前干过且觉得又苦又累的活，如今他要让李伟明也尝尝苦头。

李伟明无奈接受了这份不公平的工作。可程小刚还不罢休，又将陈巧红从粉丝厂调到十三号鸡房养鸡，明摆着是要拆散李伟明和陈巧红。在大家眼里，李伟明和陈巧红是很般配的一对，我也觉得他们俩很合适。大家都以为陈巧红会拒绝调动，没想到她第二天就去新岗位报到了。

王红波作为程小刚提拔的厂长，对程小刚的意图心领神会，变本加厉地刁难李伟明。程小刚在粉丝厂时，磨豆子的工作就他一人干，还嫌辛苦。现在王红波不仅让李伟明干这个活，还额外安排他打扫卫生。每天下班，其他人都能去吃饭休息，只有李伟明得留下来打扫。稍有不慎，王红波就会大声斥责："连卫生都搞不好，还当过厂长？真不知道你以前是怎么当的！"李伟明满心愤恨，却只能默默忍受。

程小刚为了显摆副场长的威风，时常以检查工作为由四处转悠。一天下午，学校提前放学，我刚到家，就看见程小刚在办公室肖主任的陪同下朝我们这边走来。父亲和程小刚打过架后，一直没说过话，我生怕他们再起冲突。为避免尴尬，我急忙跑到父亲面前通风报信。父亲正忙着抖饲料，面无表情地说："来就来吧，我干我的活。"

肖主任远远地就扯着嗓子喊："老阳，程副场长来检查工作了！"那语气里满是谄媚。父亲曾跟我说过，肖主任是冬阳乡的回乡青年，高中毕业后才到养殖场工作，能混上办公室主任的职位不容易，所以他总想尽办法讨好程小刚。

“来就来吧。”父亲还是那副冷淡的语气。

“呵，老阳啊，鸡长得怎么样啊？”程小刚走进来，摆出一副领导派头。我心里直犯嘀咕，这家伙装得还挺像。

“鸡长得咋样你自己看。”父亲头也不抬，继续忙手里的活。

“嘿嘿，程场长，咱们到里面看看。”肖主任赶紧打圆场，连称呼都把“副”字省了。程小刚脸上的笑容瞬间僵住，好在肖主任反应快，他才勉强笑着说：“好，好，去里面看看。”

肖主任陪着程小刚一间房一间房地查看，见父亲没跟上来，又喊道：“老阳啊，程场长亲自来视察工作，你好歹来介绍介绍啊！”

“亲自视察”这几个字彻底激怒了父亲。是啊，程小刚一个月前还只是个磨豆工人，靠着父亲的关系才当上副场长，有什么资格来“视察”？父亲的倔脾气上来了，“哐当”一声把铲子扔在地上：“小肖，你放尊重点！你们到底是来视察还是来捣乱？没看见我正忙着拌饲料吗？”

我暗叫不妙，知道一场冲突在所难免。程小刚果然被激怒了：“姓阳的，给你脸你不要脸！”他双眼通红，一副要动手的架势。肖主任身材魁梧，要是真打起来，父亲肯定吃亏。我灵机一动，装作听到有人喊：“爸，贺师傅好像在门口叫你。”说完，拉着父亲的衣角就往外走。

“贺师傅在哪？”父亲还信以为真。

“爸，是我骗你的，我是怕你跟他起冲突。你不是总教我要学会忍耐吗？今天他是来检查工作的，没故意找你麻烦，咱们就别计较了。”我一口气把心里的话全说了出来。

父亲被我这番话打动，气也消了些：“你小子鬼点子还不少！”说完，又回到鸡房。程小刚和肖主任以为真是贺师傅叫人，站在原地没动，但程小刚的脸色依旧很难看，显然还在气头上。

“行，你们看吧，我陪你们。”父亲出来一趟后，态度突然转变。肖主任反应迅速，赶忙拉了拉程小刚，朝父亲使了个眼色：“这就对嘛，领导来了哪能不陪着！”父亲走过去，开始介绍鸡房的情况。虽然自始至终都没叫一声“程场长”，但程小刚的脸色明显好看了许多。一场一触即发的冲突，就这样被我化解了。

程小刚和肖主任离开后，父亲在我头上轻轻拍了两下：“你小子越来越机灵了。”从父亲的语气里，我能听出他对我今天的表现很满意。父亲本就不是爱惹事的人，即便心里瞧不起程小刚，只要对方不过分，他都愿意忍让。

十三

巧红的十三号鸡舍是新砌的，也是秀丽山养殖场最偏僻的一栋。从父亲的三号鸡舍到这里，中间横亘着十一栋鸡舍。这些鸡舍并非紧密相连，有的间隔着大片空地，加上满山挺拔的梓树——据说这些树是专门用来做枪托的，使得两栋鸡舍的实际距离足有三里之遥。十三号鸡舍隐在密林深处，因新建不久，四周树木繁茂，若非走近，根本发现不了这片绿意中竟藏着这样一处建筑。

我和小凤、阿莲都对巧红颇有好感。她搬到十三号鸡舍后，起初是小凤和阿莲总爱往那儿跑，后来我也成了常客。不知不觉间，这里竟成了我们三人相聚的秘密基地。

巧红是个爱整洁的人。她的鸡舍布局与父亲的三号鸡舍相似，都将一间屋子改作卧房。但她的卧房里，床单被子洁净如新，墙壁上贴着色彩鲜艳的图片，办公桌上也总是一尘不染。就连拌鸡饲料的屋子，也与父亲那儿截然不同。她把饲料规整地堆放在角落，腾出大片空地，每次拌完饲料，都会迅速清扫地面，整个屋子始终保持着清爽整洁。巧红对我们格外疼爱，每次去，她总能像变魔术似的拿出各种零食，我们也毫不客气，大快朵颐。我和阿莲在别处单独相遇时总会有些拘谨，可在巧红这儿，她总能讲出许多有趣的故事，逗得我们流连忘返。

在巧红那里，有一天下午，我们竟先后碰到了李伟明和程小刚。

就像程小刚两天前到父亲的三号鸡舍检查工作一样，这天，我和小凤、阿莲正在巧红屋里玩耍，突然听到敲门声。巧红打开门，来人正是肖主任和程小刚。

“陈巧红，程场长来视察工作了。”肖主任的语气和去父亲鸡舍时如出一辙。程小刚跟在后面，脸上挂着和善的笑容，与在父亲那儿趾高气扬的模样判若两人。

“哎哟，程副场长还挺深入基层嘛。”巧红虽未顶撞，话语里却满是揶揄。

“巧红啊，咱们都是长沙人，可得互相支持。”程小刚在巧红面前打起了官腔。

“程副场长不是要检查工作吗？请便吧。”

“别谈什么检查，我就是来看看。”在巧红不冷不热的回应下，程小刚反倒有些不好意思。

巧红不想让程小刚发现我们，趁他们寒暄时，悄悄把房门带上。我们三人在屋里大气都不敢出，只隐隐听见程小刚不停地夸赞巧红鸡舍卫生好、鸡养得肥，而巧红只是简单应付着。

两人在鸡舍里转了近半个小时才离开。他们进来后，我们小声说笑，听到脚步声靠近，便立刻安静下来。

“巧红，怎么把门关得这么紧，不请程场长喝杯茶？”肖主任谄媚的声音传来。

“是啊，巧红，咱们大老远来，连口水都没得喝？”没想到，平日里蛮横的程小刚在巧红面前竟也文绉绉起来。

“实在抱歉，我今天在拆洗被褥，屋子乱糟糟的，下次一定请你们喝茶。”巧红找借口推辞。

“行，行，下次再说，下次再来。”程小刚尴尬地自我解嘲，随后离开。

他们一走，巧红就开门，冲我们扮了个鬼脸：“还想喝茶，喝鸡尿去吧！”逗得我们哈哈大笑。

当天下午，程小刚和肖主任刚走不久，敲门声再次响起。

“谁啊？”阿莲问。

“不知道，开了门就知道了。”巧红边说边去开门。门开后，却许久没有动静。

我们好奇地走到门口，发现是李伟明。他头发凌乱，沾着豆渣，衣服上满是灰尘，一脸疲惫。他和巧红面对面站着，像两尊雕像。

“巧红，刚才程小刚来过？”李伟明率先打破沉默。

“你就为这事来的？”巧红语气里透着不悦。

“程小刚不是什么好人，我跟你说过多少次，离他远点。”李伟明显得有些着急。

“他自己要来，我能怎么办？”

“你不知道吗？把我调去磨豆子，把你安排到这偏僻的十三号鸡舍，都是他的主意！”

“我怎么会不知道，我比你更清楚他是什么人。”

“那你为什么还让他接近你？”

“你……你根本不懂我！”两人的对话火药味十足，我们吓得不敢出声。

“你……你走吧！”沉默许久，巧红下了逐客令。

“巧红，我都是为你好！”李伟明又说了几句，转身离开。走了几步，他回头看了一眼，犹豫片刻，还是继续向前走去。

李伟明的身影消失在树林中，巧红转过身，捂着脸跑回卧室，当着我们的面哭了起来。

“巧红姐，别哭了，伟明哥也是为你好。”阿莲懂事地安慰道。

“巧红姐，你一哭，我们也要跟着哭了。”小凤也连忙劝道。

巧红渐渐止住哭声，挤出一丝笑容：“有些事，你们小孩子不懂。”

我没有回应，但隐隐觉得，巧红说的那些事，我似乎已经懂了几分，至于小凤和阿莲是否明白，我就不得而知了。我开始为巧红的处境担忧，总觉得程小刚和李伟明之间暗藏着更大的矛盾，而这矛盾或许会带来意想不到的危险。

十四

自从有了巧红的住处作为联络点，我和阿莲单独相处的机会多了起来。小凤比我小两岁，却机灵得很。有时我们三人一起去巧红那儿，她总会故意走在前面，或是找借口回家，好让我和阿莲单独相处。

整个秀丽山养殖场只有我们三个小孩，在秀丽山和冬阳附中，大家总开玩笑说我和阿莲很般配。可真到单独相处时，我们却都害羞得很。很多时候，即便小凤创造机会，我们也只是默默走着，一句话都不说，像陌生人一样。遇到熟人，我还会故意绕路，生怕别人看出我们是一起去巧红那儿的。

盛夏的一个黄昏，我和小凤、阿莲约好去巧红家。走到半路，小凤又说要回家拿东西——这早已是她的老套路，我们心照不宣，继续前行。

到了巧红家，却发现门上挂着一把铁锁，她并不在家。

“再等会儿吧，反正小凤还没来。”我说。

“行，说不定巧红姐一会儿就回来了。”阿莲应道。

我们站在门口，能清晰地听到彼此的心跳声，却谁也没打破这份沉默。等了半个多小时，小凤和巧红都没出现，我们渐渐有些着急。

“小凤怎么还不来？”

“巧红姐怎么还没回？”我们没话找话。

又过了十来分钟，依旧不见人影。此时，夕阳的余晖洒在西边天空，满山的梓树被染成金色，格外美丽。晚归的山雀在枝头跳跃，自在又惬意。

或许是被这美景感染，我鼓起勇气对阿莲说：“阿莲，她们一时半会儿回不来，要不咱们去山上走走？”

“天快黑了，我得早点回去，不然我妈该骂了。”阿莲的语气不像是坚决拒绝。

“没事，就说在巧红姐这儿玩。”我急切地劝说。

“那……好吧！”阿莲犹豫片刻，终于答应了。

这是我第一次约阿莲在秀丽山散步，也是我人生中第一次单独约女孩子。尽管在梦里，我曾无数次幻想和她漫步于此，内心也渴望与她独处，可当她真的同意，我的心却紧张得砰砰直跳。

“阿莲，咱们一直走到山顶好不好？”我轻声问道。

阿莲没有说话，只是用眼神表示赞同。

我在前，她在后，一路上我们依旧没说话。我时不时回头看她，而她一接触到我的目光，就立刻把脸转开。我想，那时我眼中的炽热，一定让她又害羞又慌乱。

我清楚地记得，那天阿莲穿着淡红色带白色隐格的衬衫，搭配一条蓝色短裙。她刚沐浴完，头发随意地披在肩上，脸蛋干净清爽，尤其是那双眼睛，每一次闪动，都仿佛传递着神秘又迷人的讯息，让我既好奇又难忘。

我们穿过茂密的树林，继续向山顶进发。秀丽山不算高，却没有一条像样的路。加上心情紧张，不一会儿，我们额头就沁出了汗珠。中途在几棵大树下休息片刻，又接着赶路。

秀丽山远看是座美丽的圆形小山，可山顶并没有想象中的亭台楼阁，只有一座蓄水的水塔。养殖场的用水，先由抽水机从山下的水塘抽到半山腰，再通过扬水泵一级一级往上送，最后储存在这座水塔里，再经水管输送到各处。从山顶俯瞰，山下的围墙环绕着秀丽山，形成第一道圈，鸡舍和住房则构成第二道圈。越过这些，远处的景色美不胜收。

我们在水塔旁找了块平整的地方坐下。

“阿莲，你看，红旗水库在霞光里真美！”西边的红旗水库宛如一条玉带，蜿蜒在山谷间。夕阳下，水面波光粼粼，泛着点点红光，像极了一位身着飘逸长裙的女子，裙摆上缀满了闪亮的花朵。

“哇，真漂亮！我都不知道还有这么美的水库，它叫什么名字？”阿莲被眼前的景色吸引。

“红旗水库。要是你喜欢，哪天我和小凤带你去玩。”我赶紧讨好道。

“好，一言为定！”

“一言为定！”我们像孩子一样，兴奋地拉了勾。可手刚碰到一起，就立刻像触电般缩了回来，脸也唰地红了。

“阿莲，我爸和小凤都特别喜欢你！”我没话找话。

“他们喜欢我什么？”

“喜欢你……调皮！”话一出口，我就后悔了。其实我想说“喜欢你漂亮”“喜欢你善良”，可话到嘴边，却变成了这样。

“你才调皮呢！”阿莲撅着嘴，佯装生气，可我知道，她心里正乐着呢。

这时，一只淡黄色的蝴蝶翩翩飞来，停在了阿莲的头上。

“阿莲，别动，你头上有只漂亮的蝴蝶，我帮你捉下来。”我轻声说。

阿莲微笑着等我。我慢慢伸出手，可就在快要碰到她头发时，蝴蝶突然察觉到危险，扑棱着翅膀飞走了，而我的手却停在了她的发间。阿莲的头发乌黑柔顺，还带着淡淡的清香，我鬼使神差地顺着她的头顶，轻抚她肩上的长发，贪婪地呼吸着那迷人的气息。

“阳小兵，不早了，咱们回去吧。”阿莲站起身，脸蛋红得像天边的晚霞。

我这才回过神，意识到自己的失态，慌忙收回手：“好，走吧走吧！”

下山时，我们又不自觉地拉开了距离，这次换成阿莲走在前面，我跟在后面。

“啊，有蛇！”突然，阿莲惊恐地大喊。

我急忙跑过去，只见一条小青蛇横在路中间。我判断它不会构成威胁，便握住阿莲的手安慰道：“别怕，别动，它一会儿就走了。”小青蛇在我们面前停留片刻，似乎也觉得不是对手，晃了晃脑袋，缓缓爬走了。

等蛇走远，我们才发现，两人的手还紧紧握在一起。阿莲或许是因为害怕，没有抽回手，而我既想保护她，又被内心那份对异性的懵懂渴望驱使，也没有松开。就这样，我们手拉着手往山下走，直到快到巧红家门口，才依依不舍地分开。

后来我们才知道，巧红那天去了班主任朱晓珍老师那儿，而小凤因为回家打碎了玻璃杯，被我父亲责骂，所以没来。

我暗自庆幸那天的种种巧合。那是我和阿莲第一次如此亲密的接触，也是唯一一次，这份美好，我将永远珍藏在心底。

十五

在罗小高与黄勇的打架事件中，那48元钱最终是罗小高卖掉母亲留下的一只手镯才还给阿莲的，阿莲的种种善举令罗小高感激不已。

从某种意义上说，罗小高与黄勇那次打架，实则是他为阿莲挺身而出的一场争斗。阿莲的美丽与独特气质，在班上显得格外出众，如同鹤立鸡群，有着令人瞩目的魅力。

经过我的观察，发现了一个秘密：黄勇对阿莲的冷嘲热讽，罗小高对阿莲的挺身而出，根源皆是对阿莲的喜欢。上课时，他们的目光总会不自觉地投向阿莲。那时的我，虽不懂得将对阿莲的喜欢定义为爱情，但却十分介意他人也喜欢她。

黄勇是校长的儿子，年龄和个头都比我大，成绩却一直在班上处于中下水平，他是我的老对头。而且，从阿莲与我的交谈中，我能明显感觉到她对黄勇并无好感。尤其是在我、罗小高与黄勇打架之后，阿莲对黄勇甚至产生了厌恶之情。每次看到黄勇贪婪地瞟向阿莲，我都恨不得教训他一番。不过，因为知道阿莲厌恶黄勇，且黄勇也并非我的对手，我便没太把他放在心上。

然而罗小高却不同。他虽然个子比我矮，家境也比我贫寒，但成绩一直比我好。在那次与黄勇的冲突中，阿莲对罗小高的英勇表现表示赞许，特别是当得知罗小高坚决不写检讨时，阿莲甚至对他有些佩服，她托我代罗小高将48元交给朱老师就是很好的证明。尽管罗小高曾在朱水军副校长那里骂我同意写检讨是软壳蛋，且未在同学中宣扬此事，但我知道阿莲对此心知肚明，这使得在阿莲心中，我的形象比罗小高矮了一截。

为了重塑在阿莲心目中的形象，我决定疏远罗小高，尽管这样做有些不讲情义。此后，上学时我不再去他家喊他，也不在秀丽山食堂门口等他，路上偶遇也会刻意拉开距离。到了学校，我不再像以前那样与他频繁交谈，而是故意与其他人聊天。罗小高察觉到了我的变化，多次对我说我们是最好的朋友，还提醒我这样做会让黄勇高兴，但我依旧我行我素。

罗小高平日里除了和我交流，话并不多，朋友也少。我疏远他后，他在班上愈发孤独。

阿莲看出了我对罗小高的态度转变，有天放学路上，她特意对我说："阳小兵，你最近好像故意不理罗小高！"

我自然不愿说出真实原因，推脱道："是他不理我。"

阿莲直爽地说："罗小高一直对你很好，我觉得你不应该是这样。"

我只好敷衍道："阿莲，我知道，其实我跟罗小高仍然很好。"

"反正我不希望你们俩不好。"阿莲的话让我意识到罗小高在她心中的重要性。

我担心继续疏远罗小高会导致阿莲也疏远我，便决定改变策略，重新与他恢复无话不谈的关系。

就在我们恢复关系不久，一天下午，罗小高神秘地告诉我："阳小兵，告诉你一件事，你千万要保密。"

他凑近我耳边，小声说："黄校长可能在打我们朱老师的主意。"此前我虽在朱老师家两次遇到黄校长，但从未往这方面想。

我连忙提醒罗小高："这事可不能随便说。"

罗小高却笃定地说："据我观察，黄校长早就有这心思了，可朱老师根本不想理他。"

我再次告诫他别乱说，罗小高却坚定地说："他不欺负朱老师就算了，要是敢欺负，我绝不客气。”

我想到罗小高早早失去母亲，家境贫寒，上次与黄勇冲突还险些被开除，最后虽保住学籍却被留校察看，这意味着他不能再惹事。

我苦劝道：“罗小高，听我一句，别再管这事了，你父亲不容易。”

罗小高却反驳：“阳小兵，你不也喜欢朱老师吗？朱老师教我们为人不能明哲保身。”

我一时语塞，他又恨恨地说：“我决不会让姓黄的占朱老师的便宜。”

十六

我终究无法阻止罗小高。此后，他像个职业侦探，每天清晨早早到校园，潜伏在朱晓珍老师房间门口的乒乓球台后，或是躲在窗后的树上；下午放学后，他也会借故留在学校观察；甚至半夜悄悄起床，翻墙进学校查看情况。黄校长去衡阳学习的三个月里，他也未曾间断。日夜的监视让他精力分散，学习成绩直线下降，从优等生沦为劣等生，大家都对此感到困惑，只有我知道其中缘由。

黄校长学习归来，罗小高反而显得兴奋。我再次规劝：“罗小高，放弃吧，相信朱老师能保护好自己，也相信黄校长不是那种人。”罗小高却骂我胆小鬼，坚持按自己的计划行事。此后，他对黄校长和朱老师的监视更加严密，每天都向我汇报“战果”。

一天早晨，我到教室发现朱老师和罗小高都不在，心中顿生不祥之感。隐隐听到朱老师的哭声和巧红的劝说声后，我溜到后窗下偷听。只听朱老师哭着说：“巧红，你别劝了，让我去死吧！我没脸见人了。”

巧红安慰道：“晓珍，别犯傻，是他想占便宜，又不是你的错，何况他没得逞。”

朱老师依旧固执：“不管怎样，传出去多难听，我真没脸见人了。”

正偷听时，我的背突然被拍了一下，回头竟是罗小高。他洋洋得意，声音也不小，我生怕被屋内人听到，忙拉他离开。罗小高却兴致勃勃地把我拉到座位上，讲述起昨晚的事情。

“昨晚吃完饭，我就预感会出事，睡不着就去了学校。十一点多翻墙进去，潜伏在朱老师门前的树下。没多久，黄校长就鬼鬼祟祟地来了，他敲门，朱老师没应，后来朱老师问‘谁呀，这么晚了还敲门？’黄校长压低声音说‘小朱，是我，是我！’朱老师怒斥‘姓黄的，你放尊重些，别给脸不要脸’。我当时都惊呆了，没想到朱老师这么坚强。黄校长被骂后没回嘴，站了一会儿，竟掏出钥匙打开了门。我听到朱老师的惊叫声和打斗声，就大喊‘快来人呀，有人在朱老师家抢东西了’。黄校长想跑，我勾了他两脚，他摔在地上。老师们赶来后，看到黄校长，立刻明白了怎么回事。屋内朱老师开始哭泣，女老师们进去安慰她。”

罗小高接着压低声音说：“用手电筒照到黄校长的就有朱水军副校长，他先是一惊，然后扶起黄校长，还让大家别照了，把黄校长扶走。他进朱老师房间后，看到朱老师头发蓬乱，上衣纽扣都扯掉了，责怪了黄校长。朱副校长问是谁喊的，地理老师李小惠说是我。朱副校长说多亏了我，还让人找我了解情况。我出来后，朱副校长把我叫进办公室，不仅没批评我，还表扬了我，问我为什么在学校，我说早就盯上黄校长了，他还哈哈大笑。”

早自习快结束了，罗小高仍沉浸在兴奋中。

我忍不住说：“罗小高，你就没想过这会给朱老师带来多大伤害！”

罗小高反驳：“我不这么做，让黄校长得逞，朱老师伤害不是更大？”

我又问：“朱水军要你讲的都讲了？写了吗？”

罗小高回答：“讲了，也如实写了。”

我提醒他：“朱水军和黄仲仁关系很好，你觉得他这次这么热心有什么阴谋吗？”

罗小高毫不在意：“我不管，是什么就说什么，写什么。”

我语重心长地说：“罗小高，我们还小，可能斗不过人家，良好愿望也许会被人利用。”

罗小高却不屑地说："阳小兵，别来这套，我看不惯你胆小怕事的样子。"

十七

我的预感没有错，朱水军对黄仲仁被捉一事格外关注，果然藏着他自己的目的。

就在罗小高兴致勃勃地向我讲述黄仲仁被捉的经过时，泉塘镇学区的姜玉昆主任和刘天山副主任，乘坐一辆旧北京吉普匆匆赶到了冬阳附中。他们是清早接到朱水军的告急电话后，马不停蹄赶来的。

彼时，朱晓珍正由巧红陪着在房间里，黄仲仁则情绪低落，躲在家里不敢露面，朱水军却显得格外忙碌。

两位主任一到，朱水军就将他们迎进了校长室。

"唉，姜主任，刘副主任，这事来得太突然，我们谁都没料到啊！"朱水军语气中满是惋惜。

"老朱，现在学校情况如何？老师们都知道这事了吗？"姜玉昆作为学区一把手，首先关心的是学区学校的大局。

"知道了，俗话说好事不出门，坏事传千里。老黄这事做得太不谨慎，今天一早，老师们就开始三三两两地议论了。"平日里对黄校长点头哈腰的朱水军，此时竟直呼"老黄"。

"他现在在哪？"随行的刘副主任问道。

"在家里，没脸出来。"朱水军回答。

"那朱晓珍呢？"姜玉昆又问。

"在房里，我特意从秀丽山养殖场接来了她最好的朋友陈巧红，让巧红陪着安慰她。"朱水军说。

"老黄这事到底怎么回事？"姜玉昆显然想了解更多实情。

"这是事发后我们找罗小高的谈话笔录，二位领导请过目。"朱水军早就盼着进入正题，赶忙拿出笔录放到姜主任面前，脸上还闪过一丝不易察觉的幸灾乐祸。

姜玉昆看着笔录，眉头越皱越紧："唉，这个老黄，这么大年纪了，不应该啊。"话语里满是惋惜。

"是啊，在这事儿上我也该向学区检讨，和老黄共事这么久，竟然一点迹象都没发现。"朱水军表面上在检讨，实则在添油加醋。

"我们还是去看看朱晓珍老师吧。"刘天山提议道。

一行人随即来到朱晓珍的房间。朱老师在巧红的反复劝慰下，情绪刚稳定些，看到姜玉昆等人进来，又激动起来，泪水夺眶而出。

"朱老师，姜主任和刘主任一得知消息，大清早就赶过来看您了，您把情况详细跟二位说说吧。"朱水军恨不得朱晓珍把心里的委屈一股脑儿全倒出来。

"晓珍，你歇着，我来说……"巧红扶着半躺在床上的朱晓珍，将朱晓珍之前所说的情况如实讲了一遍。

"嗯，朱老师，巧红说的和我们了解的基本一致，让您受委屈了。"姜玉昆安慰道。

当天中午，姜玉昆、刘天山二位主任召集全体教职员工开会，通报了黄仲仁的问题，并作出三条决定：

一、鉴于黄仲仁身为校长，竟偷配女教师钥匙，企图强奸朱晓珍，决定对其停职反省，到学区等候处理。

二、在学区处分决定下达前，由朱水军暂时主持工作。

三、为帮助朱晓珍老师尽快恢复精神状态，同意她回长沙休息半个月，其班主任由地理老师李小惠兼任。

姜玉昆代表学区作出的这三点决定很快在学生中传开，大家无不感到惊讶。好在黄仲仁在全校教职工会议后，就跟着姜玉昆去了泉塘镇学区，朱晓珍也在当天下午由巧红送上回长沙的列车，没了这两个当事人，学校里的议论才渐渐平息。朱水军作为学区指定的负责人，一改往日在台上讲话时的温和语气，多次公开点名批评黄仲仁，还点名表扬罗小高。

平时神气的黄勇，因父亲的丑事被公布停职，变得无精打采。他很快得知父亲被捉是罗小高侦查的结果，对罗小高愈发仇视，每次见到罗小高，眼神里都充满恨意。而罗小高还沉浸在成功的喜悦中，尤其是朱水军在全校师生会上几次表扬他，更让他飘飘然，自我感觉成了英雄。

“林小莲对我抓黄仲仁这事怎么看？”罗小高不止一次问我。我把他的意思委婉地告诉了阿莲，其实阿莲并不认可罗小高的做法，她觉得罗小高要是真想保护朱老师，就该早点提醒或者向学校报告，而不是把事情闹得不可收拾。

“林小莲也说你是个英雄呢！”我的话里带着明显的讽刺。可被胜利冲昏头脑的罗小高根本听不进去。

“真的！”罗小高信以为真，一脸得意。

半个月后，学区对黄仲仁的处分决定下来了。黄仲仁被撤销冬阳附中校长职务，调到泉塘镇学区下属的塔山中学当普通教师，黄勇也随父亲转学，带着对罗小高的怨恨离开了冬阳附中。曾经受黄仲仁器重、对其唯命是从的朱水军，在代理校长半个月后，正式坐上了校长的位子。

全班同学都很关心朱晓珍老师还会不会回来。在阿莲等班干部的提议下，在李小惠老师的组织下，我们以全班同学的名义给朱老师写了一封挽留信，希望她继续当我们的班主任，我和阿莲把信交给巧红，由她转交给朱晓珍老师。

半个月后，在黄仲仁父子离开冬阳附中几天后，朱晓珍在巧红的陪同下回到了学校。回来前，巧红就告诉过我和阿莲，朱老师本来不想回来，一是在长沙一时找不到工作，留在那只会给年迈的父母增添压力和痛苦；二是我们全班同学写的那封信深深打动了她。

“同学们，谢谢你们支持我，我……我实在舍不得离开你们！”在新任校长朱水军的陪同下，朱老师再次站上我们教室的讲台。她刚说了一句，台下就响起热烈的掌声，许多女同学更是感动得哭了起来。

十八

“捉黄事件”之后，尤其是黄仲仁被免职调走，朱水军正式接任校长一职，他对罗小高在“捉黄事件”中的评价有了明显转变。朱水军不再在全校师生大会上夸赞罗小高是见义勇为的好学生，反而有意无意地暗示学生不要随意打听老师私事，还叮嘱放学若无特殊情况不要在校逗留。明眼人一听便知，他这番话实则在表达对深夜返回学校这种行为的不认同。

罗小高心思活络，自然听出了朱水军话里的弦外之音，但他并不觉得这些话是针对自己，反而坚信朱水军还是欣赏自己的。

然而，接下来发生的“偷桃事件”，不仅让罗小高见识到朱水军的手段，更让他的荣誉从巅峰跌入谷底。

自“捉黄事件”后，罗小高一直沉浸在成功的喜悦中。在一群同学的吹捧怂恿下，他愈发狂妄自大。随着黄勇离开，他俨然成了班上的“老大”，常常在同学面前夸夸其谈，甚至以挖苦他人为乐。更糟糕的是，罗小高自认为是自己把黄仲仁撵走，才让朱水军当上校长，因此将朱水军视为靠山，觉得在学校就算行事张扬些，朱水军也会护着自己。正是这种幼稚的想法，让他在“偷桃事件”中栽了大跟头。

校园里有个小果园，十几棵高大的桃树上每年都会结满又大又红的桃子。桃子成熟时，学校便将看管任务交给食堂的崔师傅。崔师傅曾在部队当过马夫，身材魁梧，学生们都怕他，平日里没人敢偷摘桃子，所以老师们每年还能分到几斤桃子尝尝鲜。“捉黄事件”后，正值桃子成熟，一天，罗小高和同学聊天时提到了桃子，说正想摘几个尝尝。他话音刚落，就有人起哄：“罗小高，你能飞檐走壁，要是能给我们摘几个桃子下来，我出10元一个！”

“当真？”罗小高正兴奋，瞪大眼睛问那人。

“绝不食言！不信我先拿50元放到李红卫那儿做担保。”提出打赌的是冬阳乡裁缝的儿子，他当即从兜里掏出几十元钱，交给了另一位同学。

“一言为定！五个桃子，我保证明天早自习就放在你们面前。”罗小高说罢，和李红卫勾了勾手，还带着李红卫和其他几个同学去果园看桃子。

此时的罗小高早已忘乎所以，说话大嗓门，一行人去果园时也是吵吵嚷嚷，仿佛果园里的桃子本就是他家的。我看见罗小高带人出去时，有两个曾和黄勇关系不错的同学正在一旁交头接耳。

“看来他们听到罗小高等人的话了，情况不妙。”我心里暗自担忧。

等罗小高带人看完桃子回来，我赶忙把自己的顾虑告诉他：“罗小高，你可得小心，我刚看见黄勇的两个跟班在偷偷议论，我怕他们去告密。”

“阳小兵，你怎么还是这么胆小！黄勇父子都被我赶走了，还怕他的跟班？再说朱校长这么看重我，就算被崔师傅发现，朱校长也不会把我怎么样。”罗小高自信满满，根本听不进我的劝告。

为了这五十元赌资，罗小高铁了心要冒险一试。

那一晚，我噩梦连连。

第二天一早，我就匆匆赶到学校。刚到教室，朱晓珍老师就急忙把我叫住：“大事不好！罗小高出事了，昨晚偷摘学校的桃子，被崔师傅抓住揍了一顿，现在还被绑在校长室。朱校长说这是严重违反校规，甚至是违法行为，学校不仅要严肃处理，还要把他送到派出所！”

听朱老师这么一说，我立刻后悔昨天没把情况告诉她：“朱老师，其实我昨天上午就知道罗小高要去偷桃子，他是和人打赌。我真该早点告诉您的！”

“我们快去看看他！”朱老师说完，拉着我就往校长室跑去。到了校长室，我被拦在门外，便贴着窗户往里偷看。

罗小高被绳子绑在椅子上，脸上满是血迹，双眼也肿了起来。此刻的他，和当初“捉黄事件”后被朱校长叫到主席台前风光亮相的样子相比，简直判若两人。崔师傅站在他身旁，之前在“捉黄事件”中负责记录的老师，这次又在一旁记录“偷桃事件”的经过。

“罗小高，算你老实，把偷桃经过都交代清楚了。还有其他人参与谋划吗？”罗小高虽然已经承认偷桃，但始终没说出其他同学。

“朱校长！”朱老师走进校长室，罗小高轻声唤道。

“朱老师，我都说了别再来了！罗小高这事性质恶劣，必须严肃处理！”朱水军一点情面都不给朱晓珍。

“罗小高啊，你怎么能干出这种事！”朱晓珍讨了个没趣，只能转头数落罗小高。

罗小高沉默不语。

朱晓珍从校长室回到教室后，我们才知道，罗小高摘第三个桃子时就被崔师傅抓住了，也就是说他只损坏了两个桃子。

学校很快就作出处分决定——开除罗小高学籍。黄仲仁当校长时，罗小高和他儿子打架，也只是留校察看处分，可这次仅因两个桃子就被开除，我和不少同学都为罗小高感到愤愤不平。朱晓珍老师多次找朱水军求情，可朱水军坚持认为此事严重，且是罗小高在留校察看期间再犯事，必须从严处理，没把罗小高送派出所已经是手下留情了。

处分决定公布那天，我本以为罗小高会大发雷霆，甚至去找朱水军或那两个告密的同学算账，可他却异常平静。

“我早就不想读书了，像我们这种家庭，读书又有什么用！”罗小高语气平静地对我说。

“罗小高，你先回家休息一阵，说不定朱水军只是做做样子，过段时间还会让你回来读书。”事到如今，我也只能尽力安慰他。

“阳小兵，陪我去朱老师房间一趟吧。”罗小高恳求道。

到了朱老师房间，罗小高脸涨得通红，终于流露出一丝忏悔和不舍：“朱老师，这些日子让您听了不少我的烦心事，感谢您一直这么关照我。以后您多保重。”他说话时眼眶泛红，却努力克制着情绪。

“罗小高，你别怪朱老师，我实在是帮不了你……”朱老师说着，眼圈也红了。

“朱老师，再见。”罗小高强忍着情绪，说完便拉着我离开房间。

一出门，罗小高擦了擦眼睛，立刻恢复了常态，径直走到李红卫面前：“李红卫，咱们事先可说好了，虽然我没摘到五个桃子，但两个还是有的，朱水军在大会上都宣布了，二十块钱你得给我吧。”

“罗小高，我服了你！”李红卫说着，从口袋里掏出二十元钱递给罗小高。

“同学们，再见！”罗小高把钱塞进口袋，潇洒地和大家道别，随后提着书包大摇大摆走出教室，仿佛不是被开除，而是要去执行什么重要任务。

自那以后，罗小高再也没回到学校，从此成了一名失学少年。

十九

其实，罗小高的满不在乎不过是强撑的伪装。几年后，在他离世时，我从日记里惊悉，偷桃那晚被抓后，他曾跪地向朱水军苦苦求饶。被开除那天，他大摇大摆走出教室，故作得意的模样骗过了所有人，可刚出校门，他就躲在路旁的老槐树下，哭得撕心裂肺。这些细节，我都会在书里一一详述。

罗小高被开除一事，深深触动了三个人：我、朱老师，还有阿莲。我俩是公认的挚友；两个月前，朱老师身陷困境，是罗小高挺身而出；阿莲也曾在被黄勇羞辱时，得到过他仗义相助。虽然我们无力改变结局，但这场风波却让我们的情谊愈发深厚。此后，我不再避讳，每天与阿莲结伴上学放学；到了学校，一有空就和她去朱老师房里谈天。

被开除后的一个多月，罗小高总是躲着我。他摸清了我下午常去找他的规律，便故意去山上捡柴，或是帮父亲下田干活。有时明明在家，我邀他去秀丽山游玩，他也找各种借口推脱。曾经狂傲不羁的少年，如今语气里满是无奈，自卑的情绪如影随形，让人心疼。

我、阿莲和朱老师都忧心忡忡。那段时间，我多次陪着朱老师去罗小高家里。他的哑巴父亲或许不清楚学校里发生的事，但对儿子失学的状况了然于心。

罗小高被开除不久，朱晓珍老师专程登门。那天，父子俩都在家。我凑到他的哑巴父亲耳边介绍："这是罗小高以前的班主任。"老人拉着我和罗小高，比划许久。我明白，他是在困惑，曾经一起上学的孩子，为何如今一个能继续读书，另一个却只能辍学。

我转述老人的意思后，朱老师也只能无奈叹息。罗小高对朱老师的到访反应冷淡，问一句答一句，毫无热情。朱老师离开时，他只是随意说了句"朱老师，你好走"，连送都不送。

为了让罗小高振作起来，我和阿莲商量后，一同去了他家。罗小高显然没料到阿莲会来，看到她的瞬间，眼里闪过惊喜，可很快又被忧郁取代。

"阿莲，真没想到你会来，家里又破又乱的。"罗小高开口就是浓浓的自卑。

"小高，别太伤心，以后总会有机会的。"阿莲的话语满是关切。

"我哪有伤心？这就是我的命。谢谢你们惦记，真羡慕你们能继续读书，一定要好好学习……"他强挤出一丝笑容。

我也赶忙说道："小高，以后常去秀丽山玩啊！"

"不耽误你们学习的话，我就去。"从他反复提及"学习"就能看出，他对失去读书机会有多惋惜。

我们看在眼里，急在心里。一天，在朱老师房里聊起罗小高，朱老师突然有了主意："巧红心善，罗小高年纪小，在家也干不了重活，不如让他去给巧红帮忙，既能减轻巧红的负担，也能让小高走出阴霾。"

我和阿莲一听，连连称好。随后分工行动，朱老师去和巧红沟通，我去找罗小高劝说，没想到两人都爽快答应了。自那以后，罗小高就常在巧红的十三号鸡舍里忙活。

二十

让罗小高来帮忙，对巧红而言，纯粹是因为朱老师提起此事，想借这个机会让罗小高解闷，重新树立生活信心。所以，巧红并未指望罗小高真能帮上什么忙。况且，巧红自己在这儿养鸡，也只是勉强维持生计，根本无力支付罗小高的工钱。

可罗小高却十分认真。

自打答应来十三号鸡舍帮巧红，他就跟秀丽山养殖场的其他员工没什么两样。每天上午，养殖场员工刚开始上班，罗小高就已准时出现在鸡舍；下午员工全部收工后，他才离开秀丽山。

罗小高开始帮忙后，我和阿莲、小凤往巧红那儿跑得更勤了。每天下午一放学，我们就直奔十三号鸡舍。在那儿，常能看到罗小高帮巧红搅拌鸡饲料、投喂鸡群，有时也会撞见他在打扫卫生。他的衣服、头发，甚至脸上都沾着鸡饲料，而巧红自然也陪着他一起忙碌。

每次我们到鸡舍，巧红总会让罗小高停下手中的活儿，陪我们聊聊天。起初，罗小高见我们来，还有些腼腆，总借口忙碌不愿多交流。但日子一久，只要巧红招呼一声，他就会放下活计，兴致勃勃地和我们闲聊起来。

有一天，罗小高跟我提起，他听说过《钢铁是怎么炼成的》这本书，知道主人公保尔·柯察金意志坚韧，特别想找来读一读，学习保尔的精神。我马上把这事告诉了朱晓珍老师，正巧朱老师手头就有这本书，便让我带给罗小高。罗小高接过书，欣喜不已，当场就翻阅起来。此后，每次去巧红那儿，只要罗小高没在干活，准是在专心看书。

不到十天，罗小高就看完了《钢铁是怎样炼成的》。他把书交给我，郑重说道："阳小兵，你帮我转告朱老师，我罗小高不会再自暴自弃了。从现在起，我要多读书、多写作，我也要……成为一名作家。"

罗小高上学时语文成绩就很出色，他的作文多次被朱老师当作范文在班上朗读。我觉得他有成为作家的天赋，也坚信凭借努力，他一定能成为优秀的作家，心里由衷为他高兴。

从那以后，罗小高不仅通过我和阿莲向朱老师等人借书，巧红还特意去新华书店买了不少书送给他。我们去十三号鸡舍，总能看到他不是在干活，就是在埋头学习，有时还会瞧见他趴在巧红简陋的板桌上认真写作。可当我们想看他写的东西时，他总是笑着推辞："写得不好，等以后写好了一定请你们指点。"

罗小高连说话都变得文雅起来。

见罗小高学习热情高涨，我们曾提议，要不要和朱老师一起去找朱水军求情，让他恢复罗小高的学籍。罗小高却态度坚决："没必要了，古今成大事者，不一定都出自课堂，我要走自学成才的路。"

为了让罗小高能专心学习，巧红劝他："小高，你这么爱看书学习，以后就别来帮姐姐干活了，以前你没来帮忙，我也能把活儿干完。"罗小高一听就急了，满脸不悦："巧红姐，要是你觉得我看书耽误干活，那我干活时就不看书了。"见他态度如此，巧红便不再提这事了。

二十一

罗小高来帮巧红做事这件事，还是被人提了出来，这个人就是程小刚。

罗小高开始帮巧红做事后，我把程小刚、李伟明与巧红之间的关系告诉了他，还对他说："李伟明和程小刚与巧红关系特殊，我担心时间一长，他们会插手这件事。"

罗小高上学时对秀丽山这边的情况了解不多，但那时的他十分自信。要是当时我跟他说李伟明和程小刚可能会介意他和巧红走得太近，估计他会自信满满地说："李伟明和程小刚算什么？他们敢找我麻烦，我就让他们不好过。"

然而现在的罗小高，已经是被学校开除的农村少年。被开除一事严重打击了他的自信心，而李伟明和程小刚都是城里来的，在农村有着天然的优越感。

“我只是个农村孩子，就想帮巧红姐做点事，只要不招惹他们，应该不会有问题吧？”罗小高怯生生地说，话语里早已没了往日的自信。

我安慰他：“应该没事，要是他们来了，你尽量回避，别和他们起冲突。”

罗小高开始帮巧红做事时，程小刚正好外出学习，一走就是两个多月。所以在李伟明和程小刚两人中，罗小高先接触到的是李伟明。

那是罗小高到十三号鸡舍帮忙后的一个下午，他正帮巧红拌饲料，李伟明来了，两人就此有了第一次正面接触。

“巧红，这孩子是哪儿的？”李伟明为人善良谦逊，语气里既没有瞧不起，也没有嘲讽的意思。埋头拌饲料却一直留意着动静的罗小高，听到这话心里很是感动。

巧红介绍道：“他叫罗小高，就住在对面的罗家大屋。”说完，她凑近李伟明耳边轻声补充：“这孩子就是我跟你提过的，赶走冬阳附中原来校长黄仲仁的那个。他从小没了母亲，父亲是个哑巴。可惜，前不久他因为偷摘学校两个桃子，被新校长开除了。是阳小兵和阿莲看他在家消沉，才叫他过来帮我，也能让他散散心。”

虽然巧红说得很轻，但罗小高每句话都听得清清楚楚。当听到自己赶走黄校长的事被提起，他脸上闪过一丝不易察觉的自豪；可听到巧红说起父亲是哑巴，还有自己被开除的事，他又羞愧地低下了头。

“巧红，我看这孩子不坏，让他帮忙做事，既能减轻你的负担，也能让他找点事做，挺好的。”罗小高本以为李伟明知道自己的情况后会嫌弃，没想到对方说得这么诚恳，这让他感动得差点落泪。

这一次接触，让罗小高对李伟明产生了好感。后来，要是李伟明一两天没来鸡舍，罗小高就会惦记。李伟明一来，巧红常常停下手中的活，让罗小高跟他一起聊天、下跳子棋。巧红有一副玻璃跳子棋，罗小高也喜欢和她下棋。看着巧红支着脑袋、紧锁眉头思考的样子，罗小高总会想起在学校偷看阿莲沉思的画面，他觉得巧红和阿莲不仅性格相似，连外貌都有几分相像。

“看你们俩下棋的样子，真像亲兄弟。”罗小高和李伟明下棋时，巧红有时坐在旁边看，看着看着就会忍不住发出这样的感慨。

“那好，罗小高，以后就叫我伟明哥哥吧。”李伟明很认同巧红的说法。

就在罗小高和巧红、李伟明越来越熟悉，彼此也建立起信任时，程小刚结束学习回来了。

程小刚回来稍作休息，就直奔巧红的十三号鸡舍。这次他没叫办公室的肖主任一起，而是独自前往。

当时，罗小高正在帮巧红拌饲料，巧红则进鸡舍喂饲料去了。听到脚步声，罗小高以为是李伟明来了，满心期待，想着拌完饲料就能和李伟明下盘棋。

“喂，你哪来的？在这儿干什么？陈巧红呢？”罗小高正埋头干活，突然听到陌生的声音，抬头一看，来人身材高大，一副城里青年的派头，顿时有些慌乱。

因为我之前跟罗小高描述过程小刚的模样，他立刻猜到眼前这人就是程小刚。

“巧红姐在里面喂鸡。”事已至此，罗小高没法回避，只能如实回答。

“去把她叫出来，就说我程小刚来了。”程小刚用命令的口吻说道。罗小高只好放下手中的活去喊巧红。

他刚转身，就听见程小刚嘟囔：“什么巧红姐，我怎么不知道巧红还有这么个弟弟？”罗小高没理会，径直去喊巧红。

“谁让他来看我？让他等着。”巧红听说程小刚来了，满脸不悦，继续喂鸡，直到把饲料喂完，才和罗小高一起出来。

“哟，程副场长学习回来了？真厉害，一回来就到基层视察。”巧红的话里满是嘲讽。

“巧红，别这么说。这两个月我在外地学习，可心里一直惦记着秀丽山，还有……你。”程小刚说着，瞥了罗小高几眼，那神情分明是不想让罗小高听到他们的谈话。

“巧红姐，你们聊，我先回去了。”罗小高受不了程小刚言语和眼神里的傲慢，主动提出离开。

“小高，你去喂下饲料，我一会儿就来。”巧红不想让罗小高走。

“好，巧红姐，我这就去。”罗小高提着饲料进了鸡舍。

“程小刚，我早说过，不用你帮我买东西，把衣服拿回去吧。”罗小高刚进去，就听见巧红的声音。

“陈巧红，别太过分！我才离开两个月，你就铁了心跟李伟明那小子？”程小刚语气不善。

“跟李伟明没关系，程小刚，请你尊重我。”

“巧红，我们以后都要回长沙的，你为什么不选我，非要跟李伟明？”

“程小刚，我再说一遍，别乱说！”

程小刚沉默片刻，又问：“刚才那小子哪来的？”

“他叫罗小高，是罗家大屋的。”

“你凭什么叫他来做事？经过场部同意了吗？你哪来的钱付工资？”

“不是所有人都贪钱，罗小高帮忙不要钱。”

“不要钱也不行！”

“你连个十来岁的孩子都要计较？”

“我不是这个意思，但小孩也不能随便来场里做事！”

两人的争吵越来越激烈。罗小高听我说过巧红不喜欢程小刚，此刻气得恨不得冲出去教训程小刚。可他也听说过程小刚和自己父亲的冲突，知道贸然动手只会让巧红也跟着遭殃，只好强忍着，低头继续喂鸡。

“程小刚，我要干活了。”巧红下了逐客令。

“你这么对我，会后悔的！”程小刚怒气冲冲。

“我已经够倒霉了，还怕什么？”巧红毫不退缩，这话显然在暗指程小刚当上副场长后，把她调到十三号鸡舍的事。

“好，陈巧红，你不给我面子，就别怪我不客气！”程小刚气呼呼地说完，离开了。

程小刚来的第二天上午，罗小高刚到鸡舍不久，办公室肖主任就来了。罗小高想借喂鸡躲开，却被肖主任叫住：“你就是罗小高？对面罗家大屋的？”

“他就是罗小高，是我请他来帮忙的，是程小刚让你来的吧？”巧红替罗小高回答，语气十分强硬。

“巧红同志，场部规定你清楚，从外面找人做事必须经过批准，这规定对谁都一样。”肖主任摆出领导的架子。

“我又不给他发工资，他就是来帮忙的，就当他是我弟弟，不行吗？”巧红据理力争。

“就算是你弟弟也不行，场部规矩不能破！”有程小刚撑腰，肖主任底气十足。

“要处分就处分我，反正我就要罗小高留下！你们谁也别想管！”巧红说着，拉起罗小高就往鸡舍走，“走，咱们喂鸡去！”

“陈巧红，你！”肖主任被气得说不出话。

程小刚这次是动真格了。当天下午，他说动刘一江、罗之良来到十三号鸡舍。

“刘场长，罗场长，欢迎领导检查工作。”刘一江快五十岁了，罗之良又是阿莲的父亲，巧红对他们还算尊重。

在两人来之前，巧红就看到了，提前让罗小高躲进鸡舍喂鸡。

“巧红啊，把你调到十三号鸡舍，工作量比以前大了，忙得过来吗？”刘一江看似关心，实则话里有话，暗指罗小高的事。巧红不好发作，只能回应：“谢谢领导关心，工作量确实大了不少，所以才让罗家大屋的罗小高来帮忙。”

“你给他付工资吗？”刘一江明知故问。

“刘场长，不用付钱，罗小高还是个孩子，是自愿帮忙的。”

“自愿也不行，没经过场部同意，谁都不能随便找人帮忙，巧红，你应该明白。”刘一江的话看似温和，实则态度坚决。

“巧红啊，场部规矩不能破。”罗之良也在一旁帮腔。

“那好吧，我再考虑考虑。”巧红知道硬顶没用，只好先缓一缓。

“好，我们相信你。”刘一江不愧是官场老手，把难题留给巧红，说完就和罗之良离开了。

躲在隔壁鸡房喂鸡的罗小高，把他们的对话听得一清二楚。他没把程小刚和肖主任的话太当回事，可刘一江和罗之良的话，却让他不得不认真思考。

“巧红姐，他们肯定容不下我，我……我还是回家帮父亲干活吧，我也十多岁了，能出份力了。”罗小高无奈地说。

“小高，别怕，有我呢！”巧红不愿放弃。

“巧红姐，咱们斗不过他们，何必自找麻烦。”罗小高像个小大人似的劝道。

“听姐的，姐不怕他们。”巧红耐心安慰。

可第二天、第三天、第四天，罗小高都没再去鸡舍。

大家都猜到他不会再来了。巧红和李伟明商量后，让我带着李伟明去罗小高家里。看到他家摇摇欲坠的茅草房、破旧的家具，还有哑巴父亲，李伟明眼眶湿润了。临走时，他硬塞给罗小高父亲三十元钱，说是巧红给罗小高帮忙的报酬。

罗小高却从父亲手里抢过钱，塞回给李伟明。

“罗小高，你真是好样的！”李伟明收起钱，由衷地赞叹。

李伟明走后，罗小高再也没去过十三号鸡舍。他怎么也想不明白，自己义务帮忙，为什么会遭到这么强烈的反对，未来的路该怎么走，他感到无比迷茫。

二十二

罗小高离开十三号鸡舍后不久，父亲郑重其事地告诫我，希望我以后少去那里。我当即反驳道："为什么不能去？难道罗小高帮巧红姐做事不行，连我和小凤去也不行？"

父亲无言以对，只是无奈地摇头："小兵啊，你爸不是怕事的人，但如今这世道，咱们还是少惹麻烦为好。"

后来我才得知，促使父亲劝我别去十三号鸡舍的，并非程小刚，而是林之良和谢阿姨。原来，他们曾专程找到父亲，说了罗小高的一些情况后，林之良严肃地对父亲说："老阳，你家小兵和我家阿莲都上初中了，该以学业为重，以后都少往巧红那儿跑。"

父亲起初对林之良和谢阿姨的到访感到疑惑，听了这话才明白他们的真实意图——醉翁之意不在酒，他们真正目的是让我少和阿莲接触。

"林副场长，您放心，我会跟小兵说的。"父亲当场表态。

"那就好，那就好。"林之良和谢阿姨说完便离开了。

可那天下午，父亲一直心神不宁。他很清楚，林之良和谢阿姨此番来绝非随意提醒，而是经过深思熟虑的。虽然旁人常开玩笑说我和阿莲是天生一对，但父亲从未当真。他也喜欢阿莲，可阿莲父亲是养殖场副场长，管着上百号人，而自己只是普通饲养员，这身份差距让父亲觉得我和阿莲之间隔着难以跨越的鸿沟。正因如此，父亲虽喜欢阿莲，却从未奢望她能成为自家儿媳。不过，父亲对林之良和谢阿姨的做法颇为不满："都是十来岁的孩子，谁能说得准以后的事？"这种做法深深刺痛了父亲的自尊心。

父亲跟我谈话时，自然没提林之良和谢阿姨找过他的事。我虽对父亲不让我去巧红那儿心怀不满，但深知他的脾气，也不敢违抗，从此去十三号鸡舍的次数渐渐少了。

林之良既然提醒了父亲，自然也会叮嘱阿莲少去十三号鸡舍。这样一来，我和阿莲独处的机会愈发稀少。有时上学放学路上偶遇，我想多和她说说话，她却总是刻意回避。我让小凤约她出来玩，她也总找各种借口推脱。我满心困惑，不明白她为何突然对我如此冷淡，一心想弄个明白。

一天放学后，我又撞见阿莲，忍不住问道："阿莲，我没得罪你吧？为什么最近总躲着我？"

"阳小兵，别问了，你只要知道有些事不是我自愿的就行。"阿莲说。

"那是谁的意思？是程小刚？你又不是养殖场员工，你爸还是副场长，怕他做什么？"我追问道，却怎么也没想到，真正不让阿莲和我单独相处的，竟是她父亲林之良。

罗小高不敢去了，我、小凤和阿莲也不再去，如此一来，常去十三号鸡舍的除了巧红，就只剩李伟明和程小刚了。李伟明本就瞧不上程小刚，程小刚把罗小高赶走后，李伟明对他的怨恨更是有增无减，一场冲突一触即发。

罗小高离开后的一个下午，李伟明下班后径直去了十三号鸡舍。那天巧红身体不适，正卧床休息。李伟明帮她拌好饲料喂完鸡，又主动提出去食堂打饭。他想着很快就回来，便只是虚掩了鸡舍门。

等他端着饭回来，还没进门，就听见巧红在屋里大声说："程小刚，你没资格干涉我的生活！我想和谁好是我的自由！"李伟明一听就知道，自己打饭的这会儿工夫，程小刚已经进去了。

"巧红，我都说过多少次了，我程小刚会对你好的！我到底哪点比不上李伟明？"接着传来程小刚的声音。

"别在我面前提李伟明，你们根本不是一类人！"巧红毫不示弱。

"巧红，你……"程小刚重重叹了口气。

突然，程小刚近乎失控地喊道："巧红，我一定要得到你！我要让你知道我有多爱你！"

紧接着，是巧红愤怒的斥责："程小刚，你要是敢胡来，我跟你拼命！"

李伟明只觉得太阳穴突突直跳，热血直冲脑门。他把饭碗往地上一放，一脚踹开房门。只见程小刚正想强吻巧红，被突然出现的李伟明惊得愣住。但他很快镇定下来："李伟明，我和巧红都是长沙人，你是衡阳的。我们正谈事呢，你来凑什么热闹？"

"程小刚，别装模作样了！老子看透你了！"李伟明怒不可遏，冲过去揪住程小刚的衣领，一拳朝他脑袋砸去。

程小刚抬手挡住，又还了一拳，两人在屋里扭打起来。很快，他们从房间打到拌饲料的屋子。屋里有铁铲、铁锅，两人抄起家伙继续厮打。等巧红冲出来时，程小刚举着铁铲，李伟明则拿着铁锅躲避。

"别打了！"巧红大喊一声，冲到两人中间。

李伟明一分神，程小刚趁机一铁铲狠狠拍在他肩上。李伟明顿时瘫倒在地。程小刚还想动手，巧红扑到李伟明身上护住他。程小刚这才反应过来闯了大祸，慌忙逃走。

没过多久，刘一江、林之良和办公室肖主任等人赶来，赶忙扶着李伟明往冬阳乡卫生院跑去。

二十三

冬阳乡卫生院坐落于罗家大屋东侧，与秀丽山养殖场隔垅相望。卫生院规模不大，总共只有七八名工作人员，院长是本地的王姓人士。其中，外科医生胡芸秀尤为引人注目，四十多岁的她，曾在长沙一家知名大医院任职，丈夫也是一名内科医生。因父母出身问题，胡芸秀夫妇遭受批斗，被下放到冬阳乡，二人一个主外、一个主内，极大地提升了卫生院的医疗水平。可惜好景不长，胡芸秀的丈夫到任不久便因病离世，此后她便独自在卫生院工作，成为这里唯一的外科医生。

我刚到冬阳附中上学时，曾和罗小高比赛爬电杆，不慎摔伤了脚，正是胡芸秀为我包扎，自那以后，我便认识了她，并对她心生好感。

那天，李伟明被人用铲打伤，浑身是血地被送到卫生院。当时胡芸秀正在给住院病人测血压，见状，她立刻吩咐护士继续测量，自己则带着另一名护士，将李伟明送进手术室。李伟明左手臂上方有一道好几寸长的伤口，鲜血不断渗出。胡芸秀迅速为他止血，清理并缝合伤口，近三个小时后才完成手术。

“好险，再往上一点可能伤到动脉血管。”安置好李伟明后，胡芸秀把刘一江、林之良、巧红等人叫到另一间房说道。

刘一江虽松了口气，但仍担忧地问：“不会再有危险了吧？”

“问题不大，不过需要住院几天，拆线后才能走。”

“那得安排人照顾他。”刘一江说。

巧红坐在李伟明床头，扶住他说：“刘场长，就让我来照顾伟明吧，他受伤也和我有关，我不能不管。”

刘一江和林之良私下商量后，拒绝了巧红：“巧红，我们理解你的心情，但你俩都是未婚青年，不太方便，还是找个男同志吧。”

“你们这也太过分了！我都不怕，你们怕什么？”巧红眼眶湿润。

林之良劝道：“巧红，我们知道你委屈，但也要体谅我们做领导的难处。”

“反正你们不让我照顾，我也要来！”巧红十分倔强。

就在僵持不下时，我父亲从秀丽山养殖场赶来。刘一江见状，突然想到办法：“让老阳来照顾李伟明，巧红你帮忙打理三号鸡舍，也算尽份心意。”父亲和李伟明关系不错，便欣然答应。

刘一江安排好后续事宜后，众人来到李伟明病房。胡芸秀对李伟明说：“小李，好好休养，场领导特意派老阳来照顾你呢。”

父亲坐到床沿，话里有话：“伟明，安心养伤，刘场长、林场长都来了，相信这事会妥善处理。”这话暗含对刘一江和林之良的提醒，二人虽听出弦外之音，却也不好发作，匆匆告辞。

巧红不舍离去，还去冬阳乡供销社给李伟明买了换洗衣物。临走时，一直沉默的李伟明终于开口："巧红，有老阳照顾，你放心，我不在，你自己多保重！"

二十四

我父亲虽是个五大三粗的男子汉，但对李伟明的照顾却十分细心。

李伟明受伤后，我父亲所在三号鸡舍的喂养工作便由巧红接手，我和妹妹小凤的一日三餐及衣服清洗，也都交给了巧红。只有偶尔放学过早，巧红还未开始准备饭菜时，我们才会去食堂找贺师傅帮忙打饭。巧红每天中午都会前往冬阳乡卫生院看望李伟明，还会从冬阳养殖场捎带些可口的吃食。而我们兄妹俩，每天放学也都会先到卫生院探望李伟明。

我们去时，病房里通常只有李伟明、我父亲和胡芸秀医生三人。

李伟明住院头两天不太爱说话，我们去了，他也只是简单打个招呼、寒暄几句。因此，我们去后，主要是和我父亲及胡芸秀医生聊天。胡芸秀医生膝下无子女，丈夫也已离世，看得出来，她很喜欢我和小凤。我们一到，她便会投来亲切的目光，接着问我们许多问题：老家在哪儿，好不好玩？班主任是谁，对我们好不好？去过哪些地方，到过长沙没有？平时谁做饭，自己洗不洗衣服……有时，她还会问些有趣的问题，比如在家会不会打架，父亲更偏爱谁，父亲会不会打骂我们等等。我觉得四十多岁的胡芸秀，有时问起话来天真得像个小女孩。我想，这或许是因为她一直没有孩子，又失去了丈夫的缘故吧。

我发现胡芸秀和我们聊天时，父亲总是一脸高兴地坐在一旁，显得格外温顺，与我们犯错时他那暴躁的模样截然不同。胡芸秀和我们交谈，偶尔一句有趣的话引得我们哈哈大笑，父亲和躺在床上的李伟明也会跟着笑起来。

胡芸秀对李伟明的伤势极为上心，在她的悉心照料下，李伟明恢复得不错。因为李伟明的伤，胡芸秀对父亲也有了更多了解，从她和我们的交谈中，能看出她很欣赏父亲的为人和性格。李伟明刚入院那两天，医院有位大师傅负责统一做饭；但两天后，大师傅因家中急事回去了，父亲和李伟明的吃饭成了难题。秀丽山距离冬阳乡卫生院足有两里多路，来回送饭实在不便。

在这种情况下，胡芸秀主动提出为父亲和李伟明做饭。

随着李伟明伤势逐渐好转，为减轻胡芸秀的负担，父亲主动承担起买菜的任务。菜买回来后，他还会帮着摘菜、炒菜。胡芸秀的房间就在李伟明病房隔壁，有时下午我们去看李伟明，远远就能闻到饭菜的香味，走近一看，便能瞧见父亲和胡芸秀在厨房里忙碌的身影。母亲去世后，家里的饭菜一直是父亲做的，我很喜欢父亲的手艺。胡芸秀开始做饭后，炒菜的活儿大多还是由父亲负责，她也爱吃父亲炒的菜，从不阻拦。

有时我们到胡芸秀那儿，能看到父亲炒菜炒得满头大汗，胡芸秀则拿着专门给父亲擦汗的毛巾，站在一旁默默注视着。我总觉得她的目光里藏着些特别的东西，可究竟是什么，我也说不上来。

胡芸秀目光中的异样，不仅被我察觉，连常来医院看望李伟明的罗大安和贺师傅等人也都看在了眼里。一天下午，我和小凤去看李伟明，父亲又去帮胡芸秀炒菜了，病房里只剩李伟明、罗大安和贺师傅三人。罗大安突然问我："小兵呀，让胡芸秀医师给你做娘行不行？"

说实话，我打心底里喜欢胡芸秀医师，她身上那种大城市独有的高贵气质让我十分羡慕，她的善良和细腻也令我欣赏。但我从未想过让她当我的母亲。母亲虽已离世两年多，可她在我心中的形象永远无法磨灭、不可替代。在我看来，"母亲"这两个字只属于那位在古山小村辛劳一生、如今长眠于不知名山坡上的养育之恩人，谁都无法取代。

听了罗大安的话，我想都没想，便语气坚决地说："罗伯伯，您别乱说，胡医师是给伟明哥治病的，怎么会做我娘？"

"我是说如果人家胡医师愿意，你们愿不愿意？"

"不愿意！"我生怕妹妹小凤不懂事说错话，急忙抢先回答。

这时，父亲和胡芸秀端着饭菜进来了。

罗大安和贺师傅已经吃过饭，胡芸秀便招呼我和小凤就在那儿吃。我们吃饭时，他俩坐在一旁。不一会儿，罗大安竟当着父亲和胡芸秀的面，又提起了刚才的话题。

“老阳呀，胡医师呀，瞧你们刚才端菜的样子，还真有点夫唱妇随的感觉呢。”罗大安调侃道。

我看见胡芸秀的脸瞬间红了，父亲也显得有些局促不安。

“是呀，老阳，这话老罗不说我也想说了。自从我住院，能看出胡医师和老阳配合得特别好。”没等父亲和胡芸秀开口，躺在床上由父亲喂饭的李伟明说道。

“老罗，小李，我只是想着照顾小李方便，才提出帮忙做饭，你们可别瞎想。”胡芸秀半是嗔怪半是羞涩地说，看得出来，她对罗大安的话并无太大反感。

“胡医师，老罗说的是真心话，我看你们俩挺般配的，要不是伟明这次住院，我们还真没发现呢。”平日里话不多的贺师傅也插了进来。

“老罗、老贺、伟明，快别说了，胡医师可是知识分子，哪能看上我们这养鸡的大老粗。”父亲终于开了口，他这话让我十分意外。此前，罗大安和贺师傅也跟父亲开过类似玩笑，父亲都会断然拒绝。可这次，当着这么多人的面，父亲虽没坚决拒绝，话语间却满是自卑。

“老阳，千万别这么说，要是看不起你们，我还会主动给你们做饭吗？”胡芸秀的回答很有分寸，像是只对父亲说的，又像是对在场所有人说的。

“难道胡芸秀真对父亲有意思？”毕竟我已是初中生，经罗大安、贺师傅这么一提醒，我意识到他们这番话并非空穴来风。

“爸，快吃饭吧，我今天还有好多作业要回去写。”我不想他们再继续这个话题，找了个借口。

“哦，吃饭、吃饭，不然菜都凉了。”被我这么一喊，胡芸秀有些尴尬，连忙说道。

大家都看出了我脸上的不悦，也明白我对这件事的态度，便自觉地换了话题，聊起别的事情来。

二十五

罗小高被程小刚从十三号鸡舍赶回罗家大屋，转眼又过去了三个月。

虽说罗小高去十三号鸡舍帮巧红干活，本就不图一分钱报酬，但被人赶回来这件事，对他而言却是莫大的侮辱。在罗小高幼小的心灵里，自尊心再一次遭受重创，就像之前被朱水军从学校开除时那样。自那以后，罗小高又开始躲着我和阿莲，即便我们去他家，只要他在家，也会立刻找个借口躲开。

那段时间，罗小高突然迷上了武侠小说。那时书店里金庸、古龙的小说还没大量上市，他就买了《水浒传》《三国演义》《三侠五义》《小五义》之类的书来看。看着看着，他彻底迷上了古代的武侠世界。

一天中午，罗小高和哑巴父亲吃饭时，突然大喊一声："我要用拳头来扫平这个世界！"好在他父亲耳朵有些背，没太听明白，还以为他只是随口说说。吃完饭，父亲要去晒谷坪干活，便用手比划着，示意罗小高别急，多吃点饭。

这一声大喊，成了罗小高思想转变的重要节点。当天下午，自被赶出第十三号鸡舍后，他第一次来到秀丽山养殖场，还在我家门口碰到了我。

"阳小兵，你怎么这个时候才回家呀？"罗小高声音清亮，主动开口问我，这让我十分惊讶。我还没来得及问他近况，反倒是他先开了口。

"下午放学晚了些。罗小高，你终于愿意出来玩了！"我兴奋地拉住他的手。

"我想通了，没必要跟自己较劲。"罗小高语气洒脱，听他这么说，我感觉他又找回了被冬阳附中开除前的自信。

我拉着罗小高往家走，正巧巧红在帮我父亲喂鸡。两人一见面，都很开心。

“罗小高，好几个月没见你了，离开十三号鸡舍就不来看巧红姐姐啦？”

“巧红姐，哪能呢！这段时间我在家看书。”

“都看些什么书呀？”

“武打书。”

“哟，想当大侠呀？”

“没错！我就想让卷毛程小刚看看我的厉害！”

“小高，可别这么说。你年纪还小，你伟明哥都不是他的对手，还被他砍伤了。”话一出口，巧红就意识到自己说漏了嘴，赶忙补充，“你还是个孩子，别总想着打架。”

“阳小兵，巧红姐姐说伟明哥被砍伤了，怎么回事？”罗小高十分敏感，立刻转头问我。

我看了巧红一眼，心想罗小高这段时间与外界隔绝太久，李伟明被砍的事他迟早会知道，也没必要瞒着，便将事情的来龙去脉一五一十地告诉了他。

听完，罗小高猛地一拳砸在饭桌上：“妈的，程小刚这卷毛太过分了！老子现在就去收拾他！”说罢就要往外冲，我和巧红急忙拦住他。巧红几乎是带着哀求的语气说道：“小高，伟明和程小刚的事还没个结果，你可别再添乱了。”

“唉，巧红姐，你这么忍下去会吃大亏的。”罗小高像个大人似的，语气里带着教训的意味。

“只要你肯听巧红姐姐的话就好。”巧红却丝毫没有生气。

罗小高知道不能再任性，便点点头：“巧红姐，我听你的。”随后提出要和我一起去看望李伟明。

我们赶到冬阳乡卫生院时，李伟明正在睡觉，只有我父亲和胡芸秀坐在床边，像是在低声谈论着什么。见我们来了，两人神色慌张，立刻停止了交谈。

“阳伯伯，胡医师！”罗小高分别打了招呼。

“这个小孩是……？”罗小高认识胡芸秀，可胡芸秀却不认识他。

“哦，他是罗家大屋的罗小高，父亲是个哑巴，和我家小兵一样，母亲走得早。”父亲连忙向胡芸秀解释。

“唉，又是个苦命的孩子。”胡芸秀忍不住叹息，尽显菩萨心肠。

没过多久，李伟明醒了过来，看到我和罗小高，十分高兴：“小高呀，好久没见你了，怎么都不来秀丽山玩？”

“伟明哥，程小刚那狗杂种，我一定要替你报仇！”罗小高似乎忘了在巧红面前的承诺，我赶紧扯了扯他的衣服，他才改口，“伟明哥，你好好养伤。”

“小高，我受伤的事总会有个说法。我就不信，他程小刚靠着他爹那点权势，还真能一手遮天！”李伟明像是在安慰罗小高，又像是在给自己打气。

“老阳，你们聊，我去给你们煮饭。”见李伟明一醒就和罗小高聊得火热，胡芸秀找了个借口离开了。

“煮饭？给我们煮饭？……”罗小高一脸疑惑。

我向他解释道：“伟明住院后，为了方便照顾，胡医师主动承担起给伟明和我爸做饭的事。”

那天下午，罗小高也在卫生院吃了晚饭。

从卫生院出来时，天色已晚。罗小高坚持要先送我回秀丽山，他再回家。走在冬阳卫生院到秀丽山养殖场的乡间小路上，夕阳的余晖洒在我们身上。罗小高突然说：“阳小兵，你知道胡医师的老公是从省城下来的李副院长吧？他前两年去世了。”

“知道。”我隐隐猜到他想说什么。

“阳小兵，我觉得这位胡医师对你父亲有意思。”罗小高果然说了出来。

“罗小高，别胡说八道！”我轻轻捶了他一下，语气里满是不悦。

“我就是提醒你，又没说她一定会成为你娘。”罗小高委屈地说。

“我不许你提这事！在这个世界上，我只有一个娘，她虽然不在了，但除了她，谁也别想当我娘，我谁都不要！”我态度十分坚决。

罗小高不再说话，默默地把我送回了家。

二十六

李伟明出院了。

出院那天下午，胡芸秀亲自将他送到秀丽山养殖场。秀丽山养殖场的大多数人都认识胡芸秀，李伟明住院期间，她悉心照料的事早已传到这里。所以，她一踏入养殖场，便不断有人热情地和她打招呼，而她总是笑容满面地回应。

我父亲和其他人陪着胡芸秀，一起把李伟明送到他的房间。正准备返回医院时，罗大安看看胡芸秀，又看看我父亲，突然提议道：“胡医师，老阳照顾伟明时，也多亏你关照。既然来了，就去老阳的三号鸡舍看看吧。”

我站在父亲身边，目睹胡芸秀的目光在我和父亲之间来回流转，她沉默不语。我暗自揣测，她送李伟明回来，或许本就怀着想来我家看看的心思。

罗大安话已说开，父亲不好拒绝，也向胡芸秀发出邀请：“胡医师，欢迎你去看看。”我心里抵触胡芸秀来家里，又不想让父亲难堪，只好找借口说：“爸，我到罗小高那里有点事。”便匆匆离开。

胡芸秀果然去了我家，而我并未前往罗小高家。离开父亲后，我独自跑到秀丽山山顶，在曾和阿莲坐过的地方，一坐就是几个钟头。

夜幕渐渐降临，晚风吹过树林，发出“呼呼”的声响。环山而建的鸡舍亮起零星灯光，宛如一条黯淡的绸带缠绕着圆形山峰。那些灯光在风中摇曳，恍惚间，我仿佛置身于被海水环绕的孤岛。远处，青蛙呱呱鼓噪；

近处，归巢的小麻雀在枝头叽叽喳喳，轻飞乱窜。

我坐在那里，思绪翻涌，往事如潮水般涌上心头。我想起小时候和母亲去小姑妈家，翻过山后，常躲在大茶树下避雨；想起与母亲在地里干活，突遇雷雨，母亲为护我冒雨狂奔回家；还想起砍柴时砍伤手指，母亲焦急地带我冲向医院。母亲的爱深沉浓厚，要是她还在该多好！那样，我或许正和儿时伙伴玩捉迷藏、滚铁圈，直到母亲唤着我的乳名，我才会满心欢喜地回家。我无比眷恋母亲呼唤我乳名时那温柔如歌的声音，可如今，随着母亲离世，这声音也永远消逝了。

坐在山顶，我也忆起与阿莲相处的那次经历。那时我虽年少，却对她产生了特殊的情感。尽管相处时间短暂，她的一举一动却深深烙印在我脑海中。异性相吸乃天性，我尚且如此，又怎能责怪中年丧妻的父亲对胡芸秀萌生好感呢？况且，胡芸秀善良温柔，命运坎坷，着实令人心疼。

我意识到应该理解父亲，可这个念头刚一浮现，母亲的声音便在耳畔响起，仿佛整个山顶都回荡着她呼唤我乳名的声音。不！即便父亲的情感值得同情，我也无法接受其他女人进入我们的家庭，更不能容忍有人取代母亲在我心中的位置。

夜色渐浓，我不知在山顶坐了多久，被晚风一吹，身上泛起丝丝凉意，这才起身往家走。远远望见三号鸡舍的灯光还亮着，我知道父亲一定在等我。每次去罗小高家玩，无论多晚，父亲都会等我归来才休息。

"爸，我回来了。"推开门，父亲戴着老花眼镜，正盯着一本缺了封面的古书。父亲文化程度不高，平日很少看书，只有心绪不宁时才会借此平复内心。此刻他看书的举动，无疑表明他心情难以平静。

下午胡芸秀来家里，我却找借口离开，父亲肯定看穿了我的心思。在冬阳乡卫生院时，罗大安和贺师傅跟我开玩笑，我当时的反应，父亲也不会忘记。我不知道父亲会如何看待我，只想尽量避开他，免得惹他生气。打了声招呼后，我便去洗漱，准备睡觉。

"小兵，你没去罗小高家吧。"父亲放下书，目光紧紧盯着我，沉默片刻，像是鼓足勇气说道，“爸爸确实要和你好好聊聊。”

“爸，我困了，明天还要上学呢。”我心里清楚他要说什么，根本不想面对。

“小兵，我知道你不想胡医师来家里，可爸一个人拉扯你们兄妹三个不容易，胡医师也吃了不少苦。”父亲向来直来直去，开门见山地说道。

“爸，我没说不让她来。”我依旧不愿深入交谈。

“小兵，给我坐好！别不识好歹。”父亲被我的态度激怒，大声呵斥。他这一吼，吓得我乖乖坐到床沿。

“老实说，你到底喜不喜欢胡医师？”父亲非要我给个答案。

“爸，你不是发誓不再给我们找后妈了吗？”我深知自己的回答至关重要，为了守护母亲在我心中的地位，我决定据理力争。

父亲被我噎得满脸通红，扬起手似乎要打我，我也做好了挨打的准备。然而，他的手很快又放了下来。

房间里陷入令人窒息的沉默。

“唉……睡吧。”父亲长叹一声。

我躺在床上，却辗转难眠。父亲独自坐在桌前，目光死死盯着墙上母亲的遗像，一动不动。我几次偷偷睁眼，他始终保持着同样的姿势，宛如一尊雕塑。我知道，此刻他的内心正翻江倒海。

看着父亲痛苦的模样，我满心愧疚，自己的行为无疑是在他伤口上撒盐。有好几次，我想下床走到他身边，说一句：“爸，我听你的。”可一看到母亲慈祥的遗容，我又坚定了立场。不！我绝不能妥协。

那一夜，我和父亲都彻夜未眠。

第二天清晨，我早早起床，父亲也已为我和小凤准备好了蛋炒饭。我偷偷打量父亲，发现他双眼布满黑眼圈，面容比昨日更加憔悴。

那一刻，我觉得自己就像个残忍的刽子手，深深伤害了父亲。我不敢多看他饱经沧桑的脸，匆匆吃完饭，便和小凤上学去了。

父亲孤零零地站在门口，眼含泪水，目送我们渐行渐远……我这才发现，平日里坚强的父亲，内心竟如此脆弱无助。

这是我第一次无情地浇灭了父亲对胡芸秀刚刚燃起的爱恋之火。

二十七

李伟明出院归来，程小刚与他打架一事的处理迫在眉睫，秀丽山养殖场众人皆翘首以待处理结果。

李伟明出院次日，县委办派两人前来，调查打架详细情况。二人先找刘一江和林之良谈话，接着询问程小刚与李伟明，随后又分别与我父亲、巧红及养殖场部分员工了解情况。

李伟明接受谈话后，告知我父亲，那两人名为询问，实则劝他对程小刚网开一面，接受赔偿便不再追究。我父亲谈完后怒不可遏，称对方是在要挟自己出具假证明。巧红谈话后，泪眼婆娑地找到李伟明，诉说县委办两人不仅明显想为程小刚减轻责任，还刻意打听她与二人的关系，言语间满是轻慢。李伟明听闻此事，怒发冲冠要找县委办理论，被我父亲拦下。父亲劝他暂且忍耐，相信会有公正处理。

县委办两人次日一早离开，刘一江和林之良也一同前往县委办。当天下午，二人带回处理结果：认定程小刚与李伟明互殴，双方均有责任，由程小刚赔偿李伟明百分之八十医药费，场部对其批评教育。同时，鉴于事件影响恶劣，决定将李伟明调往大山乡。

这一决定明显偏袒程小刚。李伟明被程小刚用铁铲打伤，仅获百分之八十医药费补偿，而身为副场长且有后台的程小刚，所谓的批评教育形同虚设。李伟明虽拿到赔偿，却要被调往一百多里外的偏僻大山乡，无异于变相发配。

处分决定未召开全场大会宣布，仅在我父亲、巧红等少数职工及程小刚、李伟明在场的小范围内公布。决定宣布后，程小刚得意洋洋，李伟明则脸色铁青，愤怒不已。

“这处分不公平！”我父亲率先发声，“程小刚故意伤人，应全额赔偿并受处分。李伟明是受害者，凭什么调走他？”

“姓阳的，上次处分还没让你长记性？县委办都同意了，关你屁事！”程小刚恶语相向。

“程小刚，老子跟你拼了！”李伟明怒吼着起身，抄起凳子就要冲向程小刚。我父亲也拿起凳子准备帮忙，刘一江急忙上前阻拦，程小刚趁机溜走。

刘一江强调处理决定经县委办批准，我父亲和李伟明决定前往县委办讨个说法。因当天已无开往冬阳乡的班车，他们决定步行前往。出发前，父亲让罗大安撰写情况报告，二十多名支持李伟明的人签字。两人赶到衡阳时夜幕已降，次日一早便前往县委办，门卫告知需先找办公室孙主任。推开孙主任办公室的门，才发现他就是此前去过养殖场的矮胖男子。

“二位从哪来，有何事？”孙主任明知故问。

“孙主任，我们认识您，您前些天刚去过秀丽山。我姓阳，这是李伟明，我们来反映情况。”父亲直截了当地说。

随后，父亲和李伟明详细陈述事情经过及对处分决定的不满。可他们情真意切地诉说时，孙主任却盯着桌上报纸，等他们说完才抬头：“这处分决定是领导集体研究的，个人要服从组织。”

“组织也得讲公平！”李伟明愤怒地撸起袖子，“您看这伤疤，可不是我自己弄的！”

父亲也气愤地质问：“你们为什么要调走李伟明？明知他和巧红真心相爱，分开他们居心何在？”

“我说了，这是组织决定。不服找凌主任去！”孙主任招架不住，搬出县委办一把手凌主任。

“找就找！”父亲和李伟明怒气冲冲离开，前往凌主任办公室。

凌主任是个瘦高个，见两人到来很是不悦。父亲简明扼要说明情况，凌主任冷冷道：“情况我知道了，孙主任刚汇报过。既然组织已有决定，就别对抗了。”

双方激烈争论，凌主任却始终坚持决定，毫不松口。父亲和李伟明无奈与他大吵一架，失望返回秀丽山。

巧红、罗大安等人在我家等待消息，得知县委办态度后，巧红当场痛哭。李伟明满脸通红，沉默许久，突然冲进厨房拿起菜刀：“我咽不下这口气，跟他程小刚拼了！”

父亲眼疾手快拦住他，罗大安和贺师傅夺下菜刀，将他拉回屋内。众人轮番劝说，直到凌晨，李伟明才放弃冲动念头，由罗大安送回卧室。

李伟明虽拿到赔偿，却不得不接受离开养殖场的命运。

七月的夜晚，闷热无风，一轮明月高悬天际，清冷月光洒在秀丽山丛林，更添几分清幽孤寂。

李伟明即将离开，父亲请他到家中吃饭，巧红、贺师傅等人作陪。父亲炒了一桌好菜，还买了两瓶好酒。平日不喝酒的父亲和贺师傅，那天也陪着李伟明和罗大安频频举杯。几人默默喝酒，面对不公，千言万语都化作杯中苦涩。

第一瓶酒很快见底，李伟明醉意朦胧：“再拿一瓶！”第二瓶酒也迅速喝完，他仍不罢休：“老阳，今朝有酒今朝醉！”父亲也醉意上头，又找出一瓶白酒。众人继续碰杯，直到深夜十一点多才散席。

父亲醉倒在床上，罗大安和贺师傅摇摇晃晃却硬撑着说没醉。李伟明醉得站不起身，还嚷着要酒。罗大安让巧红送李伟明回去。巧红架着浑身酒气的李伟明，步履艰难地往他住处走去，近一个小时才到。可李伟明却执意要送巧红，不肯进屋。

巧红无奈，只得又扶着他往十三号鸡舍走。夏夜的晚风带着丝丝凉意，吹醒了李伟明几分，他呕吐后清醒许多，不让巧红再扶。巧红仍紧紧攥着他的手。快到鸡舍时，李伟明突然说：“巧红，我明天就走了，去山上坐坐吧。”

两人手牵手来到山上水塔旁的空地坐下。“巧红，我不想离开你，可我没办法……”李伟明声音哽咽。

“我不怪你，我们都身不由己……”巧红泣不成声。

李伟明为她擦泪，自己也泪流满面。“咱们命怎么这么苦！”巧红说完，扑进李伟明怀中。李伟明紧紧抱住她，两人深情相吻。

不知过了多久，巧红突然起身，颤抖着解开上衣：“伟明，我要做你的女人，把一切都给你。”

“巧红，不行！我得对你负责！”李伟明抓住她的手。

“你不要我，程小刚早晚会抢走我！”巧红挣脱他的手，毅然脱下上衣……

此刻，天地仿佛都已消失，只剩两颗饱受磨难的心紧紧相依，在秀丽山的见证下，完成最纯粹、最热烈的交融。

二十八

李伟明与陈巧红在秀丽山相拥的那个晚上，是他们生命中第一次身心的交融，也是他们相识后最幸福而又短暂的时光。

第二天早饭后，这对相爱的人就不得不面对痛苦的分离。

李伟明的行李很简单，只有一个背包、一个水桶和一只破旧的皮箱。那天去送李伟明的有刘一江、林之良等场领导，还有陈巧红、我父亲、罗大安、贺师傅等人。刘一江、林之良等场领导将李伟明送出围墙，说了些客套话便转身离开；贺师傅因要回去准备午饭，也先行告辞。而我父亲、罗大安和陈巧红执意要将李伟明送到搭车的地方。李伟明要先到衡阳，再从那里搭乘开往大山乡的班车。

当李伟明踏上公共汽车时，陈巧红突然不顾一切地想要跟上车，被我父亲和罗大安急忙拉住。汽车缓缓开动，李伟明眼中噙满泪水，用力向车下的父亲、罗大安和陈巧红挥手；车下的陈巧红早已泣不成声，见汽车远去，她还想追上去，又被两人死死拽住。父亲和罗大安不住地安慰她，说大山乡距秀丽山不过百多里，他们日后还能相见。然而，谁也没想到，这一面竟成了永别。

李伟明到大山乡后，被安排到水库工地的采石组。尽管工地上大多是外地人，但他明显感觉到周围异样的目光，许多人甚至不愿与他打招呼。他不知道，县委办有人暗中向大山乡打过招呼，说他是个受过处分的人。离开秀丽山、离开心爱的巧红，本就让他内心痛苦不堪，工地上的冷漠更让他倍感孤独。再加上被程小刚砍伤的手臂尚未痊愈，干起活来十分吃力，身体也越来越差。到大山乡后，李伟明只给陈巧红写过两封信报平安，之后便没再动笔。并非他不爱巧红，只是不想让她为自己担忧。

而陈巧红这边，自从与李伟明分别后，等待他的来信成了精神寄托。收到第一封信后，巧红将信贴身放好，迫不及待地跑向十三号鸡舍。那封信她反复品读，早已烂熟于心：

巧红，我的挚爱！

当我平安抵达大山乡，放下行囊的那一刻，满脑子都是你。在这陌生的地方，你是我唯一的牵挂。

离开秀丽山、离开你，是命运的无奈。此刻，你的身影在我脑海中挥之不去——是你在十三号鸡舍忙碌的模样，是我们分别那晚紧紧相拥的画面，更是你含泪送别的场景。爱虽艰难，却如此纯粹。“在天愿作比翼鸟，在地愿为连理枝”，我们一路走来不易，我定会将这份爱珍藏一生，永远爱你。

念你的伟明

1974年7月26日

此后，陈巧红一有空闲就拿出信来读，夜晚睡觉时，也会把信放在枕边，仿佛李伟明就在身边。

三天后，她收到了第二封信：

巧红：

我被分到水库工地的采石组，每天跟着石匠在山上放炮、采石，再把石头装上拖拉机运往工地，工作又累又枯燥。这里大多是衡阳人，他们看我的眼神很奇怪，好像我是什么异类。

本想请假去看你，可工程催得紧，领导说我刚来不久，不同意。你一定要照顾好自己，等我有机会，一定飞奔到你身边。

想你的伟明

1974年7月29日

从这封信里，陈巧红能感觉到李伟明的忧虑，知道他过得不好，工作也很辛苦。她想去大山乡看他，可向刘一江请假时，却因正值鸡下蛋高峰期被拒。两人只能在相思中煎熬。

十多天过去了，陈巧红一直没收到李伟明的信，心里满是不安。这天下午，她刚喂完鸡饲料，刘一江、林之良带着大山乡政府的两位同志来了，众人神情凝重。

“小陈，李伟明是个好同志。”大山乡政府一位领导模样的人说道。陈巧红不明所以，只是应和着。接着，那人沉重地说：“陈巧红同志，有件事要告诉你，李伟明同志在修水库工地放炮采石时，为保护他人英勇牺牲了。”

“什么？你说伟明他……他……”陈巧红只觉天旋地转，她曾猜想李伟明或许是生病了，却没想到竟是这样的噩耗。她仿佛被命运抛弃，话未说完便晕倒在地。众人急忙将她抬到床上，又请来冬阳乡卫生院的胡芸秀医师，一番救治后，她才缓缓醒来。

等陈巧红清醒，大山乡政府的领导从包里拿出两封信，说是李伟明生前写的，还没来得及寄出。陈巧红颤抖着展开信纸，第一封写道：

巧红：

领导还是不批准我去见你，只能在深夜写信诉说对你的思念。这里的工作越来越重，搬石头时，手上的伤口隐隐作痛，老胃病也犯了。有时痛得实在受不了，胃像被撕裂一般。哎哟，巧红，胃痛又发作了，只能先写到这儿……

这封信戛然而止，不难想象李伟明当时承受着怎样的痛苦。

另一封信写着：

巧红：

上封信写到一半，胃痛难忍，只能停下。这次，就算胃穿孔，我也要把心里的话都告诉你，我知道你一定在盼着我的信。

巧红，我太想你了。在秀丽山，虽然有阻碍，但至少还能相见；如今，见一面都成了奢望。命运为何如此捉弄我们？但请相信，我爱你至死不渝。

永远爱你的伟明

1974年9月3日上午

看到“死”字，陈巧红愣住了，这个字在她眼前不断放大，刺痛着她的心。她知道，此生再也见不到李伟明了。泪水打湿了信纸，也浸湿了床单。

大山乡政府的负责人继续讲述李伟明遇难的经过。原来，写完最后一封信的当天下午，李伟明和工友们去采石场。他们安放了两包炸药，点燃引线后，有一包没爆炸。工地负责人让李伟明和另一个人去查看，就在这时，炸药突然爆炸。千钧一发之际，李伟明将同伴推倒在地，用身体护住他。同伴只是被石头砸伤了脚，而李伟明却被石头击中头部，当场牺牲。

“伟明同志是为救人才牺牲的，他的死很伟大，我们将为他举行隆重的追悼会，希望你能参加。”大山乡政府负责人说道。

“不，我现在就要去！我要见伟明，我要和他一起走！”陈巧红说着，翻身下床开始收拾东西。刘一江等人劝她等场部派人一起去，她却执意立刻出发。最终，大山乡政府的两位同志决定陪她一同前往，场部也派唐兰随行。

李伟明的灵堂设在水库工地的空地上，民工们用松枝、柏枝装点，虽简陋却庄严肃穆。李伟明后脑受伤，面部却很安详，仿佛只是睡着了。陈巧红哭喊着跑到他身边，一声声呼唤着他的名字，可再也得不到回应。天空突然乌云密布，细雨飘落，仿佛也在为这对苦命的恋人落泪。

二十九

参加完李伟明的葬礼，陈巧红像被抽走了魂魄。往日灵动的双眼布满血丝，总无意识地摩挲着衣角，连走路都带着机械的僵硬感。食堂里，她独自蜷缩在角落，筷子在碗里戳弄着冷掉的饭菜，周围的欢声笑语仿佛与她隔着层毛玻璃。路上偶遇熟人的招呼，她先是愣神，瞳孔剧烈收缩后才如梦初醒般喃喃："你在叫我？"更多时候只是木然对视，直到对方尴尬离去，她才继续拖着脚步前行。深夜里，呢喃声穿透薄薄的墙壁："伟明，伟明，你怎么不带我一起去。"

这份痛苦如同潮湿的苔藓，在每个人心底疯长。同为长沙老乡的朱晓珍尤为揪心——当初她遭遇变故时，是陈巧红跑前跑后，如今这份情谊化作沉甸甸的牵挂。葬礼次日，朱晓珍就收拾了简单行李，每晚踩着月光，穿过寂静的山路，陪陈巧红挤在狭窄的床铺。只有在这个时刻，陈巧红才像被唤醒的困兽，沙哑着嗓子说起往事：湘江里打湿的麻花辫、火宫殿酥脆的臭豆腐、绿皮火车上对未来的憧憬。朱晓珍偶尔讲起俏皮话，陈巧红嘴角刚泛起涟漪，又被泪水冲散在枕巾里。

变故发生在某个暴雨夜。陈巧红突然攥住朱晓珍的手腕，指甲几乎陷进肉里："那天晚上，我们……"话音未落，泪水已决堤。朱晓珍这才惊觉，好友例假推迟两月，结合医学书籍里的知识，心里咯噔一声："巧红，你怕是怀孕了。"

"不可能……"陈巧红连连摇头，指尖颤抖得如同风中枯叶，"就一次……"但苍白的辩解抵不过现实。第二天，朱晓珍瞒着所有人，带她去衡阳检查。诊室的白炽灯下，诊断单上的字迹刺得人睁不开眼。

回程路上，陈巧红像具空壳，机械地跟着朱晓珍挪动。沉重的脚步踩在碎石路上，溅起细小的尘埃。她的大脑一片混沌，李伟明温柔的笑、孩子啼哭的幻影、世俗异样的目光，无数画面交织成乱麻。

朱晓珍深知，必须给好友找个帮手。她想起罗小高——那个被程小刚赶走、扬言要报仇的少年。次日课间，朱晓珍把“我”和阿莲叫到角落，听完罗小高的近况，她眼底闪过一丝光亮：“或许他能帮上忙。”

夕阳西下，三人来到罗小高家。哑巴父亲比划着指向晒谷坪，远远就看见少年挥舞着木棍。棍影划破空气，带起凌厉的风声。朱晓珍凝视着少年紧绷的脊背，突然开口：“练太极棍，是想报仇？”罗小高猛然僵住，手中木棍“当啷”落地。

屋内，朱晓珍将陈巧红的困境娓娓道来，独独隐去怀孕的秘密：“巧红需要人搭把手，你愿意去吗？”罗小高握紧拳头，骨节泛白：“程小刚……”“他那边我去说。”朱晓珍按住少年颤抖的肩膀，“但你得答应我，放下仇恨。”

漫长的沉默里，只听见挂钟滴答作响。终于，罗小高抬起头，眼中泪光闪烁：“我答应。”朱晓珍推门而出，暮色中，她的身影坚毅如松，朝着程小刚的住处走去。

三十

朱晓珍真的又跟我们一起到了秀丽山养殖场。她脚步匆匆，径直朝着程小刚的住房走去。碎石路上扬起的尘土沾在她的裤脚，像一层未及诉说的心事。

程小刚刚从办公室回来，公文包还搭在臂弯，正准备去吃晚饭。瞥见朱晓珍的身影时，他扶着门框的手微微收紧，喉结滚动着咽下惊讶：“晓珍？这大晚上的……”话尾被吞咽声截断，他侧身让出半扇门，皮鞋在水泥地上碾出迟疑的声响。毕竟都是长沙来的，程小刚与朱晓珍虽没有打过多少交道，但还是熟悉的。

“程小刚，你应该知道巧红现在心情不好，身体也不好。”朱晓珍将帆布包重重搁在斑驳的木桌上，金属拉链磕出闷响，不想跟程小刚绕弯子。

窗台上蔫头耷脑的绿萝，在穿堂风里抖了抖枯叶。

“我怎么不知道？我也想去安慰安慰，或者帮她去做点事。可是，我怕会起反作用呀！”程小刚扯松领带瘫进藤椅，弹簧发出不堪重负的呻吟，语气显得十分真诚；指节无意识摩挲着烟盒棱角，最终又将烟塞了回去，“可现在说这些还有什么用？”

“程小刚，你要知道，李伟明的死和巧红现在的遭遇实际都与你有关系。”朱晓珍不想含含糊糊，她觉得自己窝在肚子里的话也应该说出来了，说着逼近两步，旧地板在脚下吱呀作响。

“晓珍，你……你尽管说吧。”程小刚猛地站起，藤椅撞在墙上发出闷响。他抓着头发在狭小房间来回踱步，“李伟明死后，虽然并没有谁像你这样来当面指责过我，可这段时间，我自己的心情也很不平静啊！晓珍，你也许不知道，这两个月我几乎天天失眠，一闭上眼睛，脑海中浮现的就是李伟明浑身是血的样子。对于伟明，我……我确实有些地方做得不对啊！”自负狂妄的程小刚这还是第一次跟别人检讨自己的不足。

朱晓珍抬头看了看程小刚，发现他的眼圈确实多了一层黑晕，在台灯下泛着青灰，恍若凝固的淤血；人也比以前憔悴了许多。朱晓珍从内心相信程小刚的话，相信李伟明的死确实给了程小刚心灵狠狠的一击。

“程小刚，我相信你所说的话是真的。但即使你的内心有了一些愧疚，并且因愧疚而产生了一些痛苦，你的痛苦比起已经死去的李伟明，比起陈巧红又算得了什么？我看你如果意识到了自己的不是，就应该尽自己最大的努力来弥补自己以前的过错，来减轻一点巧红的痛苦。”平素文文静静的朱晓珍自己都奇怪怎么会有这么大的勇气，当着程小刚的面，竟毫不留情地说了这么多。

“晓珍，你说吧，我应该怎么样来分解巧红的痛苦，我听你的。”程小刚深知朱晓珍与陈巧红的关系，仍然显得一脸真诚，突然停住脚步，目光灼灼。

“巧红的十三号鸡舍你们已定了责任到人，我知道让你们立即把巧红从十三号鸡舍换下来也比较困难。我已经跟罗小高说好了，想让他仍然来给巧红帮些忙，我希望你不要再从中阻挠。”朱晓珍终于把这一趟来的真正目的说出来。

“晓珍，你就放心地让罗小高来吧！我……我程小刚虽然有许许多多的不是，也对不起李伟明和陈巧红，但我程小刚的心中毕竟也是肉长的呀！”程小刚不假思索就答应了朱晓珍提出的要求，这使朱晓珍心头掠过了一丝欣喜。

“你现在就打电话让他来，今晚就能接手。”见朱晓珍面露惊讶，他自嘲地扯动嘴角，“我混蛋，但还不至于连弥补的机会都要剥夺。”

“那好吧，我这就去为巧红弄点晚饭，罗小高今晚就帮她来做事。”朱晓珍说罢拎起帆布包，快步离开了程小刚的住房。

夜色漫过窗棂时，朱晓珍拎着保温桶往鸡舍走去。身后，程小刚长长的叹息混着蟋蟀鸣叫，在潮湿的空气里慢慢散开，像团化不开的墨。

三十一

罗小高在第二天果然又来帮陈巧红了。

这天，他特意换上一套刚洗过的半新蓝卡叽布衣服。因朱晓珍前一天打过招呼，罗小高不再计较第一次帮忙时发生的不愉快。尽管他只是个十多岁的孩子，却明白李伟明离世后，陈巧红最需要帮助。作为被学校开除在家的少年，有人愿意接纳他来帮忙，这份认可足以让他心生感激。多做些事对他来说也无妨，反正赋闲在家也无事可做。

尽管朱晓珍前一晚已告知陈巧红罗小高要来帮忙，可当罗小高出现在眼前时，巧红依旧难掩激动。

“巧红姐，我又来帮你做事了。昨天朱老师去我家，把很多事都跟我说了，我保证不会给你添麻烦。”罗小高懂事地说道。

“小高，巧红姐对不起你。上次让你受了不少委屈，都是姐姐不好。这次一定不会再让你受气。”巧红说着，伸手轻轻摸了摸罗小高的头。罗小高自幼丧母，对女性一直怀着懵懂的向往。从懂事起，从未有女性如此温柔地抚摸过他，此刻陈巧红的触碰，让他如遭电击，一股暖流瞬间涌遍全身。他情不自禁地伸手，握住陈巧红的手：“巧红姐，我就想陪着你，只要能和你在一起，我什么都不怕。”

泪水从陈巧红眼眶夺眶而出，一滴滴落在罗小高的头上、手上。罗小高没带手绢，也没有如今常见的餐巾纸，便伸手为她擦拭眼泪。陈巧红顺势拉住他的手贴在自己脸上：“小高，你真是个好弟弟，巧红姐这辈子都不会忘了你。”

“巧红姐，我……我罗小高一辈子为你做牛做马都心甘情愿。”罗小高激动得声音发颤。

当晚，罗小高在食堂前的大坪遇见了程小刚。

有了朱老师前日的叮嘱，罗小高既没有刻意回避，也未表露愤怒，只是平静地往前走。没想到程小刚却主动喊住了他。

“罗小高，罗小高！”起初罗小高还以为听错了，仔细一听，确实是程小刚的声音。伴随着喊声，程小刚已快步走到跟前：“罗小高，我有话跟你说。”他的语气格外诚恳，全然不见罗小高第一次帮陈巧红时的傲慢。

“你有什么事？”罗小高语气冷淡。

“罗小高，你帮巧红我没意见。但要是她有困难，需要我帮忙，你一定要尽快告诉我。”程小刚一脸真诚，这让罗小高始料未及。

遵循朱老师的嘱咐，罗小高不想让程小刚太难堪，随口应道：“好。”

这随意的回应，却让程小刚欣喜不已：“小高，咱们以前的事一笔勾销。”说着，他拍了拍罗小高的肩膀。

罗小高满心疑惑。

当晚，朱晓珍又来到秀丽山陪伴陈巧红。

次日上午，朱晓珍还未离开，罗小高就从罗家大屋赶了过来。趁朱晓珍要去学校上课，离开十三号鸡舍时，罗小高赶忙追上去，将程小刚昨晚叫住他及谈话的情况如实相告。朱晓珍听后并不意外，原来昨晚她来陪巧红时，程小刚也跟她说了类似的话。

“看来程小刚对陈巧红还没死心。”朱晓珍对罗小高说道，“只是不知道他得知陈巧红怀孕后，会是什么反应。”

“什么？朱老师，你说巧红她……怀孕了？”罗小高急切追问。

“哦，没什么。我是说程小刚可能还想和巧红和好。”朱晓珍不想让罗小高知道真相，急忙掩饰道。

在朱晓珍眼中，罗小高始终只是个孩子。

三十二

程小刚通过罗小高、朱晓珍传递与陈巧红重修旧好的愿望，却始终未得到回应。终于，他决定亲自出马。

这天中午，程小刚瞅准罗小高回去吃中饭，而陈巧红吃完后往十三号鸡舍走去的时机，提着两盒牛奶跟了过去。此时陈巧红已经躺到床上休息，听到外面传来敲门声，还以为是罗小高落下了东西，急忙起身去开门。当看到门外站着的是程小刚，她脸色瞬间沉了下来：“你来干什么？”陈巧红语气毫不客气，说完便作势要关门。

“巧红，我有话跟你说，让我进去行吗？”程小刚伸手抵住门。

“我们没什么好谈的。”巧红的声音依旧冷冰冰的。

“巧红，你别这样，好歹我们都是长沙人。”程小刚这次下定决心，一定要和陈巧红好好聊聊。

陈巧红看着程小刚执拗的模样，收回了关门的手，转身往自己房间走去。程小刚见状，连忙跟了进去。一进房间，也不管陈巧红愿不愿意，他就把两盒牛奶放在了写字台上。陈巧红连眼皮都没抬一下，只是坐在床边，一言不发。

“巧红，我是来向你赔罪的。以前很多事是我做得不对，特别是在对待李伟明的问题上，我错得离谱。”程小刚诚恳地说道。

……

“巧红，有位伟人说过，爱情都是自私的。你就原谅我吧，我以前那些不妥的做法，都是因为太在乎你啊！”

……

“巧红，你说句话呀！我知道你恨我，你要是恨，就恨吧！有时候，我自己都恨透了自己。”程小刚说着说着，眼眶渐渐红了。

可陈巧红依旧像个木头人，坐在那里，不回应一个字。

实际上，此刻的陈巧红表面虽无波澜，内心却早已翻江倒海。说起来，作为老乡，程小刚一开始确实是陈巧红关注的重点对象。但随着相处，程小刚争强好胜、自私狂妄的性格逐渐暴露，让陈巧红心生厌恶。尤其是程小刚对李伟明的那一铲，彻底抹去了他在陈巧红心中仅存的好感。后来，程小刚又要手段把李伟明弄到大山乡，最终导致李伟明意外身亡。如今，李伟明已永远离去，程小刚在陈巧红心中留下的阴影，也再难消散。

陈巧红心里清楚得很，程小刚现在放低姿态讨好自己，是因为他还不知道自己和李伟明早已突破界限，更不知道自己腹中已经孕育着李伟明的孩子。以她对程小刚的了解，一旦真相大白，程小刚定会避之不及。

“程小刚，你不用再说了，我也没什么好回应的。把东西拿走，刚才的话也收回去吧。我心意已决，不会改变。”陈巧红虽没完全驳了程小刚的面子，但话语里没有丝毫转圜的余地。

程小刚满心的真诚表白，换来如此冰冷的回应，顿时尴尬不已，脸涨得通红，一时语塞，不知如何是好。

“巧红，不管怎样，这两盒牛奶你收下吧。”程小刚实在找不到别的话，只能没话找话。

“不要！我绝对不会要。你要是不拿走，我就直接扔掉。”陈巧红的语气依旧强硬。

“陈巧红，你……你怎么能这样！”程小刚提高了声调喊出她的名字，可很快又压下了火气。他心里明白，对陈巧红来硬的，只会适得其反。

陈巧红再次陷入沉默，不再理会他。

空气仿佛凝固了一般，令人窒息。

就在两人尴尬万分的时候，门外又响起了敲门声。陈巧红笃定，这次一定是罗小高来了。

“程小刚，把你的东西拿走。”陈巧红说完，便走去开门。

果然，来人正是罗小高。

“小高，那个人来了。”陈巧红没有直接说出程小刚的名字。

“那个人……巧红姐，他来做什么？”罗小高愣了一下，很快就反应过来，故意提高音量问道。显然，朱老师之前的叮嘱起了作用，他并没有对程小刚恶语相向。

听到陈巧红和罗小高的对话，程小刚自知再待下去也没意义，只好提起牛奶，灰溜溜地从两人身边离开了。

“小高，别管他了，我们干活去。”陈巧红一把将罗小高拉进屋内，“砰”的一声，重重关上了十三号鸡舍的门。

三十三

尽管秀丽山养殖场里暂时无人知晓陈巧红怀了李伟明的孩子，但朱晓珍的忧虑却与日俱增。一方面，无论朱晓珍如何劝说，陈巧红都铁了心要留下腹中胎儿；另一方面，陈巧红日益隆起的腹部，也在不断加剧这份隐忧。朱晓珍心里清楚，若不尽快采取措施，这个秘密很快就会不胫而走。

“巧红，我求求你，还是把孩子打掉吧。”朱晓珍再次苦口婆心地劝道。

“晓珍，别白费力气了，我考虑很久了，一定要让伟明的血脉延续下去。”陈巧红态度坚决，没有丝毫动摇。

“巧红，你还没嫁人，这事传出去对你影响多不好啊。”朱晓珍恳切地说道。

“我不管！”陈巧红固执己见，不为所动。

面对固执的陈巧红，朱晓珍也无计可施。

事情果然如朱晓珍所料，随着陈巧红的肚子越来越大，几个年长的本地女工发现了端倪。

“哎，告诉你个大秘密，陈巧红怀孕了！”

“怎么可能？她还没结婚呢！谁的孩子啊？”

“听说是李伟明的，李伟明生前就很喜欢她。”

“那可不一定，李伟明都死了，死无对证。”

“应该就是李伟明的，没见她跟别人有来往。不过程小刚和李伟明打架不就是因为她吗？难道她和程小刚也……”

“这可说不准，别看陈巧红平时话不多，胆子可不小。”

“说不定除了他俩，她还有别的相好。”

流言蜚语如同决堤的洪水，起初只是零星的细流，很快便汹涌澎湃起来。在舆论的冲击下，首当其冲感到难堪的就是程小刚。

程小刚对陈巧红一见钟情，在长沙开往衡阳的火车上初次相遇后，陈巧红清秀的模样就深深刻在了他的脑海里。作为省城高干子弟，程小刚凭借优越的家庭背景、高大的身材和不俗的外貌，本以为拿下陈巧红易如反掌，却没想到半路杀出个李伟明。与李伟明打架后，程小刚以为铲除了情敌，没想到陈巧红对李伟明痴心不改。李伟明的死曾让程小刚心生愧疚，但很快他又看到了希望，觉得这是上天在眷顾他，将陈巧红送到他身边。无论是朱晓珍、罗小高的暗示，还是他亲自去找陈巧红，都怀揣着这个念想。可他万万没想到，陈巧红和李伟明早已生米煮成熟饭。

看着陈巧红日渐隆起的肚子，真相已不言而喻。更让程小刚难堪的是，陈巧红不仅公然承认孩子是李伟明的，还执意要生下来。李伟明已死，而程小刚还活着，且身为副场长，陈巧红的做法无疑是在宣告他的失败。在程小刚眼中，陈巧红的肚子成了他的耻辱，肚子越大，他就觉得自己的尊严被践踏得越厉害，因此，让陈巧红打掉孩子成了他的当务之急。

程小刚决定先礼后兵。

吸取上次单独找陈巧红碰壁的教训，这天晚上，见朱晓珍去了十三号鸡舍，他便悄悄跟了过去。朱晓珍打开门，看到程小刚站在门外，一脸惊讶。

“晓珍，让我进去，我有话跟巧红说。”朱晓珍还在犹豫，程小刚已经闪身进了屋。

陈巧红看到程小刚，也是一惊，但很快恢复了镇定。

“你怎么又来了？”陈巧红语气冰冷。

“巧红，我来看看你。”程小刚说道。

朱晓珍也跟着进了卧室。程小刚没话找话，试图拉近与陈巧红的距离。

“我不需要你的关心。”陈巧红毫不留情地拒绝。

“巧红……”朱晓珍喊了一声，示意她给程小刚留点面子。

陈巧红不再说话，低头盯着自己的脚尖。

程小刚盯着陈巧红的肚子，鼓足勇气说：“巧红，有件事我憋在心里很久了，不说我实在难受。你……能不能把孩子打掉？只要你打掉孩子，我程小刚还愿意和你和好！”说完，他长舒一口气，仿佛卸下了重担。

屋内陷入一片死寂。

陈巧红猛地抬起头，死死地盯着程小刚。朱晓珍看看这个，又看看那个，不知如何是好。

突然，陈巧红腾地站起来，歇斯底里地喊道：“程小刚，你给我滚！现在就滚！看到你我就恶心！不许你侮辱我肚子里的孩子！我从来就没喜欢过你，我就是要把伟明的孩子生下来，你能拿我怎样？”

被陈巧红这么一吼，程小刚涨红了脸，半天说不出话。

突然，他也暴跳如雷：“陈巧红，你以为你是谁？别跟我装清高！我会真心想和你好？还不是你肚子里那个野种坏了我的名声！”程小刚彻底撕下了伪装。

“你……你无耻！”陈巧红气得脸色发白，抄起身边的小凳子就朝程小刚砸去。程小刚眼疾手快，闪身躲开。

“程小刚，你赶紧走吧！”朱晓珍见情况不妙，连忙把程小刚往外推。

程小刚被推走了，陈巧红还站在原地，气得浑身发抖，大口喘着粗气。

朱晓珍见陈巧红脸色不对，赶忙去扶她。陈巧红身子一软，瘫倒在朱晓珍怀里，晕了过去。

朱晓珍想背陈巧红去乡卫生院，试了几次都力不从心，只好先放下，自己一路小跑赶去卫生院。

胡芸秀医生跟着朱晓珍匆匆赶到十三号鸡舍。又是打针，又是喂药，折腾了半个多小时，陈巧红才慢慢醒来。

“胡医生，我命好苦啊！”陈巧红扑进胡医生怀里，放声大哭。

胡医生像母亲般紧紧抱住她，轻轻擦去她脸上的泪水，温柔地安慰道：“巧红，别哭，坚强点……”

三十四

身体和心灵的双重压力不断挤压着陈巧红，她的健康状况日益糟糕。为了陈巧红的身体，胡医生又开始频繁往秀丽山养殖场跑。

有了上次罗大安与贺师傅经我父亲做媒，却被我蛮横拒绝的经历，胡芸秀每次到秀丽山都格外谨慎。本来到十三号鸡舍只需经过三号鸡舍，但她为了避开与我父亲碰面，常常舍近求远，绕道前往。即便偶尔在路上撞见我父亲，她要么装作没看见，慌慌张张躲开；要么只是平淡地打个招呼。她心里清楚，正是因为我的干涉，父亲才最终没能迈出与她结合的那一步。所以，有时她到十三号鸡舍后，见到我也会找借口匆匆离开。

我明白，虽然我只是个孩子，却给她带来了不小的伤害。

陈巧红身体每况愈下，胡芸秀又经常来养殖场，这些情况父亲都看在眼里。对于陈巧红，父亲满心同情，有时我和小凤放学早，他就会叮嘱我们去看看陈巧红，能帮一点是一点。见到罗小高，父亲也会把他叫过来，让他好好照顾陈巧红。

而父亲对胡芸秀的感情，十分复杂。母亲去世后，父亲曾发誓不再结婚，但在冬阳乡卫生院照顾李伟明那段时间，随着对胡芸秀了解加深，再加上罗大安和贺师傅的撮合，父亲确实动过与她组建家庭的念头。可我的强烈反对，让父亲不得不放弃这个想法。毕竟，父亲对她的拒绝并非出自真心，所以每次胡芸秀来秀丽山，只要被父亲知道，他的心都会泛起阵阵涟漪。

一天下午，我放学回家帮父亲喂鸡食，突然发现父亲盯着窗外发起了呆。我顺着他的目光望去，原来是胡芸秀正走在通往十三号鸡舍的路上。我不想打扰父亲，便装作没发现，去了另一间鸡舍。但我还是忍不住用眼角余光偷偷观察，直到胡芸秀的身影消失，父亲才收回目光。

那个晚上，父亲几乎彻夜未眠。

没过几天，罗大安和贺师傅又专程来我家，这次，他们的目标是我。

两人到我家后，借口巧红那边事情多，需要帮忙，把父亲支走了。家里只剩下正在做作业的小凤和我。

“小兵，今天我们专门找你聊聊。”父亲一走，罗大安就开门见山地说。

“罗伯伯，贺伯伯，你们找我啥事呀？”虽然心里猜到他们要说父亲和胡芸秀的事，但我还是装作不知情。

“小兵，你是个懂事的孩子，还真让你猜对了，我们就是来谈你爸和胡芸秀的事。”罗大安说道。

“小兵，你爸太不容易了，你妈走后，他一个人拉扯你们三个孩子多辛苦。你为啥要拦着你爸找个后妈呢？”

“你看胡芸秀医生，大城市来的，一点架子都没有，医术好，人也善良。你爸和她互相有好感，他俩要是能在一起，多好的事儿啊，你咋就不同意呢？”

“是啊，胡医师心眼儿好，她要是和你爸成了，肯定会对你们几个孩子好，这么好的事儿打着灯笼都难找。”

罗大安和贺师傅你一言我一语，显然是做足了准备，就为了说服我。

我毕竟年纪小，被他们说得一时语塞。我知道他们是出于好心，有那么一瞬间，我差点就点头同意了。可就在这时，母亲的音容笑貌突然浮现在我眼前，我仿佛又听见母亲在呼唤："兵伢子、兵伢子"。

"罗伯伯，贺伯伯，你们别说了，我只有一个妈妈，她姓张，生是我妈，死也是我妈，我不可能认别人当妈。"想起母亲，我的语气变得异常坚决，没有丝毫商量的余地。

"小兵，你还是个孩子，不懂大人的心思，你这么拒绝，多伤你爸的心啊。"

"是啊，你爸太可怜了，你们几个孩子都还小，他好不容易遇到合适的人，你却……唉，真是造孽啊。"

"小兵，你要懂事啊，你爸尊重你才和你商量，他要是不顾你的想法，直接和胡医生在一起，你又能怎样？"

罗大安和贺师傅仍不死心，一会儿打感情牌，一会儿又话里带点威胁的意味。

"别再说了，我不会同意的！要是我爸非要给我找后妈，要么我不让她进家门，要么我就不认他这个爸！"我态度强硬，丝毫没有退让的意思。

连我自己都惊讶于对罗大安和贺师傅的态度，但我知道，只有这样才能彻底打消父亲和他们的念头。为了守住母亲在我心中的位置，我已经顾不了那么多了。

"小兵伢子，你……你怎么能这么对我们，这么对你爸？你以后肯定会后悔的！"

"小兵，你太不懂事了，一点都不体谅你爸的难处！"

两位大人显然被我的态度激怒了。

"我说了不同意就是不同意，你们说什么都没用！"我寸步不让。

"你……你这个混小子！太不理解你爸了，白养你这么大！我今天非得教训教训你！"罗大安彻底被我激怒，扬起手就要打我。好在贺师傅眼疾手快，一把拦住了他。

一旁做作业的小凤吓得瞪大了眼睛，不敢说话。见罗大安要动手，她“哇”地一声哭了出来。

“我家的事不用你们管！”小凤的哭声让我彻底失去了理智，也顾不上他们的好意，没大没小地嚷道。

“行，我们不管了！你这孩子，迟早有后悔的一天！”罗大安被拦住后，稍微冷静了些，但还是气呼呼的，拉着贺师傅就往外走。

“这孩子，以后肯定会后悔……”贺师傅性格温和些，见劝不动我，知道再说下去只会更糟，也跟着罗大安离开了。

小凤还在哭。看着他们离去的背影，再看看一旁啜泣的小凤，我突然觉得要是母亲还在，就不会有这些事了。一种强烈的孤独和委屈涌上心头，我抱着小凤，也放声大哭起来。

不知哭了多久，父亲回来了。

“别哭了，别哭了，我这不是在这儿嘛。你们不想找后妈，我不找就是了。”父亲一进门，看到我们俩哭成泪人，赶忙一手搂住我，一手搂住小凤安慰道。

父亲显然已经知道了罗大安和贺师傅碰钉子的事。我以为他会生气，可他不但没怪我，还反过来安慰我们。那一刻，我突然体会到了父亲的孤独和不易，差点就脱口而出：“爸，我错了，你就按自己的想法生活吧。”

但最终，我还是把这句话咽了回去。不仅那天没说，之后也再没提起。这已经是我第二次亲手掐断了父亲心中的情丝。

三十五

罗小高重回十三号鸡舍后，我与阿莲的接触愈发频繁。此前黄勇转校、罗小高被开除，班级氛围比往日宁静许多。不过，受男女性别差异影响，我和阿莲在学校及上学路上仍鲜少交流。直到罗小高回归，我们才重新有了联络点。此后，只要放学后作业不多，我、小凤和阿莲便会默契地往十三号鸡舍跑。

陈巧红虽因怀孕肚子日益隆起，身体也愈发虚弱，但每次见我们来都格外开心，总爱拉着我们说个不停。她还常打趣我和阿莲，逗得我满脸通红，心里却甜滋滋的。

随着巧红身体状况每况愈下，急需补充营养。可她工资微薄，又得不到家里支持。为了给巧红补身子，罗小高想出打麻雀、捉泥鳅两个法子。

秀丽山遍布樟树，麻雀多得惊人。白天走在路上，冷不丁就有麻雀从肩头掠过。有次上午，我瞧见一株梓树上落满麻雀，随手撒了把卵石，竟意外砸中两只。当地流传着“三鸡当不得一鸽，三鸽当不得一只麻雀脚”的说法，足见麻雀是滋补佳品。我和罗小高各自准备好弹弓，闲暇时就对着酒瓶练眼力。我们通常选在月黑风高的夜晚行动。

夜幕降临，秀丽山的麻雀大多聚集在山顶树林中休憩。每次去打麻雀，我、罗小高、小凤和阿莲都会一同前往。小凤和阿莲负责打手电、提袋子，我和罗小高则专司射击。麻雀夜间视力不佳，只要手电光一照，它们就晕头转向，即便飞也只是在树梢间扑腾。我们不慌不忙地装好石子，拉开弹弓，松手瞬间，石子便呼啸而出。树上麻雀密密麻麻，又因夜色飞不动，哪怕不瞄准都能打到。若是稍作瞄准，基本百发百中。一番“激战”后，地上满是麻雀。考虑到大家都不爱吃，巧红也吃不完，我们每次打到一二十只就收手。小凤、阿莲害怕捡死麻雀，我也有些发怵，最后只好由罗小高收拾。他把麻雀装进尼龙袋，带回去褪毛、开膛，熬成汤端到巧红面前，看着巧红喝完，脸上才露出满足的笑容。

除了打麻雀，我们还常去田塍、水沟捉泥鳅给巧红补养。每次出发，阿莲和小凤必定同行。罗小高从家里拿来一个下大上小的篾篓放在鸡舍，出门时就带上。到了田边，提篾篓的活儿大多交给不下水的阿莲和小凤。罗小高捉泥鳅堪称一绝，他往水中一站，仿佛手上装了“探雷器”，能精准判断泥鳅位置，手轻轻一叉，就能夹出一条。相比之下，我的技术差远了，只能在泥里胡乱摸索，即便碰到泥鳅，也常因手法不对让它溜走。罗小高还教我们在干涸的田塍边捉泥鳅——那些湿润泥土上的小洞，里面往往藏着泥鳅，伸手一摸，常常有收获。这种方法简单，阿莲和小凤也忍不住加入。小凤纯粹是图个乐子，收获寥寥；阿莲则因胆小，泥鳅稍一挣扎就脱手，一边捉一边惊叫，场面热闹，收获却和小凤不相上下。好在有罗小高兜底，每次回去都能满载而归。泥鳅炖鸡蛋鲜香可口，巧红喝了，总要对罗小高赞不绝口。

相比打麻雀，阿莲和小凤更喜欢捉泥鳅，一到下午有空，就缠着我们去。然而，谁也没料到，意外会在捉泥鳅时发生。

那是个闷热的下午，我、小凤和阿莲一放学，就直奔十三号鸡舍。罗小高刚帮巧红拌完鸡饲料，正翻看杂志，巧红则在一旁洗衣服。阿莲一到就提议去捉泥鳅，我和罗小高自然不会拒绝，拿上竹篓便下了田。

我们来到一片油菜田，半米高的油菜杆上，金黄的花朵如同撒落的细碎阳光。钻进油菜田，一弯腰就不见了人影。田中的水沟大多干涸，沟里的洞眼仿佛在诱惑着我们。因阿莲和小凤都要捉泥鳅，背竹篓的任务便落到我肩上。大家分散开来，谁捉到泥鳅喊一声，我就提着竹篓去接应。

正给罗小高送泥鳅时，突然听到阿莲一声惊呼："哎哟！"以往她捉泥鳅也爱咋呼，我没太在意。可紧接着，她的喊声充满恐惧："阳小兵，罗小高你们快过来，我被蛇咬了！"

"什么？被蛇咬了？"我顿时慌了神，竹篓还没放稳就朝阿莲跑去，结果竹篓倾倒，刚捉到的泥鳅纷纷逃回田中。

跑到阿莲身边，只见她脸色惨白，左脚踝上两点鲜红的牙痕格外刺目。我来不及多想，一把背起她就往油菜地外跑。阿莲软软的身体靠在我背上，这是自秀丽山顶那次后，我们最亲密的接触。但此刻，我满心只想着尽快送她就医，脚步不停地往前冲。

罗小高和小凤很快追了上来，大家急得满头大汗。因我体力不支，中途罗小高接替我背阿莲。所幸捉泥鳅的地方离冬阳乡卫生院不远，阿莲很快被送到了医院。

胡芸秀和一位年轻男医生赶忙为阿莲诊治。阿莲虽吓得不轻，意识还算清醒。胡芸秀询问蛇的模样后，松了口气："还好是菜花蛇，毒性不大，输两天液就没事了。"听了这话，阿莲紧绷的神经才渐渐放松，脸色也恢复了些血色。

林之良和谢阿姨很快赶到，两人气喘吁吁，林之良走得满脸通红、大汗淋漓，谢阿姨脸上也泪水混着汗水，焦急万分。毕竟，年近五十的他们，就阿莲这么一个宝贝女儿。得知女儿无大碍，两人才放下心，连连向医生道谢。

林之良起初没注意到我们，和医生聊了好一会儿，才转头看向我、罗小高和小凤，语气里满是责怪："罗小高，是你说要去捉泥鳅的吧？"

"林场长，你别怪他，是我提出来的。"明知是阿莲提议，我不想让罗小高难堪，赶忙揽下责任。

"是你又怎么样？大热天捉什么泥鳅？瞎胡闹！"林之良丝毫不领情，又把矛头转向我。谢阿姨悄悄拉他衣角示意，他也没理会。

"林场长，是我们考虑不周。"罗小高见状，也赶忙道歉。

"你们呀……没一个让人省心的。"林之良依旧不依不饶。

"爸，别责怪他们了！今天是我提议去捉泥鳅的，刚才也是他们背我来医院，该谢谢他们才对！"一直装睡的阿莲忍不住开口为我们辩解。

"小兵，小高，真得谢谢你们。"谢阿姨也赶紧打圆场。

"谢阿姨，我先走了。"罗小高借机打了个招呼，转身离开。

见阿莲有人照料，我也准备告辞："阿莲，我也走了。"

"小兵，你也要走吗？"阿莲语气里满是不舍，眼神中交织着复杂的情绪。

"我明天再来看你。"我咬咬牙，转身离去。

返程路上，我们遇上匆匆赶来的巧红。怀胎数月的她步履蹒跚，衣服被汗水浸透。我们赶忙劝她慢些走，别摔着。巧红执意要去，她说阿莲是为了给她捉泥鳅才出事，若阿莲有个闪失，她一辈子都不安心。得知阿莲无性命之忧，她才稍稍放心，但仍坚持要去医院看望。

第二天放学，我迫不及待地赶到卫生院。阿莲似乎一直在等我，躺在病床上，输着液，眼睛直勾勾地盯着门口。见我出现，她眼中顿时亮起欣喜的光芒。她先是问我有没有请假、当天学了什么，我一一如实回答。接着，她目光灼灼地望着我，轻声问："你为什么要来看我！"

我读懂了她眼神里的期待，说出了那个年纪不该说的话："阿莲，因为……我……想。"声音小得像蚊子哼哼。

"你坏！"阿莲羞得用被子蒙住头，可声音里藏不住的甜蜜，还是顺着被角飘了出来。

三十六

阿莲被蛇咬伤之后，虽然只住了几天院就康复了，但巧红坚决不准我们再去为她打麻雀和捉泥鳅。一方面是巧红自己怕我们再出什么意外，另一方面，我们知道林之良肯定也跟她打过招呼。

巧红的肚子越来越大了。自怀孕开始，她就一直忧郁，少了麻雀和泥鳅两种补品，巧红的身体状况愈发令人担忧。更为严重的是，程小刚碰了两次"硬钉子"之后，对巧红已是恼羞成怒。他不但不再过问巧红的身体状况，还散布了一些对巧红极为不利的谣言。比如说，是巧红勾引他；巧红在学校读书时作风就不好等等。程小刚甚至还恶毒地说陈巧红已经心理变态，爱上了小小年纪的罗小高，他曾看见她与罗小高睡在一起。这些谣言传到了陈巧红耳中，令她十分伤心。

对于程小刚散布的关于罗小高与陈巧红的谣言，罗小高当然十分愤怒。他又开始了他的复仇计划，每天早晨都练习太极棍。

陈巧红察觉到了罗小高的情绪变化，竭力阻止他去找程小刚报仇。

"小高，如果你找程小刚报仇，我就自杀。"陈巧红已经不止一次这样说，且语气没有一点回旋的余地。她太了解程小刚了，不想让罗小高去以卵击石。

罗小高对陈巧红确实已经有了一种如同母亲般的依恋，当然不愿她自杀。他的报仇行动虽蓄谋已久，却一直不敢付诸实施。

陈巧红的心情极大地影响了肚子里胎儿的发育，这使胡芸秀也十分担忧。

胡芸秀仍经常过来为陈巧红检查身体。自从罗大安与贺师傅再来找我碰壁之后，我父亲和胡芸秀都意识到，因为我的横加阻拦，大概他们今生有缘无份了。正因为这样，胡芸秀见到我父亲不再躲躲闪闪，反而坦然自若，没了负担。我父亲见到胡芸秀时，情形也差不多。

有一天，胡芸秀又来到十三号鸡舍，听了一阵陈巧红腹中胎儿的心跳后，感觉胎儿心跳很不正常。

“巧红，你腹中胎儿心跳很不正常，恐怕要赶快到衡阳去采取措施。”胡芸秀对巧红说。

“不会吧，我感觉很正常呀。”巧红自己并没感觉到胎儿的异常，一脸不解。

“不行，根据我的临床经验，你这种情况很危险，必须马上到衡阳去做一次全面检查，以便采取措施，否则会很危险。”胡芸秀说。

“我自己没一点不好的感觉，应该没关系，我不想去。”巧红还是不为所动，不愿意去衡阳。

没办法，胡芸秀只得让罗小高迅速到冬阳附中去把朱晓珍请来劝劝陈巧红。

罗小高匆匆赶到冬阳附中，叫来了朱晓珍。

可朱晓珍来了，陈巧红还是不愿去衡阳。

朱晓珍急了，只得迅速去找我父亲。我父亲觉得此事重大，又迅速把这件事告诉了刘一江。

毕竟是人命关天的大事。刘一江听说后，也赶忙来劝陈巧红，并决定派上次陪她去大山乡的唐兰陪她一起去。朱晓珍不放心，自己也请了假，决定一同陪巧红去衡阳。刘一江都开口了，还做了陪同安排，陈巧红不能不去衡阳了。

她们到衡阳后，在一家有名的医院为巧红挂了个妇科急诊号。

为巧红检查的是一名头发斑白的凌姓女医师。凌医师为她做了一阵检查之后，面露惊讶，将朱晓珍喊到外面，告诉她陈巧红肚中的胎儿心跳已经十分微弱，估计没法存活。

朱晓珍急了，忙问凌医师是否有急救保胎的办法，说如果胎儿保不住，陈巧红的身体也会彻底垮掉。

凌医师摇了摇头，吐出一个字："难！"

朱晓珍不敢把凌医生说的话告诉陈巧红，替她开了一个住院证。陈巧红疑惑地问朱晓珍为什么要住院，朱晓珍仍不敢把真实情况告诉她，只说要保胎。

然而，陈巧红在第二天上午就开始腹痛了。凌医生诊断后，立即告诉朱晓珍和陈巧红，说她肚中的胎儿已十分危险，没有救活的可能了，必须迅速给陈巧红做手术，否则陈巧红本身也有危险。凌医生的话还未说完，陈巧红已经哭成了一个泪人儿。

"凌医生，我求求你了，你一定要把我的胎儿救活，因为，他……他是李伟明的亲骨肉。"陈巧红哭着说道。

凌医生并不知道陈巧红与李伟明之间的事，在这种情况下，他只能以保护大人为最佳选择。

"陈巧红，你的心情我们可以理解，但现在没有别的选择了，你必须做手术，取出坏胎，否则，你自己的生命也没有保证。"凌医师以不容商量的口吻说道。

"不，我不能让李伟明的血脉断了，我宁愿自己死，也请你保护胎儿。"陈巧红大喊起来。但接下来一阵更强烈的腹痛使她捂住了肚子，无法再说下去。

凌医生叫来两名护士，将陈巧红按在床上，又在她的腹上听了一阵，然后，充满同情地告诉陈巧红她腹中的胎儿已经没了。

“陈巧红，你不能再犹豫了，否则将会大出血。朱晓珍，你作为家属签个字吧。”凌医生的口气更加坚决。

“陈巧红，你必须做手术。凌医生，我来签字吧。”朱晓珍当机立断地在手术单上签了字。陈巧红被推上了手术室。

三个小时后，仍处于麻醉状态的陈巧红被推了出来，她的肚子已经平了。凌医生告诉朱晓珍，陈巧红肚中是个男孩，已基本成形了。

“我的孩子，我的孩子呢？伟明，我对不起你，我对不起你呀！”陈巧红醒来后，摸摸自己平下去的肚子，哭声显得格外凄恻。

“巧红，你要坚强，你要坚强，不是你不要孩子，而是孩子无法降生到这个世间来，这不怪你，这不怪你啊！”朱晓珍紧握着陈巧红的手，一个劲地安慰她。

“晓珍，我完了，我一切都完了……”陈巧红的眼睛睁得吓人，反反复复地说着同一句话。

三十七

陈巧红手术当天，罗小高就赶到了医院。见到他的那一刻，陈巧红像抓住救命稻草般，紧紧拉着他的手，泪水夺眶而出。

“小高，巧红姐现在完了，一切都完了。巧红姐对不起伟明，对不起伟明呀！”陈巧红声音嘶哑，满是绝望。

“巧红姐，这又不是你的错，你别再哭了！”罗小高轻拍着她的背，语气像个大人般沉稳。

然而，陈巧红的泪水怎么也止不住。

不久，秀丽山养殖场的领导也来到医院。不知是刘一江安排，还是程小刚自己的想法，他跟着刘一江、林之良等人一同到来。起初，程小刚站在走廊上，只让其他人进去与陈巧红交谈。后来，或许是独自站在外面太过煎熬，他悄悄从门边挤了进去。

程小刚低着头，不敢主动与陈巧红搭话，进门后，默默找了条靠门的凳子坐下。

陈巧红一眼就瞥见了他，本就被痛苦折磨的她，完全不顾在场的刘一江等人，也全然不管程小刚的脸面，愤怒地大喊："程小刚，你来干什么，是来看我笑话的吗？你给我滚，滚！我不想看到你！"

程小刚满脸尴尬，一句话也不敢说，狼狈地退了出去。

"完了，完了，我一切都完了……"陈巧红喃喃自语，不再理会周围的人。

三十八

陈巧红出院了。

初到衡阳时，她腹中还孕育着李伟明的孩子，可如今归来，肚子已然空瘪——那个尚未降临人世便停止心跳的小生命，永远留在了衡阳的土地上。

她不再歇斯底里地哭喊，泪水早已干涸，双眼空洞无神。整个人恍若失了魂，即便撞见熟人，也只是机械地重复："我完了。我一切都完了。"这样的状态，显然无法再胜任十三号鸡舍的养鸡工作。

经刘一江等人商议，决定派唐兰接手十三号鸡舍，一方面负责饲料调配，另一方面照顾陈巧红。陈巧红患上了间歇性精神紊乱，清醒时，她能与唐兰正常交流，甚至主动搭把手干活；可一旦陷入混沌，便开始自言自语，或是拉着旁人强行倾诉，话语颠三倒四，毫无逻辑。而"我完了，一切都完了"这句话，成了她最常念叨的口头禅，像极了鲁迅笔下祥林嫂的絮语。

刚回冬阳乡那阵子，陈巧红整日窝在十三号鸡舍不愿外出。白天，罗小高总会来鸡舍，既帮唐兰分担事务，也陪陈巧红说话。清醒时的陈巧红，满心感激罗小高的照料，总觉得自己无以为报；可当意识模糊，她时而将罗小高认作李伟明，扑进他怀里痛哭；时而又错当成程小刚，对他又骂又打。面对这般种种，罗小高始终默默承受，从不恼怒。到了夜晚，朱晓珍偶尔会从冬阳附中赶来，与陈巧红作伴入睡。

然而，陈巧红的病情并未好转，反而日益加重。渐渐地，她不愿再困守鸡舍，执意外出游荡。她漫无目的地走着，一路喃喃自语，还不时拽住路人倾诉。她的每一次外出，都让罗小高的心悬着。他悄悄跟在陈巧红身后，见她与养殖场的人交谈，便默默站在一旁；一旦有人出言不逊、拿她取乐，罗小高立刻就会挺身而出。为此，他没少遭人嘲讽："罗小高，当陈巧红的跟班有意思吗？""你是不是看上她了？"更有甚者恶意揣测："她流掉的孩子，不会是你的吧？"这些刺耳的话，常让罗小高难堪不已，气得他没少与对方争吵扭打。

可陈巧红并不理解罗小高的苦心，每当他与人起冲突，她竟拍手称快。即便如此，罗小高总能迅速冷静下来，将怒火强压心底——他深知，守护好陈巧红才是头等大事。

如今，疯癫游荡的陈巧红成了冬阳乡众人皆知的"名人"。了解内情的人，无不对她心生怜悯，盼着她能早日康复；也有人将逗弄她当作消遣，几日不见便觉生活无趣，四处打听她的行踪。而与她相关的罗小高、李伟明、程小刚，也成了人们茶余饭后的谈资。即便独行，罗小高也总感觉背后有人在指指点点。但他早已释怀："说就说吧，我罗小高不在乎。"

三十九

陈巧红依旧疯疯癫癫，罗小高也始终无怨无悔地守着她，而我的日子，就在这样的氛围里不紧不慢地流淌着。

时光悄然流转，转眼到了1975年。我和阿莲即将初中毕业，罗小高也迎来了他的十五岁生日。就在这一年，我从父亲那里得知，程小刚等三人要回长沙了。

我心急地问父亲，这三人里有没有陈巧红。父亲略带责备地看着我："几十个从长沙来的，第一批回城总共就三个名额，哪能轮到她？"后来我才知道，那三个幸运儿中，程小刚的父亲是省里领导，另外两人的父母也都是有一定级别的干部。程小刚被安排到省城大型国营企业当副厂长，其余两人也都进了其他国营企业当工人。

这个消息一传开，秀丽山养殖场顿时人心惶惶。不管是长沙来的还是衡阳来的，那些暂时回不了城的，个个对程小刚他们羡慕嫉妒得不行；而当地员工则满心担忧，生怕外地员工全走了，养殖场办不下去。

陈巧红的病情依旧时好时坏。清醒的时候，朱晓珍试着安慰她，说以后也能回长沙。可陈巧红一脸漠然："回城干什么？这里不也挺好吗？"朱晓珍刚想提回城就能见到父母，话到嘴边又咽了回去——她忽然想起，陈巧红自幼父母双亡。

得知程小刚要回城，陈巧红也是一副冷淡模样："让他走吧，他早该离开了。"

可程小刚自己，在临走那几天却兴奋得不行。也是，虽说靠着父亲的关系在秀丽山混了个副场长，但这里离长沙二百多公里，回趟家太难。如今终于能结束远离亲人、远离繁华省城的日子，换谁都得高兴坏了。因为高兴，程小刚天天喝酒，不是他请客，就是别人请他。他酒量一般，一喝就脸红，那几天总是醉醺醺的，走路都东倒西歪。正是这份狂喜，让他再次激怒了罗小高。

程小刚离开的前一天下午，他又在外面喝得酩酊大醉。摇摇晃晃往回走时，正好碰上从十三号鸡舍出来的罗小高。冤家路窄，罗小高本想躲开，程小刚却喊住了他。

"罗……罗……罗小高，你又去十三号鸡舍，那陈巧红给了你什么好处？老子明天就回长沙了，哈哈，陈巧红这个烂货就留给你吧！"程小刚借着酒劲，说话毫无顾忌。

这话像一把利刃，狠狠扎进罗小高心里。他怎么也没想到，自己没招惹程小刚，对方却说出这么伤人的话。罗小高像根木桩似的立在原地，双眼冒火。

“哈哈，小杂种，怎么不吭声了？来，给老子磕个头！”程小刚还在不停地羞辱。

“程小刚，你再敢说一个字，我跟你拼了！”罗小高只觉得血直往头上涌，怒吼道。

程小刚先是一惊，很快又恢复醉态：“小杂种，还敢跟老子叫板？”

“我让你骂！”罗小高从地上抄起一根树枝，冲过去就朝程小刚砸。程小刚也捡起树枝还手，两人扭打在一起。

程小刚毕竟醉得厉害，没几个回合就被罗小高打倒在地。积压多年的愤恨一股脑爆发出来，罗小高扔掉树枝，又抄起石头砸向程小刚：“砸死你！不就仗着生在城里，有个好爹吗！”

这时，贺师傅打扫完食堂出来，听到动静赶紧跑过来，一把夺下罗小高手中的石头。再看程小刚，头上被砸出好几个血洞，满脸是血。

罗小高知道贺师傅是好人，被夺了石头也不好硬来，骂骂咧咧地走了。贺师傅想扶程小刚起来，结果他伤口血流得更凶，只好又放下，大声呼救：“快来人！程小刚被打了！”

喊声惊动了周围的人，大家急忙找来门板，把程小刚抬着送往冬阳乡卫生院。胡芸秀简单包扎后，说必须马上送衡阳。当晚，程小刚被送到衡阳抢救，医生在他头上缝了十多针才止住血。

当天夜里，泉塘镇派出所就到罗小高家里把罗小高带走了。罗小高刚满十六岁，派出所以故意伤害罪将他拘留。罗小高的哑巴父亲拼死阻拦，差点和警察动手，最后还是乡亲们帮忙才把人带走。

程小刚在医院养了半个多月，伤一好就急着离开，而原本和他一起回城的两人早就走了。

罗小高和程小刚打架的事，陈巧红一直被蒙在鼓里。直到罗小高被抓，她才整天嚷着要见人。白天，唐兰怕她乱跑，在十三号鸡舍大门上加了把锁；晚上，朱晓珍来陪她，像哄孩子似的，讲些小时候的事，直到她睡着。

程小刚离开那天上午，唐兰去喂鸡，陈巧红趁机跑出鸡舍，冲到食堂前的操坪。正巧，一辆从衡阳开来的半新吉普车停在那里，是程小刚朋友专门来接他回城的。程小刚的行李不多，已经放在后座，刘一江、林之良等人正在坪里送行。程小刚刚挨过打，脸上疤痕交错，一激动显得更加触目惊心。

程小刚和众人告别，正要上车，陈巧红突然冲出来，一把揪住他的衣服："想跑？罗小高被你藏哪去了？"程小刚猝不及防，差点被拽倒。

"陈巧红，放手！我今天要回城，别闹！"程小刚强压怒火。

"不准走！你把罗小高藏哪了？"陈巧红不依不饶。

"他把我头打破，被派出所抓走了，这能怪我？"程小刚没想到陈巧红还不知情。

"你勾结派出所害他，好狠毒！"陈巧红大喊，边骂边痛哭。

"陈巧红，放开他，人家要走了。"刘一江忍不住劝道。

"你们都是凶手！"陈巧红瞪了他一眼，抓得更紧。

林之良也来劝，可陈巧红根本不听，反而拉着程小刚又走了几步："想跑？没那么容易！"

坐在驾驶座的程小刚朋友看傻了，反应过来后，跳下车使劲拉陈巧红。陈巧红被迫松手，却又抓住了他。

"想害我？拼了！杀了我吧！"

"去你娘的！"程小刚朋友说着一口地道的长沙话，用力一推，陈巧红踉跄几步，摔倒在地。

"快走！"他把程小刚推进车里，自己也迅速上车，一脚油门开走了。

陈巧红好不容易爬起来，想拦车，可汽车擦着她身边疾驰而去。她边追边骂，边脱衣服，最后几乎全身赤裸，还在拼命追赶，直到再次重重摔倒……

四十

罗小高被抓和程小刚的离开，像一把把锋利的刀，狠狠刺痛了陈巧红的心，她的病情也因此急剧恶化。为了更好地照顾她，刘一江以秀丽山养殖场的名义，找到了朱水军，诚恳地请求他同意朱晓珍请假来照料陈巧红，并承诺工资由养殖场承担。朱晓珍本就热心，自然欣然答应。在刘一江的劝说与朱晓珍的期待下，朱水军很快便点头同意了她的请假。

此后，朱晓珍日夜守在陈巧红身边，无微不至地照顾她。可陈巧红却对这份关怀毫不领情。每天上午，朱晓珍耐心地哄着她吃完饭，她却吵着要往外跑。朱晓珍阻拦时，她甚至会情绪失控地与朱晓珍厮打，一把抓住朱晓珍的头发用力往下扯，常常疼得朱晓珍忍不住大叫。无奈之下，朱晓珍有时只能任由陈巧红出去。

陈巧红一出门，就如同脱缰的野马，撒腿狂奔。朱晓珍只能在后面紧紧追赶。程小刚离开的那一幕，给陈巧红造成了难以磨灭的创伤。她常常走着走着，突然声嘶力竭地大喊："不准你逃跑！"随即发疯似的狂奔起来，奔跑途中，还会像当初追车时一样，一件一件地脱掉身上的衣服，直至全身赤裸。朱晓珍顾不上尴尬，一边追，一边捡起她脱下的衣服，追上后又耐心地哄着，帮她把衣服重新穿上。

有一次，下午放学，我和阿莲、小凤三人路过秀丽山养殖场大门时，猛然看到陈巧红赤裸着身子，大喊着"不准你逃跑，不准逃跑……"朝我们这边跑来。朱晓珍气喘吁吁地在后面追赶。

那是我第一次看到陈巧红赤身裸体奔跑的样子。那天她原本穿着一件红色衬衣，此时正拿在手中挥舞，好似一面飘扬的小红旗。她乌黑的长发随着跑动向后飞扬，在夕阳余晖的映照下，竟有种别样的美感。若不是知道她是精神病人，这画面简直美得不真实，恍惚间，我甚至怀疑自己身处梦境。

"快、快把巧红抓住。"朱晓珍焦急的呼喊声将我拉回现实。想到身边的阿莲和小凤，我顿时满脸通红，慌乱地移开目光。

“阿莲，小凤，你们先抓住巧红，我……我不好去。”我窘迫地让她们走到前面。

她们没有犹豫，迅速越过我，迎着陈巧红跑去。终于，她们一左一右牢牢抓住陈巧红的双手，朱晓珍也及时赶到，赶忙帮她穿上衣服。

“我不准你逃跑，我不准你逃跑……”陈巧红仍在大喊，朱晓珍早已累得满头大汗，汗水里还混着心疼的泪水。

等朱晓珍帮陈巧红穿好衣服，我走上前，由衷地说：“朱老师，你真好！”

“不是我好，是巧红太可怜了。”朱老师擦了擦汗，声音里满是心疼。

四十一

程小刚走后不久，罗小高的判决结果下达——他因故意伤害罪被判刑两年。

那段时间，陈巧红整日向朱晓珍念叨罗小高，可朱晓珍攥着判决书，始终不敢将真相告诉她。就在这一年，全国迎来恢复高考制度后的首次考试。白天，朱晓珍悉心照料着病中的陈巧红；夜幕降临，煤油灯下，她强撑着困意，一页页翻着复习资料。功夫不负有心人，她收到了湖南师范大学的录取通知书。我和阿莲作为她的学生，由衷为她高兴，她自己更是欣喜若狂，这不仅意味着能重返省城，更是打开了知识的大门。然而，望着病榻上的陈巧红，朱晓珍陷入了两难。二十多年的同窗情谊，尤其是在自己遭受黄校长非礼后，陈巧红无微不至的照顾，让她怎能轻易割舍？最终，她决定放弃这次机会，留在冬阳乡。

她给父母写了封信，道明想法。没过多久，两位老人便从长沙匆匆赶来。那天放学后，我跑到十三号鸡舍，唐兰朝我使眼色，小声说朱晓珍的父母正在和她谈话，陈巧红则在熟睡中。透过门缝，我看见两位六十多岁的老人坐在床边，衣着朴素却戴着眼镜，透着知识分子的气质。

“晓珍啊，我和你妈快四十岁才有了你，我们老了，身边不能没个人照应。”父亲语重心长地说。

母亲轻轻抹着眼泪，接着道：“你爸这些年落下一身病，表面上硬撑着，实则难受得很。我们理解你心疼巧红，可爸妈也需要你啊……”

朱晓珍低着头，声音哽咽：“爸，妈，不是我不想回去，是巧红真的离不开我……”

母亲走到陈巧红床边，掖了掖被角，继续劝道：“晓珍，巧红有单位管着，可我们只有你一个女儿啊……”说着，泪水夺眶而出。

朱晓珍再也忍不住，泪水簌簌落下：“妈，您别哭……”

“晓珍，我们也实在没办法……”父亲说完，剧烈地咳嗽起来。

“爸、妈，让我再想想……”

最终，在母亲的苦苦哀求下，临近开学，朱晓珍还是决定去湖南师大上学。临行前一晚，她让母亲去收拾东西，自己则坚持留在十三号鸡舍陪陈巧红。

那晚，陈巧红病情发作，大喊有人拿枪要打死她。朱晓珍顺着她的话，一会儿往门口跑，一会儿朝床下跺脚，轻声哄着：“不怕，我把坏人打跑了……”折腾了近两个小时，陈巧红才沉沉睡去。可朱晓珍却辗转难眠，借着月光，望着陈巧红恬静的睡颜，过往的点点滴滴涌上心头，她心中涌起一股不祥的预感，泪水打湿了枕巾。

天还没亮，我、阿莲和小凤就赶到鸡舍送行。朱晓珍正仔细叮嘱唐兰照顾陈巧红的注意事项。我们本想让她趁陈巧红熟睡时离开，可刚走出没多远，就听见身后传来陈巧红的哭喊：“天要下雪了，让我走……”只见陈巧红穿着单薄的睡衣，在唐兰怀里拼命挣扎。

“巧红！”朱晓珍转身就往回跑，一把抱住陈巧红，泣不成声，“我对不起你，我舍不得啊……”

“天要下雪了，我要烤火……”陈巧红依旧神志不清地喊着。

想到还要赶火车，我强忍着泪水劝道：“朱老师，您母亲还在学校等着呢。”阿莲也在一旁催促。唐兰将陈巧红拉回房，朱晓珍这才一步三回头地离开。

在车站，汽车发动的那一刻，朱晓珍隔着车窗，泪流满面地叮嘱：“一定要照看好巧红……”谁能想到，这一别，竟成了永诀，几年后，朱老师永远地离开了我们……

四十二

朱晓珍离开后，我和阿莲同时意识到，自己肩上多了一份照看巧红的责任。这既是她临行前的特别嘱托，也是我们自认为义不容辞的义务。于是，每天放学后，我们的第一件事便是直奔十三号鸡舍。

唐兰，这位来自长沙的城里人，虽并非自幼就与陈巧红相识，但对她的遭遇同样满怀同情。朱晓珍走后，善良的唐兰深知自己责任重大，因而看护陈巧红时格外细心。白天，陈巧红外出，唐兰便紧紧相随；夜晚，陈巧红入睡后，唐兰也会像朱晓珍那样，给她讲许多故事。不管陈巧红能否听进去，每晚唐兰都要哄到她完全睡着，自己才肯躺下休息。

然而，意外还是猝不及防地发生了。

那是朱晓珍离开冬阳附中大约三个月后的一个清晨，唐兰起床后，见陈巧红还未起身，便洗漱完毕，前往鸡房另一侧打扫卫生。自从朱晓珍离开十三号鸡舍去上学，唐兰每晚都会从里面反锁鸡舍大门。可那晚，因陈巧红睡得太晚，唐兰一时疏忽，忘记了反锁，只是将大门扣上，把锁和钥匙仍挂在门扣上。

唐兰万万没有想到，自己这一小小的疏忽，竟会酿成大祸。就在她打扫卫生之际，陈巧红已经起床。她取下挂在门上的锁和钥匙，轻而易举地打开了门。令人意想不到的是，陈巧红出门后，又从外面将门锁上了。唐兰打扫完卫生回来，起初并未意识到陈巧红已经离开十三号鸡舍，等她看到陈巧红的床上空无一人时，才惊觉事情的严重性。当她想要开门去追时，才发现门已被从外面锁住。唐兰急得在里面大喊，可十三号鸡舍周边并无其他房屋，她的呼喊声无人回应。

那时还没有手机，唐兰在鸡舍内心急如焚，却无计可施。一个小时后，唐兰实在等不及了，只得找来一把钳子，将门从里面撬开，然后急忙走出鸡舍，开始四处寻找陈巧红。

唐兰起初不敢将陈巧红出走的事情告诉刘一江等场领导，便独自一人沿着陈巧红平时常走的路线寻找。

两个小时过去了，唐兰依旧没有找到陈巧红的踪影，无奈之下，她只好将情况告知了刘一江。

刘一江听闻后，顿时焦急万分，连忙发动秀丽山的员工们四处寻找陈巧红的下落。然而，一个上午过去了，众人一无所获。

当天下午，刘一江再次发动员工，展开了更大范围的搜寻。我父亲和罗大安等人不顾年事已高，甚至找到了雨母山的山顶，可依然没有发现她的任何踪迹。我是在那天下午放学后，才得知陈巧红失踪的消息。随后，我与阿莲、小凤一起，围着秀丽山找了个遍，同样毫无所获。

当天晚上，刘一江将陈巧红失踪的消息报告给了冬阳乡乡政府和泉塘镇派出所。之后的几天里，乡政府和派出所也派人参与寻找，可依旧没有找到她。

陈巧红就这样如谜一般地失踪了。

陈巧红的失踪，给我的心灵留下了巨大的创伤。她是我在失去母亲、来到秀丽山之后，遇到的对我最为关怀的女人。无数次在梦中，我都将她幻想成了自己的母亲。陈巧红的失踪，也让我深感愧疚，觉得既对不起她，也对不起尚在狱中的罗小高。

陈巧红失踪后，我曾想写信告知朱老师，可我不知道她的准确地址。我试着写了一封信，收信人地址写的是“湖南师范大学”，但这封信如同石沉大海，没有得到任何回应。

陈巧红走了，又一位我能够倾诉心事的人离开了。尽管后来她患上了精神病，可在我心中，她仍是我最信赖的人。如今她也消失得无影无踪，我的精神陷入了一种难以言喻的孤寂之中。在她刚失踪的那段时间里，无论在家还是在学校，我整天都郁郁寡欢，以至于一些同学关切地问我："阳小兵，你是不是也得了精神病？"

四十三

陈巧红的失踪，让阿莲和我一样，内心痛苦又惋惜。那段时间，她无论在家还是在学校，也总是闷闷不乐。因为我们心情相仿，彼此间的话也变得很少，即便一同去上学，也是各走各的，几乎没有交流。

然而，有一天放学回家的路上，阿莲突然告诉了我一件令我极为震惊的事："阳小兵，跟你说个事儿，我爸妈可能要调走了。"

"什么？你爸妈都要调走？调到哪儿去？这不可能吧！"听到阿莲的话，我脑袋"嗡"的一声，满心疑惑地问道。

"是真的，我没骗你。我爸、我妈都要调走，他们要调到县卷烟厂去。"阿莲语气笃定地说道。

"卷烟厂？是建在向阳镇的那个卷烟厂吗？那儿离这儿可有一百多公里远呢！"我还是有些难以置信。

"阳小兵，我真没骗你。我爸妈昨晚都已经开始商量搬家的事儿了。"阿莲见我仍心存疑虑，说得更加恳切。

我这才渐渐相信了阿莲的话。想到朱晓珍老师几个月前就已离开我们回了长沙，陈巧红又失踪了，罗小高还在关押之中，如今阿莲一家人也要离去，我真真切切地产生了一种即将被世界遗弃的感觉。

"阿莲，你们家能不能不搬走啊？"我怀着一丝侥幸对她说。

"那不可能，我爸妈都调到卷烟厂工作了，我们家肯定得搬走。"她无可奈何地回答。

我们都沉默了，就这样一路无言，各自回到了家中。

那天回到家，我依旧心情低落。晚饭后，小凤开始做作业，我连作业都懒得动，早早便躺到床上睡觉了。父亲还以为我身体不舒服，问我要不要叫医生来开点药，我告诉他我没病。

我刚躺下不久，罗大安与贺师傅就来到了我家。

“老阳，听说林之良的调令都下来了，过几天就要走了。”罗大安向我父亲问道。

“是啊，我也听说了。说是要去向阳卷烟厂当副厂长，好像是和向阳卷烟厂一个姓何的副厂长对调。”父亲回答道。

“唉，看来咱们秀丽山的人员要有大变动了，我们这些人还不知道能不能继续呆下去呢。”贺师傅忧心忡忡地说。

“老贺，你也别太担心，不管谁来当领导，总得有人做事嘛。”父亲安慰道。

几个老伙计接着又喝起酒来。

那一晚，我在床上辗转反侧，难以入眠。

回想起自来到秀丽山后与阿莲交往的点点滴滴，我心中确实充满了不舍。我觉得在阿莲即将离开秀丽山之际，应该找她好好聊聊。但我又担心，万一交谈得不愉快，会破坏我们已经建立起来的友谊，毕竟我们都还只是高一的学生啊。

最终，我还是没有勇气约阿莲单独谈话。反而在阿莲快要离开的那几天，与她的交流愈发少了。

我不知道阿莲是对我的这种态度不满，还是另有原因，那几天，她也不太搭理我。在这最为珍贵的几天里，我们彼此心中都有许多话想对对方倾诉，可实际上，却形同陌路。

阿莲全家离开秀丽山的日子已经确定下来。

就在她全家临行前的那个晚上，阿莲装作有事要去别处，几次特意从我的家门口经过。小凤似乎察觉到了她的心思，跟她打过招呼后，便一个劲儿地劝我去和阿莲见面，可我始终鼓不起勇气。

我想，我那晚的行为一定深深伤害了阿莲的心。

如今回想起来，那晚，主要是强烈的自卑心在作祟。朱晓珍已经回到省城，阿莲的父亲调到了向阳卷烟厂工作，而我的父亲只是一名养殖场饲养员，或许他这辈子都无法调离秀丽山养殖场了。想到这些，我对自己的未来深感悲哀。

阿莲全家第二天上午就要搬走了。

其实，那天上午的课并非十分重要，如果我请假，应该是没问题的。

但那天上午，我还是像往常一样，早早地去了学校。倒是小凤懂事地在前一天就请了假，并在第二天上午去送了阿莲。

那天下午我从学校回来后，小凤告诉我，阿莲走之前还再三询问我会不会去送她。小凤无奈，只好撒谎说我那个班当天上午有一门考试。实际上，阿莲前两天还和我在同一个教室上课，有没有考试她怎么会不清楚呢？

小凤说，阿莲最后是流着泪离开秀丽山的。平时对我十分尊重，从不敢指责我的小凤，那天也忍不住责备我，说我太不重视与阿莲的感情了。

阿莲就这样离我而去了。

失去了李伟明，失去了朱晓珍，失去了罗小高，失去了陈巧红，如今又失去了与我同龄的阿莲，在我心中，秀丽山真的变成了一座孤岛。

四十四

在阿莲全家搬走之前，父亲的工作就有了变动，从饲养员转岗成了仓库保管员。新来的何副厂长家属还未过来，刘一江便决定，等阿莲家搬走后，让我们家搬进阿莲家原来的房子。

阿莲家的房子在一栋二层楼房的一楼，有两个单间，中间开了一道小门。在另一个单间后面，还砌了一间小房当作厨房，厨房与这个单间相连的地方又开了一条小门，厨房还有一道门通向外面。从整体上看，倒也像个小套间。以我们现在的眼光来看，阿莲家的这两间房子或许算不了什么，但与父亲当饲养员时住了好几年的小单间相比，已经有了很大的改善。所以，能够搬进阿莲家曾住过的房子，父亲自然十分高兴。

阿莲家把属于自己的家具都搬走了，只留下了一张从场部借来的办公桌和几条小木凳。起初，我们谁都没太在意那张旧办公桌，父亲还说这桌子反正也是公家的，不如退还给场部。然而，当我打开这张旧办公桌时，却吃了一惊，因为我发现三个抽屉里装满了书。其中两个抽屉放的是阿莲父亲林之良看过的书，有《列宁选集》《中国哲学史纲要》《看云识天气》等，品类丰富；另一个抽屉里主要是阿莲自己看过的书，像《青春之歌》《钢铁是怎样炼成的》《格林童话集》《安徒生童话集》等。那时的我，虽然对文学还没有明确的追求，但已经迷上了阅读，什么书都爱看。所以，一看到阿莲留下的这些书，我心里就特别高兴。在阿莲刚离开的那段日子里，这些书便成了我的精神食粮，我迫不及待地如饥似渴地读了起来。作为一名高一学生，她父亲的书有很多我是看不懂的，但在那个时候，父亲又拿不出钱给我买课外书，这些书对我来说同样充满了吸引力。也就是在那个时候，我一个字一个字地啃完了《红楼梦》《水浒传》这两部名著，也是在那时，通读了《毛泽东选集》《列宁选集》以及《中国哲学史》，这让我对中国古典文学和哲学有了初步的了解。就连阿莲父亲留下的那本《看云识天气》，我也认真读完了。后来，我和朋友们在一起时，常常会卖弄似的指着天上的云，说出这是什么云、那是什么云，朋友们都十分惊讶。其实，我那点浅薄的气象知识，都得益于阿莲父亲留下的这本书。

因为阿莲自己留下的那一抽屉书，我和小凤大多都看过了，也就没有仔细翻看，这导致我犯下了一个一辈子都无法弥补的错误。原来，阿莲在一本不太起眼的童话集《梅花雨》中，夹了一张给我的字条，字条上是这样写的：

小兵：

我就要跟着爸妈离开秀丽山了，我非常珍视我们在一起的时光。我知道你喜欢看书，这几抽屉书，有的是我的，有的是我爸的，现在都留给你。我希望你好好学习，将来能考上一所好大学，也希望能时常收到你的消息。

阿莲

1977年9月3日

阿莲的字体一向娟秀，但这张字条却写得颇为潦草，由此可以想见，阿莲写这张字条时心情有多么急切。或许，为了写这张字条，她犹豫了许久，直到临上车前，才匆匆忙忙写下。可写完之后，她又不知道该把字条放在哪儿，思来想去，最后才放到了那本不太引人注意的童话集中。我想，她这么做，可能是担心被我父亲和小凤看到，真是用心良苦啊！然而，因为那本书我和小凤都看过了，所以一直没有仔细翻找。直到十年后的1987年，父亲已经退休，我自己也成了家，我和妻子到秀丽山来搬家时，妻子无意间翻看阿莲留下的那一抽屉书，才发现了这张字条。妻子看到字条后，顿时醋意大发，质问我："好啊，跟我谈了这么久，从来没跟我提过一个叫阿莲的女孩子，快说，这张字条是怎么回事？"

我并不责怪妻子，我明白，任何一个女人，若是成了我的妻子，看到这样一张字条，都会心生醋意。我让妻子先冷静下来，告诉她这张字条我也是第一次看到，我也感到十分惊讶。接着，我便把我和阿莲相识以及分别的情况，简单地跟妻子讲述了一遍。妻子听了我的介绍，醋意消了不少。

"幸亏以前没让你发现，不然啊，说不定你就不是我的了！"妻子没了醋意，跟我开起了玩笑。

"别这么说，就算当初发现了这张字条，我最后选择的可能还是你。"我讨好地对妻子说道。

其实，我心里清楚得很，要是当初真的发现了这张字条，最后成为我妻子的会是谁，还真不好说。

从阿莲留下的字条至少能看出三层意思：其一，她十分珍惜我们之间的感情。在离别之际，我们双方都不敢相约话别，甚至不敢多交流的情况下，她思来想去，觉得留个字条是最好的方式；其二，说明阿莲很关心我的未来，希望我能多读书，将来有所成就；其三，表明她其实是希望和我保持联系的。可我呢？粗心到根本没想到阿莲会留下字条，等看到字条时，已经过去了十年。那时，我已成家，阿莲也已为人妇。

四十五

罗小高从狱中回来了。

经过两年关押，他长高了些，也成熟了许多。罗小高褪去了脸上的稚气，再加上一头蓬松的长发，远远望去，这个未满十八岁的小伙子，俨然像个二十多岁的青年。

罗小高回来后，在家稍作停留，便匆匆赶往秀丽山养殖场。他到养殖场的第一件事，就是直奔十三号鸡舍。然而，等他赶到时，只见门上挂着一把铁锁，鸡舍里一片寂静，再也听不到熟悉的鸡叫声。

罗小高不停地捶打着门，大声呼喊着陈巧红和唐兰的名字。在他的记忆里，离开时陈巧红患了精神病，由唐兰照顾着。他怎么也没想到，在这一年多的时间里，陈巧红失踪了，朱晓珍考上了大学，唐兰被招工回了长沙，就连阿莲也跟着父母离开了秀丽山养殖场。

罗小高敲了许久，始终没有回应，只好垂头丧气地往回走，来到我家找我。

那天虽是周末，但罗小高来的时候，我还没放学回家。父亲见是他来了，依旧热情地留他在家吃饭。因为没见到巧红，罗小高心情低落，也不与父亲搭话，独自搬了条凳子坐在一旁。

父亲以为他已经知道巧红的事，为了避免勾起他的伤心事，便去厨房做饭了。

好在没过多久，我从学校回来了。一进屋，我就看到了坐在家中的他，又惊又喜。说实话，自从他被派出所带走后，我每天都盼着他回来，尤其是阿莲离开后，这份期盼愈发强烈。如今，他终于回来了，就坐在我家，怎能不让我欣喜若狂。

我顾不上放下书包，冲过去一把抱住罗小高："小高，你终于回来了，我好想你！"

"阳小兵，我也想你啊。"罗小高勉强挤出一丝笑容，紧接着问道："巧红呢，十三号鸡舍怎么没人开门？"看得出来，他最挂念的还是陈巧红。

"小高，我爸没告诉你吗？巧红失踪了。"看到他焦急的样子，我如实相告，话一出口却又有些后悔。

"什么？你说什么？巧红姐失踪了？"他脸色瞬间变得惨白，一把抓住我的衣服使劲摇晃，仿佛是我藏起了陈巧红。

父亲听到动静，以为我们吵起来了，赶忙从厨房跑了出来。

"阳伯伯，巧红怎么会失踪？她到底去哪了？"罗小高松开我，又一把抓住父亲的衣服，焦急地摇晃着。

"小高，你先冷静，听小兵慢慢说。"父亲轻轻掰开罗小高的手，向我使了个眼色。我连忙走过去，将他按回原来坐的凳子上，缓缓向他讲述陈巧红失踪的经过。

"这么说，巧红真的失踪了？怎么会这样……要是我在，她肯定不会这样的……"听完我的讲述，他低着头，喃喃自语。

吃饭时，考虑到这是罗小高自狱中回来后第一次来我家，父亲便问他要不要在我家吃饭，喝点酒，他一口答应下来。可谁能想到，他并非小酌，而是自斟自饮，足足喝了半斤多白酒。

"我要去找巧红！我要去找巧红……"离开我家时，罗小高脚步踉跄，再次朝着十三号鸡舍的方向走去。

父亲担心他出事，连忙让我去拦住他。我追上去，费了好大劲，才将他拉上回罗家大屋的路。一路上，他不停地呼喊着巧红的名字。

"唉，这孩子太可怜了。他对巧红用情太深，我真担心他也会精神崩溃。"我回来后，父亲满是心疼与担忧地说道。

四十六

我父亲对罗小高的预言不幸成真。

从狱中归来的罗小高，没了陈巧红，整个人失魂落魄，与精神病人无异。他每天雷打不动，上午、下午各去十三号鸡舍一趟。即便明知鸡舍上着锁、里面空无一人，仍固执地敲门，一等就是个把小时。寻不到鸡舍，他就游荡在秀山周边，雨母山、七里山都留下他寻觅的足迹。遇见熟人问起，他就会说："我在找巧红，我不相信找不到她。"知晓二人感情的乡亲，都不忍嘲讽，只温言相劝："小高，注意安全，慢慢找。"可这份执着，终究一无所获。

日复一日，罗小高愈发消瘦，头发蓬乱打结。他总穿着那套半旧的黄色的确良军服，从不换洗，四处奔波下，衣袖裤腿磨出毛边。可他全然不在意，心里只有陈巧红。作为好友，我满心忧虑，常去他家探望。多数时候，只见到他哑巴父亲，偶尔碰上罗小高，他也态度冷淡，翻来覆去念叨："陈巧红怎么会失踪呢！要是我在，她一定不会失踪。"看着他这般执拗，我到嘴边的劝慰又咽下。

我隐隐觉得罗小高会出事，没想到竟是生死之别。

那是罗小高回来一个多月后的清晨，他与哑巴父亲吃过早饭，又要出门寻陈巧红。父亲没阻拦，扛起铁犁，赶着水牛去犁田。罗小高家水田中有根歪斜的水泥高压电杆，前一晚大风过后，本就摇摇欲坠。

劳作两小时后，水牛突然不愿前行。哑巴父亲性子倔，挥竹条抽打。水牛被激怒，猛地发力拖着铁犁狂奔，铁犁脱离掌控，水牛速度更快。父亲捡起石头砸去，水牛受惊一跃，竟撞向歪斜的电杆。电杆轰然倒下，通电的电线坠入水田，父亲和水牛瞬间被电击倒地。

水田藏在屋后山窝，无人察觉这边的变故。等中午有人发现时，水田边多了罗小高的尸体。关于他为何踏入水田，传言四起：有人说他找陈巧红归来，见父亲和水牛倒下，想施救才触电；有人说他回家不见父亲，寻来时遭电击；甚至有人恶意揣测，是他挖动电杆策划了这场悲剧，但我不信。初中时，班上曾讲过类似触电事故，罗小高还和我讨论过，说遇到这种情况要先断电。他明知危险，却依然踏入水田，或许真是抱着救父的决心，“明知山有虎，偏向虎山行”。

一头牛、两条人命，就这么没了，噩耗瞬间传遍冬阳乡。得知消息时，我浑身发颤，前一天还见过的罗小高，竟已阴阳两隔。

当天中午，我去看了罗小高父子的遗体。罗小高躺在田埂上，神态安详，像睡着了一般，那头水牛已被拉去剥皮。村长考虑罗家贫困，决定卖牛肉换钱，村里再补贴些，打一口大棺材，让父子俩合葬。我想，罗小高或许会欣慰，虽父亲一生沉默，可那份爱从未缺席，能与父亲永远相伴，也算遂了心愿。

三天后，葬礼举行。罗家大屋男女老少倾巢而出，我和同学请假参加，父亲、罗大安、贺师傅等秀丽山员工也赶来。两里长的送葬队伍，哀乐声声，白幡翻飞，哭声震天。村长、父亲、同学们都哭红了眼眶，除了泪水，再无他法寄托哀思。

四十七

罗小高父子的葬礼结束后，村长邀请罗大安参与清理罗小高父子的遗物，罗大安知道我和罗小高交情深厚，便拉上我一同前往。

罗小高父子并无其他亲戚，村长决定把他家的房子和部分家具转交给村里的一位五保户。清理过程中，罗大安发现一个笔记本，上面凌乱地记录着罗小高零散的文字。罗大安对这些内容不感兴趣，随手便将笔记本递给了我。

翻阅罗小高的笔记本，其记录的时间跨度长达十年。里面有他潜入冬阳附中跟踪黄校长的经过，有被朱水军开除的遭遇，还有他对阿莲萌生好感，却因我与阿莲同为秀丽山家属、吃国家粮，而他父亲只是个哑巴农民，最终主动放弃的纠结。不过，更多的篇幅是关于他和巧红的故事。从记录中能明显看出，罗小高初次帮巧红的忙后不久，就对这位大他近十岁的女子产生了特殊好感，这份好感逐渐演变成单相思，乃至愿意为陈巧红赴汤蹈火的爱情。我虽不敢评判这段畸形之恋，但那些字迹潦草的文字着实令人动容。以下是几篇与陈巧红相关的记录摘抄：

“朱老师和阳小兵今天到我家，让我明天去帮陈巧红。我犹豫片刻还是答应了。自从被姓朱（朱水军）的开除，没人瞧得起我，整天闷在家里也无趣，找点事做权当安慰。”

这段文字应是我和朱晓珍首次请罗小高帮陈巧红时，他写下的。

“狗日的卷毛，狗日的程小刚，你个大坏蛋！不准我帮巧红姐做事，不就是想自己方便去找她吗？别做梦了，巧红根本不会搭理你。再说，伟明哥也不会放过你。”

显然，这是罗小高第一次帮陈巧红，却被程小刚赶走后写下的。他对陈巧红的称呼从“陈巧红”变成“巧红姐”，可见感情又进了一步，也能看出他对程小刚将自己从十三号鸡舍赶走一事怀恨在心。

“整天无所事事，好想上学，可朱水军那个混蛋把我开除了；想去十三号鸡舍找巧红，又怕撞见程小刚，烦死了。生在我这样的家庭，真是没出路。”

这是被程小刚赶走后所写，字里行间满是那段时间他的痛苦，也能看出他开始对生活和命运感到忧愁。

“我要练武，我要用拳头砸烂这个世界！我已经拜师学武，等练成了，一定要狠狠揍程小刚和朱水军。这世上对我好的人，我要用拳头保护；对我不好的，我就要报复！”

这是他内心的宣泄，不难发现，小小年纪的他，复仇的种子已在心里生根发芽。

“伟明哥哥被石头砸死了！听到这个消息，我整个人都懵了。为什么好人总是吃亏，坏人却逍遥？伟明哥哥走了，巧红姐该怎么办？那个卷毛程小刚肯定又要打歪主意，我真想一棒打死他！”

从这段文字能感受到，罗小高对李伟明的死十分震惊，还预想到伟明死后程小刚会对巧红不利，小小年纪能有这样的想法，着实难得。

“朱老师和阳小兵又来我家，说巧红姐怀孕了，让我去照顾她。说实话，伟明哥走后，我天天担心巧红姐，所以他们一说，我立马就答应了。我一定不会让巧红姐受委屈。”

虽然罗小高写东西从不落款时间，但能推测这是我和朱晓珍第二次请他帮忙照顾巧红当天写下的，此时他对巧红的感情已愈发深厚。

“巧红总是唉声叹气，弄得我也整天没精打采。白天守着她，生怕她出意外；晚上睡觉，梦里也全是她。我这是不是就是人们说的癞蛤蟆想吃天鹅肉？”

这是笔记本里罗小高第一次直接称呼陈巧红为“巧红”，也首次直白地流露出，他对巧红的感情已超越了姐弟之情。

“今天我干了件坏事，偷看巧红洗澡。下午她说朱老师晚上要来，得提前洗澡。我一听，主动说去喂鸡饲料，其实只是在鸡舍转了一圈就悄悄回来了。巧红在房里洗澡，水声哗啦啦响，我鬼使神差地贴到门边。她房门上半部是玻璃，虽用纸蒙着，可玻璃纸上有个小洞，我就凑过去偷看。那是我第一次看巧红洗澡，她全身赤裸，旁边放着水桶，头发散在肩上，乳房丰满，乳头嫣红。她肚子隆起，大概是怀着孩子的缘故。我甚至还看到了……（罗小高写好后又划掉一行，字迹模糊不清）。当时我脸红心跳，不敢多看，赶紧跑去喂鸡，到现在心还砰砰直跳。”

罗小高恐怕怎么也没想到这些文字日后会被人看到，写得极为坦诚。这也是我第一次知道，原来他曾偷窥过陈巧红。

“我越来越不像话了，又偷看巧红洗澡。明明不想看，可就是控制不住。只要听到里面的水声，眼睛就不自觉地往门上的小洞凑。每次偷看都紧张得脸红心跳。今天，看着看着，血往上涌，吓得我扭头就跑，结果不小心碰倒走廊上的铁桶，发出好大的声响。正尴尬时，就听巧红说：‘是小高吧，别跑，我知道你在门边，别慌，巧红姐不怪你。’原来她早就知道我在偷看，真是太丢人了。”

这依旧是罗小高的内心独白，直面自己灵魂的真实写照。文字虽直白，但字字句句都是他内心最真实的想法。从这里也能看出，比罗小高大近十岁的陈巧红，对他的心思了如指掌。

“巧红告诉我，程小刚又去找她了，气得我牙齿咬得咯咯响。就算巧红肚子里怀着李伟明的孩子，我也一定要保护好她。”

由此可见，陈巧红对罗小高无比信任，愿意将心事都与他分享。

“巧红从衡阳回来，孩子没保住，她伤心极了。我心疼她，也感觉自己越来越离不开她了。”

从这段文字能看出，巧红流产后，罗小高对她的爱更深了。

“听说程小刚要离开秀丽山养殖场回长沙了。那个卷毛比以前更嚣张了，看着就来气，真想打死他。”

这大概是罗小高殴打程小刚被劳教前的最后一篇记录。从这些文字能感受到，他和程小刚的矛盾已一触即发。此后直到罗小高回来，笔记本再无记载。

“我回来了，又回到这个穷困的家。刚到家，阳小兵就告诉我，程小刚虽然挨了打，还是回长沙了；可陈巧红却失踪了。我不信，打死我也不信！”

这是罗小高狱中归来后写下的第一段话，字里行间满是因陈巧红失踪而产生的痛苦。

“这两天四处找巧红，今天还特地去了七里山，结果一无所获。但我不会放弃，还会继续找。”

不难看出，罗小高对陈巧红感情至深，也坚信自己能找到她。

“还是没有巧红的任何消息，都失踪好几个月了，我自己都开始怀疑还能不能找到她。唉，一想到巧巧的遭遇，我真恨不得跟她一起走。”

多次寻找无果后，罗小高已生出求死的念头。

“今天没出去找巧红，在家待了一天。跟父亲没法交流，闷得慌。父亲老了，头发全白了，怪可怜的。我也快二十岁了，这辈子估计就只能当农民了。唉，活着真没意思。”

他再次流露出对生活的绝望。

“我真不知道以后的日子该怎么过，或许死了反倒解脱。”

此时的罗小高已对生活彻底失去信心，随时都可能走向极端。

“没意思，一切都没意思。”

这是罗小高留在世上的最后文字。虽无落款时间，但推测应是出事前不久所写。

后来，我反复翻看罗小高留下的笔记本，越看越觉得他的死是早已注定，也因此打消了人们那些毫无根据的猜测。罗小高家水牛撞倒的电杆并非他动的手脚，但他在看到父亲和水牛被电击倒后，仍选择赴死，只能说明他对生已彻底绝望。

一个不到二十岁的生命就此消逝，我童年最好的伙伴也永远离开了。在后来的数次搬家中，那个笔记本不慎遗失，唯有一张小学毕业前我和罗小高的合影，被我一直珍藏着。罗小高父子的离世，当时在冬阳乡引起轩然大波，可随着时间流逝，人们渐渐将此事淡忘。

然而，每当夜深人静，我总会拿出那张合影，对着照片，追忆那段一去不复返的童年和少年时光。

四十八

罗小高的离去，不仅让我失去了最亲密的伙伴，也使我愈发孤僻。在学校，我变得寡言少语；回到家中，也不愿多说一句话。

好在父亲和小凤理解我的心情，一回到家，他们就尽量聊些别的事，避免提及陈巧红和罗小高，生怕勾起我的伤心事。

秀丽山渐渐冷清下来。由于人员缩减，好几栋鸡舍都关闭了，其他人员也进行了相应调整。罗大安和贺师傅在那年夏天被精简辞退。罗大安家住罗家大屋，还时常来秀丽山找父亲聊天；而贺师傅家离这里足有十多里路，很难再来一趟。人员的减少，尤其是罗大安与贺师傅的离开，给父亲的精神带来极大冲击。父亲本是个爱热闹、闲不住的人，场里一有热闹事，准能看到他的身影。比如过年杀猪分肉，即便没安排他，他也会热心帮忙。可如今，除了刘一江安排的额外工作，父亲每天下班关上仓库门，就窝在家里不再外出。父亲曾在母亲在世时烟瘾很大，在母亲劝说下戒掉了。后来我两次坚决阻止他与胡芸秀发展感情，父亲又重新抽起烟来。不过在我和小凤的劝说下，他再次戒掉了烟。而现在，父亲又开始抽烟了，我和小凤理解他的心情，多次劝说无果，也就不再多劝。

一个周六晚上，小凤做完作业就睡了。我作业不多，写完后随手拿起一本武打小说翻看。父亲坐在我身旁，掏出一根烟点燃。他一边抽烟，一边不时看向我。我察觉到父亲神色异常，似乎有重要的话想说，却又犹豫不决。

虽然不敢随意猜测父亲的心思，但我能肯定他有心事。我假装没发现异常，一边盯着书本，一边偷偷观察他的表情变化。

我们父子俩就这样各怀心事，却又装作若无其事地坐了一个多小时。最终，我还是忍不住先开了口。

“爸，你怎么一直这么看着我？”我放下书问道。

“哦，没什么，我看看你在看什么书。”父亲掩饰道，语气明显言不由衷。此时，身为高中生的我用着大人的口吻，而年近六十的父亲却像个犯错的孩子，满脸窘迫。我联想到父亲近期的种种行为，猜测他这般吞吞吐吐，应该和胡芸秀有关。

“爸，别瞒我了，你肯定有事想跟我说。”我不想直接说出猜测，也不想绕圈子，尽量平和地说道。

“唉，小兵，既然你看出来了，我就不绕圈子了。我想告诉你……胡芸秀，胡医师她……她要回长沙了。”父亲终于说出了实情。

“哦，胡医师要回长沙了？”我差点脱口而出“她回长沙跟你有什么关系”，但想到胡芸秀和父亲曾有过那段被我强行中断的感情，便把话咽了回去。

“是的，她就要回长沙了，我……我想试试，看能不能把她留下来。”父亲终于说出了心里的想法。

果然被我猜中了。

“爸，人家回长沙就回吧，她本来就不属于这里。”看着父亲小心翼翼的样子，我不忍心再伤害他，便换了温和的语气，故意不回应他的试探。

“小兵，如果你同意，我想……再去找她谈谈，看能不能把她留下。”父亲以为我没听清，又重复了一遍。

我不能再装糊涂了。此刻，我内心五味杂陈，对母亲的怀念让我本能地排斥父亲的想法，可我也明白，胡芸秀这一走可能就再也回不来了，父亲要是真和她有缘，这或许是最后的机会。想到前两次我那么坚决地断绝他们的感情，再想到父亲渐渐老去，以后确实需要人照顾，我一时没了当初的果断。

“爸，如果觉得你和胡医师有缘，那你就……去试试吧。”我说。

“小兵，你真的……真的同意我去找胡医师了？”父亲难以置信地问道。

“爸，我还能骗你吗？想去就赶紧去吧。”我催促着，生怕自己反悔。

“那我……现在就去。”父亲大概也怕我改变主意，显得有些急切。

“爸，你去吧。”

父亲听后，匆匆出了门。可刚走了百来米，又折返回来——原来是觉得身上的衣服太破旧，回家换了一身满意的衣裳，才再次去找胡芸秀。

秀丽山养殖场和乡卫生院只隔着一条垅，父亲一路小跑着赶过去。远远看到胡芸秀房间的灯还亮着，心里不禁一喜。

到了门口，父亲先轻轻推了推门，发现门从里面反锁着，便敲了几下。

胡芸秀没想到是父亲，还以为是病号，在里面喊道：“稍等，我就来。”

父亲怕她知道是自己就不开门，一声不吭地等着。

很快，门“吱呀”一声开了。胡芸秀看到站在门口、满脸局促的父亲，惊讶地问：“老阳，怎么是你？来看病吗？”

“是……不是。”父亲语无伦次地回答。

“老阳，有什么事进屋说吧。”胡芸秀把父亲让进房间，但没关门，显然是有意为之。

“胡医师，听说你要回长沙了，我……我……”父亲进了屋，却不知从何说起，支支吾吾的。

“嗨，老阳，我是要回长沙了，有什么事直说吧。”胡芸秀给父亲倒了杯热茶，温和地问道。

“胡医师，你……能不能不回长沙？”父亲努力让自己镇定下来，可说话还是有些不自然。

“老阳，要是早两个月你说这话，或许我还能考虑，可现在……我没办法，必须得走了。”

“早两个月？这两个月发生什么事了？”父亲一脸疑惑。

“哎，我们啊，可能真是有缘无份。”胡芸秀叹了口气，还是没直接说出原因。

在父亲的再三追问下，胡芸秀终于道出了实情。原来，她对父亲很满意，欣赏父亲的爽快和厚道，觉得跟这样的人在一起踏实，甚至做好了接纳我和小凤、与父亲结婚的准备，还把父亲的情况告诉了父母，打算婚后接父母来同住。然而，因为我的阻拦，父亲两次拒绝了她，这让她心灰意冷，断了和父亲在一起的念头。

当时，国内形势发生变化，胡芸秀的父母恢复了名誉，有了退休工资。他们做的第一件事就是想办法把女儿调回长沙。因为胡芸秀是和去世的丈夫一起下放到冬阳乡卫生院的，父母觉得给她在长沙介绍对象，既能有调回的理由，也能让她彻底死心。于是，通过熟人介绍，胡芸秀认识了父母老同事的儿子。这个赵姓男子和胡芸秀年龄相仿，曾因父母的缘故下放到岳阳洞庭湖边的一个农场，一呆就是十多年，婚事也因此耽误。他几个月前刚招工回城，在长沙一家国营工厂当工人。起初胡芸秀不愿见面，但经不住父母劝说，还是去了。两人见面后，互诉遭遇，同病相怜，很快互生好感。恰巧赵姓男子有个亲戚在胡芸秀下放前的医院当副院长，通过这层关系，胡芸秀调回省城的事基本敲定，只是父亲还蒙在鼓里。父亲去找她那晚，她正收拾行李准备回城。

“唉，老阳，谢谢你今晚来看我，只是，我们回不去了，真的回不去了。”胡芸秀说完自己的经历，惋惜地叹了口气。

听胡芸秀讲述时，父亲几乎没插话。他既惊讶于胡芸秀工作的巨大变化，又为自己的唐突感到尴尬。人家本就不是普通人，即便在乡卫生院当医生，也不比自己这个养殖场工人差，可自己却因为儿子，两次拒绝了她的心意。如今人家有了新对象，马上要回长沙，自己却毫不知情，跑来碰了一鼻子灰。

“胡医师，实在抱歉，既然你有了新对象，又要回长沙，我就不该再来打扰了，对不起。”父亲满脸羞愧，语无伦次地说完，给胡芸秀鞠了一躬。

这一鞠躬，父亲眼角的泪水被细心的胡芸秀看在眼里。

“老阳，不怪你，要怪就怪命运吧。”胡芸秀安慰道。

“胡医师，就当我没来过，祝你回城一切顺利。”父亲说完，转身离开了房间。

“老阳，不怪你，是我没及时告诉你。要是早知道你还会来找我，也许我就不会答应去见老赵了。”胡芸秀站在门口说道。

“别说了，胡医师，是我不好，祝你一切都好。”父亲说完，大步离去。

胡芸秀没有追上去，只是呆呆地望着父亲的背影。

那晚，父亲没有直接回家，而是在卫生院到养殖场路边的塘角上，独自坐了一个多小时，才失魂落魄地回到家。

其实，父亲到家时我还没睡。他怕吵醒我和小凤，没开灯，只是重重地叹了两声气，就上床了。

“爸，见到胡医师了？”我轻声问。

“唉，别提了，人家在长沙有对象了，马上就走。”父亲语气低落。

“爸，都怪我，前两次太不懂事了。”借着窗外微弱的灯光，看着父亲满脸愁容，我满心愧疚和自责。

“不怪你，要怪就怪我的命不好。”没想到父亲没有一丝怨言。

“爸，睡吧。”我知道自己犯下了无法弥补的过错，不敢再多说，只希望父亲能早点休息。

那一夜，父亲不时发出叹息，估计是彻夜未眠。从那以后，父亲和胡芸秀的事成了我们父子间不愿触碰的伤疤，谁都不敢再提起。

四十九

就在那年夏天，我高中毕业。彼时清泉县仅有两所中学作为高考定点考点，而我的考点，恰好是阿莲随父母搬至县卷烟厂后就读的那所学校。临行前，父亲叮嘱我："小兵，林场长的卷烟厂就在考点附近，考完去看看他们和阿莲。"父亲与林之良交情泛泛，这番嘱托更多是出于礼节。我明白，他真正希望的是我能见见阿莲。

“爸，我和阿莲在同一考点，说不定能碰上。”我回应道。自阿莲离开秀丽山，我们虽未曾通信，但她始终萦绕在我心头。即便父亲不说，我也迫切盼着与她重逢。经父亲一提，这份期待愈发浓烈，出发前，我甚至反复设想过与她见面的场景，连对话都在脑海中演练了无数遍。

高考首日上午，我在校园里遍寻不见阿莲的身影。下午考试结束，我便打听到卷烟厂的地址。工厂与考场近在咫尺，我在围墙外徘徊良久，几次走到厂门口，又因怯懦退缩。

次日考试结束，我依旧没能在校园里见到阿莲。当晚，我婉拒了同学们喝“解放酒”的邀约，独自前往卷烟厂。刚出校门，一个长发披肩的身影便吸引了我的目光。尽管多年未见，尽管她如今的发长已与记忆中不同，可仅一个背影，我便笃定那就是阿莲。那一刻，我的心跳骤然加快，想呼喊她的名字，却怎么也开不了口；想快步上前，双脚却像灌了铅般沉重。最终，我只能默默跟在她身后，既渴望她回头，又在她转身时慌忙躲藏。

阿莲走到卷烟厂门口，左右张望后才进了大门。我躲在大树后，等她进去，才悄悄走到厂门口，可终究还是缺乏推门而入的勇气。这份怯懦，让我再一次错失了与她相见的机会。后来我才知道，高考第一天下午，我去找她时，她也恰好到我的住处寻我。当时屋里只有一位同学，两年后偶然聊起高考往事，他才将此事告知于我。

人们常说缘分，或许我和阿莲就是有缘无分。那次高考，我考入省内一所偏远城市的大学，阿莲则进了衡阳的中专。大学期间，我多次提笔给她写信，却始终没有勇气寄出。两位与阿莲同校的高中男同学在信中提起她，我也总是佯装不在意，回避相关话题。毕业后，我被分配到衡阳工作，而阿莲去了邻近城市，我们再次错过。后来断断续续听说，她不久便嫁给了同事，育有一女，过上了安稳日子。我则先在清泉县小镇工作，两年后调往衡岳县，在那里结婚生子。

如今交通便利，我们虽同处一省，距离不算遥远，可我始终不敢与她相见。我不愿打破她平静的生活，只愿往事随风。然而有些记忆，早已刻在心底，任时光如何冲刷，都难以磨灭。

创作这部小说时，戴军的《阿莲》正风靡。歌曲中的“阿莲”与我记忆中的她同名纯属巧合，可每当旋律响起，她清秀的面容、苗条的身影便会浮现在眼前，勾起万千思绪。

五十

秀丽山养殖场的衰落，比我和父亲当初预想的还要迅速。

我考上大学不久，刘一江调到县里某部门任职，县商业局随即派来一位三十岁上下的股长接管养殖场。那时，养殖场原本近二十栋鸡房，已缩减至五栋，即便这五栋鸡房产出的鸡，销路也成了难题。

曾经，每日傍晚，食堂前的操坪热闹非凡，篮球比赛结束后，人们或漫步球场，或沿着通往鸡舍的小径闲逛。夜幕降临时，员工宿舍与路灯次第亮起，人声鼎沸。

如今，篮球架不翼而飞，饭后散步的身影难觅，路灯大多损坏，因员工大幅减少，入夜后宿舍的灯光稀稀落落，尽显萧条。

在我参加工作前，姐姐小玲已通过商业局招工，进入下属工厂成为工人；我工作不久，父亲退休，妹妹小凤顶替他进入秀丽山养殖场。而后，妹妹通过我的朋友帮忙，调往其他单位。

我们姐弟三人都有了工作，父亲成了“孤家寡人”，加之罗大安、贺师傅被辞退，他的生活愈发孤寂。

为让父亲安享晚年，我婚后不久便将他接到衡岳县城同住，父亲就此告别了生活工作十多年的秀丽山。

衡岳县自然风光秀丽，文化底蕴深厚。县城东南方的衡岳庙远近闻名，彼时是县佛教协会所在地，庙里住着二三十位僧人。父亲闲时爱上街溜达，偶尔也会去衡岳庙逛逛。

一日，父亲从衡岳庙回来，神色惊讶地告诉我，他在庙里见到一个酷似程小刚的和尚。

我难以置信：“爸，您肯定看错了，程小刚不是在长沙当副厂长吗？怎么会在衡岳庙出家？”

父亲却笃定道：“不会错！就算他剃了光头，我也能认出他！”

据父亲描述，他进庙时，那个疑似程小刚的和尚正与另一僧人在庙侧长廊边走边谈。父亲瞥见熟悉的背影，心中猛地一沉，急忙追上去，却见两人闪身进了房间。他在门外苦等许久，不见人影，才悻悻而归。

父亲的话让我震惊不已，程小刚明明事业顺遂，怎么会出家？为验证虚实，次日上午，我与父亲再度前往衡岳庙。

寻了两个多小时无果，就在准备离开时，父亲突然驻足。顺着他的目光望去，庙门口走进来的和尚，身形、神态、面容都与程小刚如出一辙。

那和尚浑然不觉我们的注视，径直走来。待他走近，我看清了他脸上的疤痕，脱口而出："程小刚！"

和尚身形骤僵，看清我们后，满脸惊愕。可他很快镇定下来，装作不认识，继续前行。

我快步上前，再次喊他："程小刚！"

对方却淡然回应："施主认错人了，我是释大空。"

我直指他脸上的疤痕："这疤痕还能有假？"

他神色闪过一丝慌乱："施主请让开，贫僧还有事。"

父亲上前，痛心道："程小刚，你连我也不认了？"

程小刚终于不再隐瞒："老阳，真没想到会在这儿遇见你们。"

父亲急切追问程小刚出家缘由，程小刚轻叹："别叫我程小刚了，我现在是释大空……"

原来，程小刚回长沙后，与一位领导千金成婚。然而好景不长，他父亲因政治问题被免职，不久离世。家庭矛盾渐生，他也被免去副厂长职务，最终以离婚收场。祸不单行，母亲随后也撒手人寰，紧接着工厂倒闭，他沦为下岗工人。从省领导之子到一无所有，程小刚万念俱灰，最终选择遁入空门，来到衡岳县偏僻寺庙修行，那日是因事才来到衡岳庙。

程小刚与父亲在石凳上长谈两小时后才告别。此前在养殖场，父亲与程小刚并无深交，还曾有冲突，可这次交谈后，父亲却为程小刚的遭遇而唏嘘不已，整夜辗转难眠，声声叹息里，满是对命运无常的感慨。

五十一

我父亲在衡岳县与我共同生活了七年。

那次和程小刚见面之后，我们便再也没见过他。我前往衡岳县宗教局打听，才知道他在与我们见面后不久，就离开了衡岳县，去了外省的一所寺庙。我心想，这或许是程小刚为了回避我们而采取的举措。

父亲搬来衡岳县与我同住后，心里始终惦记着秀丽山。

父亲到衡岳县后的第二年，贺师傅因病离世。父亲得知消息后悲痛万分，立刻动身前往贺师傅家，回来后很长一段时间都郁郁寡欢。贺师傅去世不到一年，罗大安又因饮酒引发脑溢血与世长辞，父亲同样赶去参加了追悼会。老友们相继离去，让父亲倍感孤独，也让他预感到自己时日无多。

1995年10月，父亲突然觉得肠胃不适，经医院检查，确诊为胆总管癌。我们没有告诉他真实病情，但他对自己的状况已有强烈预感。患病后，他不仅主动和我谈及后事安排，还常常聊起秀丽山的人和事。

说起在秀丽山结识的人，父亲对罗大安和贺师傅这两位男性提及最多；而女性中，谈得最多的则是陈巧红和胡芸秀。父亲病重时，还向我打听陈巧红的下落。至于胡芸秀，父亲毫不掩饰对她的思念。

虽然是我先后两次破坏了父亲与胡芸秀的姻缘，但父亲从未责怪过我。谈及胡芸秀，他更多的是自责。他总说自己命苦，年纪轻轻就失去我母亲，好不容易遇见胡芸秀，却有缘无分。

在对待胡芸秀的问题上，年少不懂事的我曾两次从中作梗。尽管父亲没有指责我，可我内心满是愧疚。但我明白，面对生命垂危的父亲，再多的忏悔也无济于事。

就在父亲病危期间，我得知一个消息：胡芸秀也在父亲查出癌症后不久因病去世了。

我们没敢把这个消息告诉父亲。可我常常暗自思忖：父亲和胡芸秀生前未能相守，然而他们离世的时间如此相近，或许这就是他们生命中另一种特殊的缘分吧。

我悉心照料父亲，满心忏悔，却依旧无法留住他逐渐消逝的生命。

1995年农历正月初八，父亲永远地离开了我。父亲生前曾说，故乡古山和秀丽山，任选一处作为他的安葬之地都可以。考虑到父亲出生于古山，我们最终将他安葬在了那里。

父亲去世后不久，我从衡岳县调到了省城长沙工作。

到长沙后，我第一时间就想去拜访我的老师朱晓珍。朱晓珍从湖南师大毕业后，被分配到省城一所中学任教，没多久就结婚了，丈夫是省城科研单位的研究员。可让我始料未及的是，就在我去学校找她的一个月前，结婚后一直没要孩子、首次怀孕已有六个月的朱晓珍，在观看一场排球比赛时，被排球击中腹部，引发大出血，她和腹中的胎儿一同离开了人世。

那天在朱晓珍曾经任教的学校听到这个噩耗，我惊讶得半晌说不出话。站在朱晓珍常看球赛的操场，我只觉天旋地转……

我还找过唐兰等几位曾经在秀丽山工作过的人，可他们大多态度冷淡，提及秀丽山，要么抱怨连连，要么态度漠然，常常让满怀期待去找他们的我陷入尴尬境地。

五十二

无论他人态度如何，也不论秀丽山的现状和未来怎样，我对秀丽山的深切怀念之情始终难以磨灭。

离开秀丽山后，我先后在衡岳县和省城工作，但曾多次借着去衡阳的机会，独自回到秀丽山，追寻那些逝去的往昔。

我并非宿命论者，可从第一次踏入秀丽山至今，已过去二十多年。这二十多年的变化太大了。每当我回首往事，总会生出一种物是人非、恍如隔世的感慨。

秀丽山，一座让我魂牵梦绕的山。

2001年8月29日一稿完稿于凤凰古城

2024年10月27日二稿于长沙

美　狐

一

我从湖雅医学院毕业之后，很不情愿地在茅草镇医院做了一名乡村医生，那年我二十岁。

茅草镇是清泉县最偏僻的一个小镇，离县城有二百多里，全镇只有九千多人口。镇里有一条窄窄的、全长不足五百米、呈南北走向的小街；镇政府设在街道南端的一座小山上，镇医院则设在街道北边的一座小山上。在这条小街旁边，有一条宽不过五米，却是当地人引以为骄傲的小河——茅草河，茅草镇之名也因这条小河而来。

因为偏僻，茅草镇有了自己独特的热闹方式——赶大集；也因偏僻，茅草镇形成了与外地不同的文化爱好——看皮影戏。那时，县城大部分人家都已拥有电视机，而茅草镇许多人却还不知道电视机为何物，他们最热衷的依旧是看皮影戏。赶大集和看皮影戏，使得茅草镇的许多故事总与这两种场合相关联。

我要叙述的这个故事，同样与这两种场合有所牵扯。

我是在赶大集的时候第一次看到那个叫梅静的女人的，那时许多人都叫她梅癫子，也有人直接叫她狐狸精。我没想到，这个当时看起来疯疯癫癫的女人，日后会对我的生活产生如此大的影响。

茅草镇赶大集的频率较高，每三天就有一集。我到医院报到后的第二天就碰上了赶集。当时，我因被分到茅草镇当乡村医生而心中不快，但比我早两年分到这里、同样毕业于湖雅医学院且被院长周大华安排和我同睡一个寝室的刘伟，却一直开导我，说像我们这种没有靠山的人，虽读了大学，也要认命，不能心气太高，否则难以生活。刘伟的家就在茅草镇下面的一个小村庄，他似乎对自己的处境很满足，一副愿意在茅草镇终老的样子。不过，从刘伟的话中，我听出院长周大华很欣赏他，而他虽嘴上说无所求，实则已在谋求副院长的职位，他对我的热心似乎也带有培植自己势力的意味。因为我和刘伟初次见面，这些想法自然不会对他说。报到当晚，刘伟和我聊天聊到十二点多；第二天一早，他就告诉我当天赶集，要好好陪我到集上去看看。

我不好拒绝刘伟的好意，加上报到时院长周大华说我报到后可以休息两天再上班，正想有人陪我逛逛，所以刘伟一说，我就欣然同意了。

医院离街道有一段距离，只有一条坑洼不平的马路相连。茅草镇赶大集的人数之多出乎我的预料，我们走出医院大门，就看到这条烂马路上摆满了各种东西，有农民刚从地里摘出来的南瓜、冬瓜、茄子等瓜果，也有布匹、服装、五金之类的商品。穿过烂泥路，往街道走去，人越来越多。街道中心是镇供销社的几个门市，那里更是人山人海。每个门市门口都摆满了摊贩，有叫卖货物的，有卖小吃的，还有玩猴的、变魔术的，人们大声叫嚷着，仿佛这里是一个大剧院，他们积蓄的力量都要在此发泄。

我第一次在茅草镇见到这种场面，虽觉稀奇，但因人太多，空气中弥漫着难闻的汗馊味，便催刘伟赶快离开。我们从小街出来后，刘伟又带我去看镇政府，镇政府的规模和镇医院差不多，只是房子最近粉刷过，显得亮堂些。从镇政府出来后，刘伟问我感受如何，我说没什么特别的。我老家也在小镇的一条小街上，赶集的场景见得多了。刘伟见我兴致不高，便说带我去看一个场面，保证我会感兴趣。我说，那可不一定。

刘伟带我走上一条沿河的小路，边走边自言自语：“不知道她今天来不来，应该会来的……”我不知道他这话是什么意思，就说：“你是带我去看你女朋友吧？”刘伟一脸神秘：“别乱猜，我哪有什么女朋友，去了你就知道了。”刘伟一脸神秘，让我捉摸不透，我只好乖乖跟在他身后。

我们沿河边走了大约三百多米，看见河道旁有一个小小的冲积平地，面积不过一二百平方米。我们去的时候，平地上已经围了不少人。我指着平地问刘伟：“你就是带我来看这块小坪的？”刘伟还是神秘地笑笑：“你过去看看就知道了。”

我们走到平地，这才发现人们围着在看表演。我在镇供销社门口已经看过好几个表演，不想再往前挤，就对刘伟说：“这没什么好看的，我们回去吧。”可刘伟非要拉着我往前挤，还说这种表演和我刚才在镇供销社看到的完全不一样，不看会后悔。在他的怂恿下，我也用力往前挤。终于，我看到了他所说的表演：一个三十来岁的女人披头散发、全身赤裸地在坪中央舞蹈。她身高约一米六五，身上满是污垢，但仍能看出身材匀称。她的头发又长又黑，胡乱地散落在脸上，脸上也有几处污垢，但仍隐约可见是一张美丽的面孔。她的舞蹈杂乱无章，时而大笑，时而大哭，时而放声唱些听不懂的歌曲，时而又旁若无人地喃喃自语，似乎完全没意识到有这么多人在围观。不过，我感觉她的眼睛不时放射出奇异的光芒，那光芒虽有些迷离，却仿佛能穿透人的灵魂。再看那些围观者，大多是男人，却没有一点难堪的神色，一个个死死盯着她的敏感部位，大声起哄：“梅癫子，再来一个；梅癫子，再来一个。”围观者中甚至还有十来岁的孩子，他们似乎也习以为常，有的跟着大人起哄。我虽是学医的，对女人体并不陌生，但在这样的场合、地点，看到以这种方式呈现的赤裸女人，仍感到十分稀奇，脸一下子火辣辣的。

“怎么样？精彩吧？稀奇吧？”刘伟紧贴着我，有些洋洋自得地说。

“这个女人是怎么回事？”我迫不及待地问刘伟。

“这个女人姓梅，叫梅静，也是从外地分过来的，原来是镇中心小学的教师，后来碰到狐狸精，就癫了。据说她是独生女，母亲在她出生不久就去世了，父亲在她上小学时也走了。她癫后经常赤身裸体到街上来乱走，学校起初派人看管，她一出来就把她抓回去，强行给她穿上衣服。可等看管的人一走，她又把衣服脱掉出来，学校没办法，就在学校旁边买了一间原来做牛栏的房子，每次把她抓回来就关进去，次数多了，梅静自己也知道往那间小房子去，久而久之，学校就不再管她，让她自生自灭了。”刘伟还告诉我，梅静基本上每次赶集都会赤身裸体到街上，每次都会引来很多人围观，因为次数多了，大家也就习以为常了。

“你说她是碰到狐狸精之后就癫了，这有什么依据？”作为医学院毕业生，我对同样学医的刘伟大谈狐狸精的故事感到奇怪。

“哎呀，张小阳呀张小阳，我说你就别问这么多了，入乡随俗嘛，到了这茅草镇，就得入这茅草镇的俗，有些事知道就行了，别盘根究底。我再告诉你吧，这个梅癫子还生了好几个崽呢。”刘伟又说出一件让我更惊奇的事，全然不顾我们的谈话可能被旁边的人听到。

“早两个月还养了一个哩，据说被人背到城里去了。”果然，旁边一个四十多岁的汉子接过话头。

“那……那是谁跟她生的呢？”我问。

“谁都可以跟她生，哈哈、哈哈……”那个四十多岁的男人大笑起来，周围的人也跟着哄笑。围在中间的梅静似乎也受了这笑声的感染，刚才还在哭，这时竟也跟着大笑起来。

这笑声让我感到十分茫然和恐怖。都二十世纪八十年代了，怎么还会有这样的事？我无心再看下去，拉着刘伟离开了围观现场。

二

我和刘伟在茅草河边上的那次观看，对我后来在茅草镇的工作，乃至一生都产生了深远的影响。

那晚回到医院后，尽管又和刘伟闲谈了许久，但我的脑海中全是梅静的影子。我再三问刘伟："你到底相不相信梅静是因为狐狸精缠身而癫的？"刘伟在观看时就对我打破砂锅问到底的做法表示不满，见我仍追问，便恐吓我，说梅静是狐狸精缠身，如果我多管闲事，也会被狐狸精缠住。他还煞有其事地告诉我，在我到茅草镇之前，确实有一位从外地分到镇农技站工作的青年被梅静身上的狐狸精迷住，还吵着要跟梅静结婚，后来多亏他在县里工作的亲戚帮忙，把他调到县城，这场闹剧才得以收场。

我问那个调走的青年叫什么名字，现在在哪个单位工作，刘伟告诉我，他叫孙永富，现在县农机局工作，还说孙永富现在已经结婚生子。刘伟不愿多谈梅静的事，故意把话题扯开，又和我聊了一阵医学院的事，就呼呼大睡起来。可我那晚怎么也睡不着，一整晚脑海中都是梅静的影子。

我觉得梅静的癫决不像刘伟所说的是狐狸缠身那么简单，梅静也绝不是一个简单的女人。我从小就有强烈的猎奇心，上医学院二年级时，有人和我打赌，说我要是敢在堆放着数十具女尸的解剖室呆一夜，他就输给我五百块钱。那位同学的父亲是大老板，有的是钱，而我当时父亲刚去世，母亲又重病在身，正缺钱用，便真的在解剖室呆了一个晚上。后来这事被学校发现，没收了我赢得的五百元，但学校了解到我的家庭困难，额外给了我每月一百元的生活补助，对我来说，也算是塞翁失马，因祸得福了。应该说，是梅静的美丽和她的传奇经历再次激发了我的好奇心。那天晚上等刘伟睡着后，我一个人躺在床上，构思了关于梅静的无数个疑问，比如，她虽是独生女，父母也去世了，但她就没有其他亲戚了吗？她分到茅草镇后多久才癫的，没癫之前是什么情况？她为什么会癫，真的像刘伟说的被狐狸精迷住，还是另有隐情？梅静癫之前谈过恋爱没有，如果谈过，那个人是谁，他和梅静谈恋爱时有没有发现她的异常？梅静每天这样赤身裸体出现在茅草镇街头，难道真的没人管吗？刘伟还说梅静生了几个孩子，这些孩子现在在哪里，他们的父亲都是谁？刘伟说的和梅静一样差点被狐狸缠身、幸亏及时调走的孙永富，当时到底是怎么被梅静身上的"狐狸精"迷住的，他当时是什么情形，为什么会想和已经癫了的梅静结婚？除了孙永富，还有其他人爱过梅静吗，他们又是谁？我整晚都沉浸在这些假设与推理中，越想越着迷，越觉得这里面大有文章可做。

正好院长说我还能休息一天，一大早，我就对刘伟说，想请他带我再去看看梅静。刘伟用奇怪的眼神看着我，说："你没被狐狸精缠上吧，没这么快吧？你小子该不会有什么窥阴癖吧？医学院毕业的，至于吗？"

我觉得刘伟看我的眼神比茅草河边那些围观梅静的人的眼神还要怪异，他说的这些话也伤害了我。但我们毕竟才认识两天，而且我是新来的，刘伟是本地人，人熟路熟，我也犯不着得罪他，只好低声下气地求他。在我再三请求下，刘伟答应带我再去一次，但要等到下午。这是我求他的事，我当然只能同意。

那天上午我一个人呆在寝室，心烦意乱，随手拿出一本医学书胡乱翻看了一阵，又蒙头睡下。看似睡着了，脑子里却仍在胡思乱想。

好不容易等到中午，吃完饭，我就催刘伟出发。可他鬼鬼祟祟地非要睡午觉，害得我又睁着眼睛躺在床上等了他两个钟头。

下午，我们还是先去了第一天去过的那块河边平地。梅静果然还在那里，依旧全身赤裸，只是不像前天赶集时那样手舞足蹈，而是静静地坐在地上，独自说着毫无逻辑的话语。梅静身边的人也远没有前一天多，只有几个小孩拿着棍棒逗她。

"梅静已经癫了好多年了，住在镇政府边上的人，不管男女，实际上对她的裸体早已看惯了。我敢说，我们茅草镇九千人，起码有六千人看过她的裸体，只有下面村子里的人和外来的人才对她感兴趣。"刘伟边走边说，我知道他这是在借机发泄对我的不满，故意装作没听见，由他说去。

我们走近梅静。她一见我们走近，突然像吃了兴奋剂似的从地上站起来，又手舞足蹈起来。昨天人多，我们停留时间短，我没完全看清梅静的五官。我不得不承认，梅静的五官美得让我震惊，完全是我多年来一直喜欢的那位唱伤情歌曲的台湾女歌星的模样，据说那个台湾女歌星后来也是裸着身体去世的。梅静的美丽让我的目光久久停留在她脸上。虽然她仍在胡乱舞蹈，但我发现她快速地瞥了我一眼，随即又移开了目光。就是这一眼，我感觉她察觉到了我对她的关注，也就在这一刻，我从她的目光中感受到了一种清醒的讯息，我的心猛地一颤。

“这个女人没癫。”我非常自信且坚定地对刘伟说。

“这个女人没癫，那你就癫了。”刘伟惊讶地看着我，说。

我无法也不好和刘伟争辩，就说想去看看梅静住的房子。刘伟又一脸不高兴，说：“我担心你小子迟早会被这个狐狸精迷住。”我不知道他说的是梅静本人，还是附在梅静身上所谓的狐狸精，总之，我感觉刘伟已经在心里把我当成一个神经不太正常的人了。

在我再三请求下，刘伟还是带我去看了梅静的住房。梅静的住房坐落在镇中心小学旁的一个小山谷里，山谷中树木茂密，如果不走近，根本发现不了这里还有一间小房子。小屋是用土砖砌成，上面盖着茅草，只有一扇门与外界相通，门虚掩着。我说既然来了，干脆进去看看。但刘伟说什么也不肯进去，还不让我进去。他的理由是镇上的人都说，那小屋里满是狐气，人进去会倒霉。

房子周围没什么特别的东西，只有一个圆形花盆引起了我的注意。花盆放在梅静的房屋旁边，里面有几束盛开的玫瑰。我好奇地走过去一看，原来是几束塑料花。

“这梅癫子的房屋门口放个花盆干什么？好像是地下党接头的暗号似的。”我好奇地问刘伟。

我看到刘伟的脸一下子红了，好像他和这花盆花有关系，又好像我随口问的这句话戳到了他的痛处。

“你真是会胡思乱想，我服了你。你以前怎么没选择去当一个作家，我觉得你这样爱胡思乱想的人做医生真是太委屈你了。”刘伟很快镇定下来，调侃道。

怪、怪、怪，面对眼前的这间小屋，面对这位刚结识的同事，我心里反复想着这三个字，探秘的愿望也更强烈了。

三

梅静原来是茅草镇中心小学的一位老师，所以，我决心将我的探秘计划从镇中心小学开始实施。

与刘伟一起探访了梅静的小屋之后，我还是老老实实地上了几天班。我上大学是学摄影的，所以，院长也就理所当然地分配我在摄影室当了一名摄影员。茅草镇总共只有九千多人，老百姓有点小病吃点药就算完事了，真有了大病一般又往县城甚至市里的大医院去了，加上化验室在我来之前就已经有一个专门负责摄影的了，所以，我的事并不多，一般是上二天班就可以休息一天，这比起在门诊当值班医师的刘伟要自由多了。

我心里想着梅静的事，第一个轮休日就去了镇中心小学。说是镇中心小学，其实也就是一个破旧的四合院，学生的教室有六间，占了四合院的三排房屋，剩下的一排就是教师宿舍兼办公室了。教师宿舍也只有七八间，可以看出也是由教室改造而来，每一间面积都不足十平方米。看到了镇中心小学的房子，我倒为自己分在镇医院，还能住上红砖楼房而庆幸了。

我决定先找校长了解梅静的情况。

校长姓于，叫于非，已有五十多岁年纪，长得矮小而单瘦，头发是那种灰白色，一看就是很久没有洗过的了。校长的一双小眼睛眯得只剩一条缝了，鼻梁呈红色，两个鼻孔中各有一束鼻毛向外支出，也不知这是因为久不修理还是有意而为之。这白色的鼻毛与他那看得出是经过修饰的灰白的八字胡须倒形成了鲜明的对照，也可谓黑白分明了。校长讲话声音细细的，像个女人。我在那间狭小的校长室找到了他，为了不让于校长对我产生芥蒂，我先跟他胡乱扯了一些事，告诉了他我是从湖雅医学院分到镇医院，是特地来拜访他。校长一听此话，显得很高兴，立即夸我是个人才，说这茅草镇难得有几个正正规规的大学生分来，并说他年过半百了，这几年身体也老犯毛病，希望我今后多多关照。拉扯了一阵，我慢慢把话题扯到了梅静的身上。于校长其实脑瓜子不糊涂，一听我将话题往梅静身上引，立即就警觉起来了，以近乎武断的声音叫我不要管梅静的事，说梅静是个被狐狸精缠身的女人，如果我多管闲事的话，也要担心被狐狸精迷住。

“于校长，我只是想了解梅静在你们学校工作时的表现情况，那时你就是这个学校的校长了，不可能不知道。”我不管于校长高不高兴，对他穷追不舍地问。

“梅静在我们学校工作不到二年就被狐狸精缠住了，我们对她的情况也不好评说。”于校长搪塞道。

“那……于校长，你作为这个学校的校长真的也相信梅静是狐狸精缠身吗？”

“你说梅静不是狐狸精缠身又是什么呢？”于校长倒反问起我来。

“从医学的角度来看，这种说法是站不住脚的。”我据理力争道。

“好，你是医生，你去把她治好吧，她每天都光着屁股在街上，你去找她吧，我没有时间跟你哆嗦了。”于校长竟生起气来，放大了声音，说罢，夹着个教案就走了。

我悻悻然地走出校长室，心犹不甘，决定再去找别的老师问问。正好，刚走出校长室，迎面看见一位年轻的女教师走过来，便又忙迎了上去。

“请问老师贵姓？”我很有礼貌地拦住她问道。

“免贵姓邓，叫邓萍。”年轻的女教师答道。

“你知道梅静老师吗？”我问。

“对不起，我来的时间还不到二年，不太熟悉。”邓老师说。

“你不知道梅静？就是以前在你们学校当老师，现在癫了的那个梅癫子呀。”我断定这个年轻的女教师实际是在搪塞我。

“哦，你是说她，对不起，我们校长打过招呼不要随便跟人谈她的事。”邓老师说罢也逃难似的走了。顺着邓老师走的方向，我看见学校宿舍那一排房子中有一个窗户开着，一双眼睛透过窗户正在密切地注视着我，那是于校长的眼睛。

我还是不甘心，又在学校前坪等了起来。

大约又等了十来分钟，才等到一位四十来岁、瘦瘦的男教师。像见到邓老师时一样，我连忙迎了上去，先作了一番自我介绍。男教师也作了自我介绍，说他姓林，叫林志明，已经在这所学校教了十多年书了。我心中一阵暗喜，忙向林志明打听梅静的情况："林老师，你在这所学校教了十多年书，那一定知道梅老师以前的情况了？"

"你是说梅静？"林志明的神色立即紧张起来。

"是的，我说的就是梅静，就是现在已经癫了，每天在街上行走的那个。"我坦率地对林志明说。

"哦……这个……这个……"林志明立即搪塞起来，我看见他朝刚才邓萍离开时张开过的那扇窗户望了望，神情更为紧张了。而那扇窗户后面的于校长的眼睛大概也发现了我们的注视，窗户又关了起来。

"林老师，难道你有什么难言之隐？没关系，我会为你保密的。"我努力打消林志明的顾虑。

"唉……一言难尽、一言难尽……唉……"林志明在我面前连连叹了两声气。

"那……我们约个时间以后再谈吧。"我又一次看了看于校长住房的方向，发现他那扇窗户又悄悄地打开了一条细缝，知道今天再在这里问林志明也没有用了。但通过与林志明短短的几句交谈，我已经断定林志明是梅静的重要知情人。

"林老师，你有事先去忙去吧，我会再来找你的。"我跟林志明道声再见就离开了镇中心小学。

我没想到在镇中心小学的门口又碰到了梅静。她依然是披头散发，但不知是她自己还是别人帮忙，她的下身已经穿上了一件破烂的花短裤，只是花短裤的前面已经撕开了一条很大的口子，因此，属于女人的那个隐秘的东西仍然一览无余。梅静那眼神中似乎可以看出她已经认识我了，可她嘴里却依然在胡乱地唱着：

“正月里来好风光，大刀向鬼子们的头上砍……哈哈哈……我家的表叔数不清，没有大事不登门……轻轻的一把抓起来……”

四

我从镇中心小学离开后就直接回镇医院了。

我没想到我走到镇医院门口时会迎面碰到于校长，更没想到跟于校长走在一起的会是院长周大华，也不知于校长是如何以这么快的速度赶到镇医院的。

于校长和周大华见到我都显得很尴尬，不过，他们很快就镇定下来了，于校长装作不认识我似的很快就与周大华道别走了。我也不想与他们多说什么，便也装作没看见他们似的往院里走。可是，我刚进院门，就听见周大华在后面叫我了：“张小阳，你等一下。”周大华叫我的声音不大，但在我听起来却有一种无形的威力，因为这毕竟是我的院长，而我毕竟只是刚从外地分过来的一个普通医生啊。

“周院长，您是叫我吗？”我停下了脚步，装出一副受宠若惊的样子。

“张小阳，你刚才是到镇中心小学去了？”周大华单刀直入。

“是的。”我对周大华的问话有些气恼但又不好发作，仍装出挺认真的样子回答道。

“张小阳，你是新来乍到，对这茅草镇的情况还不了解，这茅草镇有些事你可以管，有些事不该你管的就不要管。梅癫子……哦，那个狐狸精的事你就最好不要去管。”周大华的话已经明显含着威胁。

我是个历来不怕事的人，也是个别人越干涉我越有劲的人，见周大华这么说，我反倒认为我对梅静的探秘是对的了。但为了不一开始就得罪周大华，我还是忍住气，做出一副纯粹是因为好奇的样子对周大华说：“周院长，我也不是想管什么闲事，只是觉得大家都说梅静、梅癫子是被狐狸精缠住了很奇怪，才去镇中心小学问问。周院长，您是医院的院长，您说说梅静真有可能是被狐狸精缠了吗？”

“怎么不可能，大家不都说是狐狸精缠了吗？有些事情呀，是我们的科学也暂时解释不了的，在我们茅草镇呆久了，你就会知道这里还有很多我们解释不了又可能存在的事情，我劝你呀，对这些事也不要太在意，别人姑妄言之，你就姑妄听之。”

我报到之前就向人打听过周大华的情况，知道周大华也是省城一所著名的医学院毕业的，没想到这位堂堂的镇医院院长也会说出梅静是狐狸精缠身之类的话出来，而且，没想到周大华所说的话与刘伟劝我的话竟是那样相似。看来，这茅草镇还真有些名堂。

“院长，我今后注意，今后注意。”我不想与周大华多谈，又不想得罪他，只得一个劲地表决心，然后逃跑似的离开了他。

当我气冲冲地走到住房时，刘伟正躺在床上看一本书，见我回来，也不跟我打招呼，待我洗了脸，胡乱地吃了一包方便面准备倒到床上睡觉时，这才冷冷地说：“张小阳，你去了镇中心小学？”

我真没有想到我去镇中心小学会这么快就让刘伟也知道了，是于校长告诉他的还是周大华告诉他的？喜欢推理的我立即在心里推测开了。就像我不想得罪周大华一样，我同样也不想得罪我这位刚结识的同事。

“我是去了镇中心小学。”我答道。

“我说过叫你不要去嘛，你怎么还要去？”刘伟拉长声调，一副长者的口吻。我本想忍一忍，可刘伟的这种声调惹恼了我。

“我想去就去，没有谁能管得了我。”我有些生气地说，说罢，用被子往头上一蒙，就不理睬刘伟了。

“张小阳，我这也是为了你好，你不听我的话，迟早是要吃亏的。”刘伟也生气了，说完，同样用被子蒙住了自己的头部。

刘伟所说的我会吃亏的话很快就应验了。

我只在摄影室干了半个月，就被换到了门诊室，而刘伟则跟我对调进了摄影室。我非常清楚这是周大华在给我颜色看，但我是他的手下，安排工作是他的权力，我虽有气，却也不好发泄。好在我上医学院时各科都学过，应付茅草镇这样乡村医院的门诊也还可以凑合。但使我感到恼火的是刘伟不但换了我的工作，而且，他还简直成了跟踪我的间谍，我每天的行踪他都要打听。

好在我上班的地方他无法跟踪，这使我在复杂的环境中还保留了一点自由的天地。而门诊恰好又是联系面很广的一个部门，为了更多地了解一些梅静的情况，我上班的时候，便总是有意无意地会跟别人扯到梅静身上去，我发现许多人对梅静除了有一份好奇心之外，了解的情况并不多，这使我深为失望。可是，就在我失望之际，有一天，我却得到了一个意外的收获。

那天上班后，我和往常一样早早就来到门诊室，我刚一坐下，就见一个七十来岁的老妪走进了门诊室。

“您是看病吗？”我很有礼貌地问。

“不，我是帮别人看病。”老妪说。

我抬头望了望，并不见她背后有人，便问她：“您是帮谁看病，他自己怎么不来呢？”

“我是帮她看病，她……她……她不会来。”老妪搪塞着，显得有些窘迫。说罢，递给了我一个病历本。

这个人是谁呢，让一个这么大年纪的老人来帮自己看病，自己来都不来一下，也太不象话了吧。我心里这么想着，顺手拿起了老人递过来的病历本看了起来。这一看，立即让我大吃了一惊，因为我看见了那病历本上的名字竟清清楚楚地写着梅静二字，年龄是三十二岁，住址是镇中心小学。我有些不相信，又顺手翻看起病历中的记录来，发现那里面记录的都是一些女性常见的病。而且，梅静的病历记录中大部分是刘伟所作。看来，刘伟还有许多事情没有跟我说实情，我心里这样想。

“老人家，您贵姓？您病历本上的这个人是经常在街上走的那个女人吗？”我省去了赤身裸体几个字。

“我姓苗，大家都叫我苗婆婆，今年都有七十二了。我老倌子十五年前就去世了，我们没儿没女，老倌子一走就剩下我这个孤老婆子了。这梅静呀，她住的地方就是我们家以前的牛栏。唉，这妹子蛮造孽的，几年前就被狐狸精迷住疯了，经常一个人赤身裸体的往外跑，学校怕影响不好，就买下了我们家的那间牛栏，改造一下给她做了住房。我看她一个人整天在里面疯疯癫癫也无人管，就每天给她送些饭菜，有时看见她病了，就过来给她捡点药。唉，我在倒好，我去了谁来管她啊！”苗婆婆是个好心人，我一问，她就和盘托出了。

“苗婆婆，您跟梅静接触多，您真认为她是个被狐狸精迷住了的人吗？”我问。

“唉，这梅静呀，你说她不是狐狸精迷住了吗，她又经常是一个人赤身裸体地在外面乱走；你说她是被狐狸精迷住了嘛，有时候她跟我讲话又是蛮清醒的。她清醒的时候就总是哭泣，说她的命好苦好苦。我就劝她，你一个姑娘家怎么能够一个人赤身裸体地在外面走呢？而这时，她也常常会惊讶地说，我赤身裸体在外面走了吗？随即又会痛哭起来，并痛骂自己是个不要脸的女人，我劝都劝不住。可是，她说是这样说，第二天又照样赤身裸体在街上走了。唉，我也没办法呀。”苗婆婆又跟我如实相告。

也许，她是觉得自己说得太多了，才又转而问我：“你同志贵姓呀，我以前怎么好像没见过你呀？”

我把我的姓名告诉了苗婆婆，觉得初次与苗婆婆相见，不能问得太多了，就转而问梅静是哪里病了。苗婆婆告诉我是她这几天咳嗽得很厉害。我说，咳嗽得很厉害要担心得肺炎，趁机提出是不是可以让我亲自去给梅静看看。苗婆婆听后立即摇头说那不行，绝对不行，梅静绝对不会同意我去给她看病。

“您怎么能这么肯定呢？难道以前有人给她看过病？”我又试探着问。

“是的，是的，以前你们医院的周院长和刘医生都给她看过病，后来她都不准他们看了，我一带他们去，她就大喊大叫。”

“您所说的刘医生是刘伟吗？”我问。

“是的、是的，哎呀，早一晌还是他在门诊，今天怎么是你了？”苗婆婆心直口快地问。

“老人家，这是院里的安排，我也是医学院毕业的，放心吧。”我担心苗婆婆是怕我的技术不行，忙解释道。可是我心里却在琢磨着，为什么周大华和刘伟都去给梅静看过病而他们都不对我说呢？为什么后来梅静又坚决不准他们去了呢？与苗婆婆交谈我还得到了一个十分重要的信息，那就是梅静有时能够很清醒地跟苗婆婆交谈，这证明她至多只是一个间歇性精神病人。

我还想与苗婆婆多谈几句，没想到周大华出现在我的门口了。周大华径直走了进来，未等我开口，就说院里有个急事，他要找几个院长碰个头，让我去告诉一下另外几个院长。我知道这是周大华想着法子把我支开，只好走出了门诊室。我一出去，回头一看，就看见周大华急急地与苗婆婆说开了。等我回来时，已经不见了苗婆婆的踪影。

五

我的直觉告诉我苗婆婆是揭开梅静被狐狸精缠身之谜的重要人物，我不能轻易失去这个线索，决定直接到苗婆婆的住处去找她。

正好，当晚街上有皮影戏，我知道刘伟作为土生土长的茅草镇人，对皮影戏很感兴趣，便要他带我去看皮影戏。刘伟已经领受了监视我的任务，当然愿意和我一起去，这样，一来可以监视我，二来又可以过一次戏瘾。

皮影戏在供销社的前坪上演，一块五平方米左右的白布将演员和观众隔开。所谓的演员，并不是真人表演，而是提着一些事先做好的木偶，借着白布后面的灯光有节奏地舞动。皮影戏一唱就要到晚上一两点钟。我们去时，坪里已经坐了好些人，去后不久，皮影戏就开场了。说实话，我对这种地方戏没有多大兴趣，可是，刘伟很快就沉浸在戏中了，一边嘴里跟着依依呀呀哼唱，一边还手舞足蹈地模仿戏中人物的动作。

我忍着性子看了大约一个钟头，就说突然头疼，想回去休息一下，提前离开了皮影戏场。

这是难得的机会，离开皮影戏场后，我并没有往宿舍走，而是迅速往苗婆婆住房的方向跑去。苗婆婆的住房我没去过，但我已知道了梅静的住地，所以，找起来还算顺利。苗婆婆家只亮着一盏度数很低的电灯，家中的摆设也十分简陋。苗婆婆打开门见是我，十分吃惊，忙问我这么晚来找她有什么事。我说是上午还没有给梅静开药，特地送药来了。苗婆婆一听我是专门给梅静送药来的，非常吃惊，说我真是个热心人，并告诉我，上午我走后，周院长已经帮她开了些药了。我不好当着苗婆婆的面去指责周院长什么，就说这也没关系，我开的几种药也不贵，就放到苗婆婆这里，今后给梅静作备用药。苗婆婆收下了药，直夸我是个好人。

"老人家，我想再向您了解一些梅静的情况，您不介意吧？比如说梅静到底是怎么疯的？"见苗婆婆对我有了好感，我趁机对苗婆婆说。

"好吧，虽然你们周院长说了，叫我不要跟你说梅静的事，我还是告诉你吧。"苗婆婆显出一种很果断的样子，接着告诉了我另一个秘密：梅静这妹子也是外地来的，她来后不久，就跟她们学校里的一个老师恋爱上了，那小伙子也是外面来的，我也见过，人长得标标致致的，他们好的时候，还在我们这前面的山路上散过步哩。可是后来不知为什么，那小伙子调走了，再后来，就听说梅静被狐狸精迷住了。等到他们学校来找我买牛栏时，梅静已经疯了好长一段时间了。"

"那个小伙子叫什么名字呢？"我问。

"这个嘛，我就不知道了，好像也是他们学校的。"

"是姓林，叫林志明吗？"我想起了在镇中心小学碰到林志明时的情况，但转而一想，又觉得有些不对，因为苗婆婆说的那个老师后来调走了，而林志明现在还在学校教书。

“林志明老师我认识的，那个人肯定不叫林志明，他到底叫什么名字我也忘记了。”

“那……我再问您一个问题，梅静疯疯癫癫的，她哪里有钱买药，这钱都是您垫的吗？”

“也不全是，梅静疯了之后，他们学校每个月还给她发了二百元钱，这钱就放在我这里，由我帮她用，不够的话，就由我帮她垫，她学校的钱就是由刚才我跟你说的那个叫林志明的老师送来的。说到这里，我倒是要告诉你，这梅静呀，我在她清醒时就多次跟她说过，让她跟我睡一起算了，可不知为什么，她总是不同意。正因为她一个年轻女人，又疯疯癫癫的，所以，也就有很多男人打她的主意。”说到这里，苗婆婆像生怕被别人听到似的附在我的耳边悄声说：“她住到我家牛栏之后都流了三个、生了三个了。”

“什么，您是说有人趁她疯了，打她的主意？”虽然刘伟曾跟我说过梅静生有小孩之事，但当时我并没有十分在意，现在经苗婆婆这么说出来，我还是感到有些吃惊。我完全没有想到这个年轻的疯女人背后还隐藏着这么辛酸的故事。

“哎，造孽呀，造孽呀，她每次流产或生孩子都是我在她身边，都是我这个孤老太婆帮她清理身子，好在我年轻的时候还跟别人学过一些接生和流产的土办法。”

“她的那些孩子现在都到哪里去了呢？”

“我也不知道，她生了之后都是我去送，我有时是把孩子放在街上，有时是放在镇政府门口，至于这些孩子最后都由谁抱走了，那我就不知道了。”

“这些孩子都是她跟谁怀的呢？您知道吗？”我有些怒气，增大声调问，当然这怒气不是针对苗婆婆的。

“这个我就不知道了，他们都是晚上去找她，我一个孤老婆子也没办法啊。”

“可这是违法的呀。”

“违法？谁不知道这是违法的，可谁叫她是一个疯子呢，谁会有功夫去管她的事？”

“难道就真没一个人去帮助她？”

“有是有，三年前，镇农技站来了个叫孙永富的小伙子，也是你这么个年纪，也来找过我，也说这是违法的，听说他还向好多部门反映过这件事，但都是石沉大海。后来，他居然说他无法阻止梅静受伤害就干脆娶梅静做老婆算了。当时，那个小伙子整天都跟在梅静的身后，一旦梅静把衣服脱了，他就会帮她穿起。可惜，这个小伙子没在茅草镇呆多久就调走了。”

这是我来茅草镇之后第二次听到有人提起孙永富的名字了，我记得第一次听到这个名字是刘伟跟我说的，当时他是半开玩笑半认真地跟我说，其目的是警告我不要像孙永富一样被梅静身上的狐狸精迷住了。可是，现在从苗婆婆这里听到的孙永富却完全不是刘伟所讲的那么回事了。看来，要解开梅静之谜，孙永富是我必找之人。

因为刘伟还在看皮影戏，我必须赶在他散场之前回医院去，所以不敢与苗婆婆多谈，说声再见就离开了她家。离开苗婆婆家后，我越想越不对劲，从苗婆婆家出来之后，我又情不自禁地拐到了去梅静所在房间的那条路。梅静所在的房间黑灯瞎火的，一片寂静，我守候了一阵，见还是没有什么动静，就又往回走。天已黑得不见五指，我的视力不好，加上这条路我只跟刘伟来过一次并不熟悉，所以也是高一脚、低一脚地乱走。我正跌跌撞撞地往前走着，突然感到前面来了人，待我想躲开来人时，那人已经到了我的身边。我们虽然是迎面而过，可因为天黑，谁也无法完全看清谁，所以并不曾讲话。但待那人走了，我还是站住了，看那人到底往哪里去。我看见那个黑影先是往梅静的住房那边去了，但后来又折向了苗婆婆住的方向。

这个人是谁呢？他会不会就是苗婆婆所说的那种让梅静流产或生孩子的人？我虽然没有跟这个人说话，而且也没有完全看清他的面容，但他留给我那种朦朦胧胧的走路的姿态又总像是在哪里见过。想着想着，我突然自己都倒抽了一口凉气，因为我隐隐感觉到了这个迎面走过的黑影竟是茅草镇的镇长谢高生。谢镇长我虽没跟他直接打过什么交道，但他到我们医院来视察过工作，我当时一看就觉得他走路时脚有点一闪一闪的，后来一问，果然这个谢镇长年轻时在家砍柴时脚被摔坏过。刚才从我身边走过的那个黑影走路时不正好有些一闪一闪的吗？

谢镇长这么晚了还要到哪里去？难道……难道他就是苗婆婆所说的那些让梅静怀孩子的男人之一？

真是太神秘了，神秘得我都有点不敢相信了。

我有点为我的探秘计划能否顺利实施而担心了。

因为担心刘伟比我先回宿舍，我不敢在梅静的路边久等，又跌跌撞撞地往回走。

刘伟那天晚上硬是看完了整晚的皮影戏，回来时已是凌晨一时了。我装作已经熟睡，用被子蒙在头上，刘伟见我睡了，自言自语了一句：妈的，这么好的皮影戏都不看，真是可惜。我依然装做熟睡了没有听见。其实，那晚我哪里睡得着，等刘伟在床上打起了鼾声，我却还在床上睁着眼睛。

六

我的调查逐渐展开，线索也变得越来越复杂，因为线索的复杂，再加上周大华和刘伟又对我看管得太严，有段时间，我甚至对能否搞清这件事失去了信心。但我想来想去还是不服气，特别是有时在街上碰到梅静时，我总隐隐约约感到她的眼睛对我充满了期待。每当这个时候，我就在想，这是一个多么好的女人啊，可惜走到了这一步。而想着想着，我的勇气又会大增，我暗暗地告诫自己：张小阳啊张小阳，如果你还是个男人，你就把这件事进行下去。

我决定去找孙永富，种种迹象表明，他是这件事的重要知情者。为了不让周大华、刘伟他们知道我的行踪，我谎称我的父亲病了要回家一趟，跟周大华请了假之后就直接去了县城。

孙永富已是县农机局的一名副局长，我通过一个朋友的介绍在他的办公室找到了他。孙永富的个子高高大大，已经显出一副富态之相。听说我是从茅草镇来的，显得很高兴，忙给我让座，并高兴地对我说他也在茅草镇工作过，说我们也算是同事了。我说，那我就沾孙局长的光了。孙永富说，哪里哪里，咱们一个地方出来的人不说两家话。孙永富看来很健谈，我和他胡乱扯了一阵，突然话锋一转："孙局长，您还记得梅静吗？"

"梅静？……哦……我不怎么记得了，她是哪里的？"孙永富猛然听我说起梅静，不禁愣了一下，但他很快就镇定下来了，做出一副不认识梅静的样子反问起我来。这一刻我真有点担心是不是自己搞错了，但刘伟和苗婆婆说的都是孙永富，又怎么会错呢。于是，我断定孙永富是不想跟我谈这件事才故意装糊涂。

"孙局长，梅静您不应该不认识吧，就是茅草镇那个很可怜的梅静，听说她当年还跟您有过一段……"我也故意不把话说穿。而且，为了不刺激孙永富，我没有说经常赤身裸体的梅静，而换成了很可怜的梅静。

"你是说茅草镇那个经常在外面疯疯癫癫的女人，这个女人是可怜，她现在怎么样了？"孙永富避开了关于自己的话题，做出一副局外人的样子问道。

我把梅静现在的情况跟他说了，又故意把话往他身上引。可孙永富已经不愧是个官场老手了，我每次把话题引到他身上，他都能很轻巧地避开。实在没办法了，我只好直接问他："听说您在茅草镇时曾经爱过她？"

"胡说，我怎么会去爱她呢，她那时就已经是个疯子了，我会去爱一个疯子？"孙永富断然否定。

"那……我最后只问您一句，您到底认为她是个被狐狸精缠住了的疯子吗？"

"这个……我不能肯定她是否被狐狸缠住了，但我能肯定她那时就已经是个疯子了。”孙永富说完，看了看手表，说道：“对不起，我下午还有一个会。”

我知道孙永富这是在催客，再问也不会有个什么结果了，就知趣地从孙永富的办公室告别出来。

孙永富的表现让我大失所望，我实在无法再把他与当年那个在茅草镇不顾一切地爱上了梅静，并声言要跟她结婚的勇敢的孙永富划等号。难道刘伟和苗婆婆说的都有错？不可能。我心犹不甘，正准备再去找他，孙永富却通过我的朋友带过话来，说他通过与我交谈，觉得我是个很不错的人，但希望我不要过问梅静的事，这样对我有好处。我不知道孙永富这是在安慰我还是在威胁我，但我感到这个人身上肯定有很多难言之隐。可我到县城来一趟也确实不易，为了不空手而归，我又心生一计，找到了我的一个在县委组织部工作的表哥，我跟表哥说尽好话，说我正在写一篇关于精神病方面的论文，需要了解一些精神病与正常人交往方面的情况，并说县农机局的孙副局长曾经跟我们镇里的一位精神病人恋爱，我想了解他们的情况。我的这位表哥也是位文学爱好者，听我这么一说，立即来了兴趣，说孙永富是县长汪中强的红人，最近正准备提为局长了，他还是考察小组的成员，正好可以利用这个身份去问问他。我高兴极了，这真是柳暗花明啊，立即催他快去。

我满怀喜悦地在表哥的房中等待他给我带来好消息，可没想到不到两个钟头，表哥就回来了，一脸的不高兴。我忙问表哥这是为什么，表哥沮丧地告诉我，他去问孙永富，孙同样什么都不肯说，他只好空手而归。可没想到在他回来的路上，他却被汪县长的秘书请到了县长办公室。表哥虽然在县委组织部当办事员也有好几年了，但平时很少有跟县长说话的机会，听说是县长叫他，自然是十分高兴。可一进县长的办公室之后，便发觉气氛有些不对。汪县长不等他落坐，就低沉而威严地问道：“你刚才去找了孙永富？”表哥这才知道汪县长请他来的目的了，只好如实回答。

“好像你们组织部并没有安排你去找他吧？”县长又问。表哥还是如实回答，说没有。最后，县长对他提出了严正的警告，希望他今后再也不要管这些闲事了。表哥还告诉我，汪县长同时也托他带话给我，希望我干好本职工作，也不要再去管这些闲事了。

说到这里，表哥告诉我，汪县长以前也在茅草镇当过镇长，孙永富还是汪县长当管农业的副县长时，特地从茅草镇调到县里来的。

我也知道汪中强曾经在茅草镇当过镇长，我本是个不喜欢跟官场中人往来的人，所以，也没怎么把他放在心上。可表哥一说孙永富是汪中强当副县长时调过来的，这倒引起了我的注意。

“表哥，你知道汪县长是什么时候在茅草镇当镇长的吗？”

表哥毕竟是在县委组织部工作的人，很快就说出了汪县长在茅草镇工作时的具体时间，我一听，不禁愣了一下，因为表哥所说的这个时间正是梅静得病的时间。据刘伟和苗婆婆告诉我，梅静得病后没多久就开始赤身裸体在街上乱走了，这么说来，县长汪中强也是梅静得病的知情人之一了。回想起我开始调查梅静得病一事之后的种种经历，特别是回想起我在梅静的住房附近看到的那个极似茅草镇现任镇长谢高生的黑影，我不禁又想，汪中强这个茅草镇的前任镇长、清泉县的现任县长是否跟梅静的疯有关系呢？想到这里，我不禁又倒抽了几口凉气，因为如果汪中强也真与梅静的疯有关系的话，那这件事的复杂程度就远远超出我当初的设想了。

“张小阳，这件事看来是十分复杂的，你就不要再展开什么调查了，就此缩手吧，你要写论文多的是选题，如果你不是为了写论文那更应缩手，免得到时候吃了暗亏自己还不知道。”表哥不愧是搞组织工作的，他已经对我的动机产生了怀疑。

表哥的话是对的，可只有我自己知道，凭我那死也改不了的倔性格，要想让我中途缩手恐怕是不可能的，不管是谁，恐怕都阻挡不了我对梅静之事的调查。

正因为这样，也就注定了我在茅草镇将遭遇更为艰难的处境。

七

尽管我找孙永富是以父亲病了为理由正正当当地向周大华请过假的，可是，我一回到茅草镇医院还是立即被请到了周大华的办公室。周大华一脸铁青地坐在椅子上，见我进来，也不让坐，立即声色俱厉地问道："你这次回去到底是你父亲病了还是干别的事去了？"

我一听这话就知道周大华他们已经知道我在县城的动向了，但我认为我已经向周大华请了假，就算没有回家也不是什么大不了的事情，所以理直气壮地说，我父亲的病后来好了，我就到县城去了一趟。

"你还很不错嘛，你去了县城一趟我们也管不着你，但你凭什么去打扰人家孙副局长，你以为你是谁？"

"我又没有去找孙副局长干别的事，我只是想问问他梅静的一些事情。"我分辩道。

"你还说没事，你知道吗，汪县长的电话都打到我们医院来了，要我们多管管你，不要让一个医生跑到县政府大院去瞎闯。你说说，我作为一个院长，接到这样的电话心里好受吗？"周大华生气地说。

我没有想到汪中强会如此计较这件事，只好以沉默来避开周大华的锋芒，等待他的发落。

周大华一个人说了一大通，见我不作回答也自觉没味了，终于宣布了对我的发落：从第二天开始，我门诊也不用坐了，被安排到消毒室去专门负责医药器械的消毒工作。

凭什么安排我去负责消毒工作？我觉得我应据理力争了。

"没有为什么，样样工作都要人干，这次没有给你别的处分就算看得起你了。"周大华态度强硬地说。

"好吧，消毒就消毒，这医院确实有很多毒该消消了。"我不服气，一语双关地说，说完，就气冲冲地离开了周大华的办公室。

回到寝室，刘伟又装出一番好心来安慰我，可他脸上的得意之色我却看得十分明显。

“刘伟，你别黄鼠狼给鸡拜年——不安好心，我还不知道，你刘伟幸灾乐祸都还来不及，还有心思来安慰我？”我毫不客气地对刘伟说。

刘伟立即撕下了那副假惺惺安慰我的面具，恨恨地说：“张小阳，你不听我的还要吃大亏。”

“我吃大亏就吃大亏，不要你可怜。”我也毫不客气地回击他。

“好吧，等着瞧。”刘伟说。

“好吧，等着瞧。”我跟着说。

我和刘伟各自蒙头而睡，一夜无语。

第二天一早，我就上消毒室上班去了，而且，医院里的人也很快知道我又得罪了周大华，大家看我的眼光都是那种怪怪的神色。我对这些都不在乎，在乎的是如何在调查梅静发病这件事上取得更大的突破。

孙永富这条线虽然找到了，但一时想有重大突破是不可能的，剩下的便只有林志明这条线了，可林志明被瘦猴一样的于校长看得死死的，我几次走到镇中心小学去，想把林志明约出来详谈，结果，每一次我刚找到林志明，于校长总是很奇怪地接着就在身后出现了，而林志明见到于校长则总像是老鼠见到猫似的立即走开了。

我决定改用其他方式与林志明联系。

我想周大华他们虽然暗中监视我的行踪，但总不致于敢私拆我的信件。于是，我先试探性地给林志明写了一封信：

林志明老师：您好！

我就是镇医院的张小阳，相隔不到一公里，却用这种方式与您联系，于我确属不得已而为之，相信您能理解。

我分到茅草镇之后不久，即知道了我们茅草镇有一个远近闻名的、经常赤身裸体地在外面行走的梅癫子，可是自从我见到她之后，我却发现她并不像人们所传说的那样癫得很厉害，从我陆陆续续向人们了解的情况来看，我感觉到这里可能隐藏着一个重大的秘密或阴谋。您是梅静的老同事，据我了解，您也是个很热心、很善良的人，我相信您能向我介绍一些情况。

张小阳

信写出去三天之后我就收到了林志明的回信：

张小阳同志：

感谢你对我的信任，也感谢你对我的同事梅静关心，说实话，作为梅静的同事，我也为梅静目前的境遇而十分同情，可是，我也不知道如何才能帮她。

你说要向我了解梅静的一些情况，对不起，我们也只是同事而已，我能够告诉你的别人一样可以告诉你。你还是多向别人打听打听吧。

林志明

林志明的信虽只有寥寥数语，但他能回信就给我带来了希望。从林志明的回信可以看出，他的顾虑还是很大的，怎么样才能打消他的顾虑呢，我又给他写了一封信：

林志明老师：

感谢您给我回了信，我要向您说明的是，我想了解梅静的情况决不是出于什么猎奇之心，而是我已经明显地感觉到梅静得病的后面可能隐藏着一些十分严重的问题，这些问题可能涉及到一些很重要的人物，是我们都难以惹得起的。但是，林老师，我希望你能支持我弄清这些问题，并希望能够尽我们之所能给梅静一些帮助。

张小阳

这封信寄出不久，我又收到了林志明寄来的一封回信：

张小阳同志：

我从来没有怀疑你了解梅静得病一事的意图，只是我确实对梅静也没有更多的了解，所以才没有什么好跟你说的，请你理解。

林志明

看来林志明也是决计不跟我说实情了。怎么办，正在我一筹莫展之际，却意外地在有一天上班的时候接到了林志明打来的电话，林在电话的那头不容分说地对我说，他在镇上他的一个姑妈家，希望我赶快到他姑妈家去，他有重要的情况要告诉我。

林志明的电话让我又惊又喜，我故意打烂两个消毒器械，然后又以要上街去修消毒器械的名义去了林志明姑妈家。

我不知道林志明到底会对我说什么，但我感到揭开梅静疯癫的秘密又露出了一线希望之光。

八

林志明姑妈住在街上一栋窄小的房子中，我像当年地下党接头一样，提着用作掩护的几件我故意弄坏的医疗器械，先到镇上一家修理厂去了，然后，把器械往那里一放就往林志明的姑妈家里走。为了防止有人跟踪，我一方面装作是在街上闲逛，一方面还得不时地回望后面，怕有人跟踪。等到了林志明姑妈家，我确认无人跟踪之后，一闪就走了进去。林志明见我进来，忙迎了出来，把我让进了其姑妈家的一间小屋，并立即把他姑妈家小屋的窗帘都拉上了。

“张小阳，我先问你一句，你到底是出于什么目的要了解梅静的情况？”林志明待我一落座就问道。

“林老师，我已经跟您说过了，我没有什么其它目的，就是觉得梅静的病后可能有问题。”我再一次如实相告。

“你去找过孙永富了？”林志明突然冒出这么一句，这让我有些意外。我只知道周大华和刘伟已经清楚我找过孙永富了，没想到林志明这个躲在学校，平时在街上都很难看到他的人也知道了这件事。

“您是怎么知道的？”我反问林志明。

“因为你要了解梅静的情况，肯定会要找熟悉情况的人，肯定会有人跟你说孙永富是熟悉情况的人员之一。可是，我也可以肯定地说，孙永富不会跟你说什么情况。”

“不错，您说得对，孙永富的确没有跟我说什么情况。”我回答道。

“你现在向我问情况跟当年孙永富向我问情况没有什么区别，我希望你不要成为第二个孙永富。”林志明又有些让我摸不着头脑地说。

“您是说孙永富当年也找过你？……”我不好直说孙永富什么。

“那是个没有骨气的男人，我看不起他。”林志明毫不掩饰自己的观点。

“我这次到县城找他也感觉到了这一点。”我应和道。

“张小阳，在我跟你谈梅静的一些情况之前，我再一次提醒你不要做孙永富那样的人。”林志明还是不放心。

“林老师，我向您起誓，如果我张小阳也像孙永富那样趋炎附势，那我就……不得好死。”我向林志明起誓道。

“那确实会不得好死，因为我会天天咒骂你，让你不得好死。”林志明看来是被孙永富骗过，而且现在还心有余悸。

“林老师，我也不好再向您表示什么，只希望您能相信我。”我再一次表白。

“好吧，那就向你详细地说一下梅静得病的经过吧。这个经过有些还涉及到我本人，近年来，我除了向孙永富说过之外，没有向别人说过，不管你是出于何种目的来了解梅静的情况，我都希望你能够保密。”

我再一次坚定地点了点头。

“那我就开始跟你说吧，”林志明端起桌上的茶杯狠狠地喝了一口茶，终于说开了：

“我是土生土长的茅草镇人，二十年前，我高中毕业之后，先在家当了几年农民，后来，镇中学面向全镇公开招考民办教师，我有幸被招聘上了。那时的镇中心小学比现在的条件还差多了，总共还只有一栋教学楼，一个教室要坐几个年级的学生，教师也只有几个，我们一个老师要同时兼任几个年级的课。工作虽然辛苦点，但那时学校的工作气氛较好。那时的校长叫李开云，五十多岁了，解放后就一直是镇中心小学的老师，不但自己吃得苦，也很能团结学校里的老师，所以大家虽然辛苦一点，却没有谁抱怨。我在镇中心小学教了十年书之后，梅静才分过来。那时梅静还只有二十多岁，人长得很漂亮，书也教得好，一来就成了我们学校的当之无愧的校花。但梅静是在县城出生的，父母亲都早就去世了，又没有什么兄弟姐妹，她是靠几个远房亲戚的支助才念完中专的。由于家庭的原因，梅静的性格比较孤僻，到我们学校后，经常一个人在放学后躲在自己的房间里哭泣。那时学校的老师中只有我一个人还没有结婚，其他的老师一放学就回家管自己的事去了，李开云校长就叮嘱我多关心关心梅静。我那时已经三十一岁了，还是光棍一条。你可能会问我为什么三十一岁了还不找对象吧，不是我不找，实在是不好找。我那时已经在镇中学当了民办老师，再找个农村的，我又不甘心，要想找个有城镇户口的，人家又嫌我还没有城镇户口。你现在可能很难想象那时一个户口对于一个人的重要性了，但那时确实就是这么一回事。正因为没有一个城市户口我的婚事才会一拖再拖，拖过了三十。说实话，梅静一来，我就喜欢上她了，可我们的年龄相隔了十多岁，而且我感到我们的外貌也隔得太远了，在她面前，我简直就是一只丑小鸭。我也知道李校长让我照顾梅静所包含的不好言明的意思，但在梅静面前，我可以对天发誓我是老老实实的。为了让梅静高兴，那时每天下午放学后，我就经常带梅静出去散步。

茅草镇只有这么人，梅静又是这么漂亮，所以，没多久，镇上许多人便都知道茅草镇中心小学分来了一个很漂亮的老师了。于是，镇上便也有人打起了梅静的主意。在这种情况下，我们学校的好几位老师都鼓励我跟梅静明确提出来，说是肥水不能流到外人田。就连李开云校长也明确向我表示，希望我能鼓起勇气向梅静进攻。当然，在李校长和我的同事们向我做工作的同时，他们也向梅静做了不少工作，在这种情况下，我终于选择一个明月星稀的夜晚，鼓足勇气向她吐露了我的心曲。我始终不会忘记那个夜晚，我记得我是先跟她散步到茅草河边选了一个地方坐下来，又跟胡乱谈了许多事之后才嗫嗫地问她："你……你愿意给我做老婆吗？"我的问话真是莽撞极了，也愚蠢极了。她听了之后，显得十分吃惊，虽然我们学校的一些老师已经跟她说过我们的事，但由我自己说出来，这还是第一次。

"你会一辈子对我好吗？"梅静没有正面回答我，反过来问我。我从梅静的话中可以听出她对我并没有那种心灵碰撞的激情，似乎过多考虑的是她目前的处境，这使我内心有些不快，但我知道在我们条件有明显差距的情况下，梅静能够作出这种表示已经很不错了。所以，我还是坚定地回答道："你就放心吧，我林志明别的不说，良心绝对的好。"梅静听了我这句话之后，不置可否地点点头。我可以毫无保留地告诉你，就在那个晚上，我吻了她，这是我人生第一次与女人接吻，是我与梅静的第一个吻，也是我与梅静的唯一一个吻。

那晚我与梅静在河边坐到十二点多钟才回去，我心里充满了甜蜜。因为第二天我就要到另一所小学去代课二个月，那天我们分手时，还相约二个月之后一起去县城一游。

可是，我万万没有想到的就是在这二个月中发生了我没有料想到的事情，并直接导致了梅静后来的一系列不幸的遭遇。……"林志明说到这里，眼睛已经有些湿润了，我给他递过一张纸巾，他擦了擦眼泪，又喝了一口茶，这才又继续讲了起来……

九

"我去代课刚满一个月，学校又分来了一个年轻人，他叫郭凯敏，家也是住在县城。

郭凯敏一米八的个子，人也长得英俊，在学校就是个活跃分子，不但是校篮球队的主力，也是校学生会的文体部部长。郭凯敏只比梅静低了一届，在学校时他们就认识。虽然梅静在我们学校绝对是一枝花，但在师范读书时并不十分出众，所以，虽然那时梅静对郭凯敏印象很深，但郭凯敏对梅静却并没有什么印象。郭凯敏原来也以为凭着自己在学校的影响，至少分到县城是没有什么问题的，可结果还是因为他在快毕业的时候帮一个家在农村的同学打抱不平而得罪了学校一个副校长，再加上他也没有什么靠山，所以还是分到了茅草镇教书。跟梅静一样，郭凯敏对于分到茅草镇中心小学来教书也是不乐意的，因此到学校报到之后，意志十分消沉。作为比郭凯敏先分来一年，年龄还要比郭凯敏小一岁的梅静，这时自然充当了郭凯敏的安慰天使。正是梅静这种安慰，使郭凯敏这个心灰意冷的高材生对梅静由感激而依赖并很快擦出了爱的火花。学校的老师发现了这位新分来的老师与梅静的过分亲热后，及时对梅静进行了提醒，李开云校长还亲自找梅静和郭凯敏谈了。梅静当着李校长的面说，她只有些同情郭凯敏，才跟他交往多一点，并说她已经开始跟我谈了，她自己会把握得住的。而郭凯敏则根本不管李校长乃一校之长，竟公然宣称自己已经爱上了梅静，并扬言自己这一生非梅静不娶。李开云看出了问题的严重性，未等我的代课结束，就将我叫了回来，把事情的原委详详细细地跟我说了一遍。我一听，真的气不打一处出，当时恨不得就要找郭凯敏算账。在李开云的耐心开导下，我的气稍微消了一些，还是满怀怨气地先去找了梅静。也许我当时的火气仍然太大了，梅静一听我劈头盖脑的盘问就有些受不了，说我不要误解了她，她跟郭凯敏并没有什么。可我却大声地说，都已经满城风雨了，还说没有什么。我当时还说了许多很不好听的话，指责梅静感情太不专一，我去代课还只有一个多月，她就移情别恋了。

也许是我的话太刺伤梅静了，梅静也气愤地说道：“林志明，你不要逼我，我原来看你追我追得那么紧，我自己也已经到了茅草镇来了，一下子也改变不了什么局面，不如跟你好算了，勉强同意了你，你现在要这样，反倒真要让我好好想想了。”说完，梅静就走了。

梅静走后，我又去找了郭凯敏。不管怎么样，我认为郭凯敏还是一个敢做敢为的男子汉，我一找他，他就毫无保留地说出了他对梅静的迷恋，并再三表示，他和梅静的事全是他一手造成的，跟梅静没有任何关系。郭凯敏还说，其实，梅静原来跟我好，纯粹是因为她在茅草镇这样的环境中，是不得已而为之，梅静跟他才是最好的一对。郭凯敏那天跟我谈了将近三个小时，也许你不会相信，我最后竟被他说服了，也认为他们才是真正的一对。我只是反复跟他说，梅静是个好姑娘，他真爱梅静就一定要对梅静一辈子负责。郭凯敏指天发誓道，如果他郭凯敏有什么对不起梅静的地方，天打五雷劈。

跟郭凯敏谈了之后，我有好几天饭都没吃什么，跟谁都不愿意说话，梅静几次主动找我，说要跟我谈谈，也被我拒绝了。张小阳啊，你可要知道，我十分清楚自己的条件不怎么好，又是三十多岁的人了，碰到一个能够让我动心的女人不容易。一方面我不希望梅静离我而去，投入郭凯敏的怀抱；另一方面我又十分清楚郭凯敏各方面的条件确实比我好，在痛苦了好几天之后，我再一次主动找梅静谈了，说我已经想好了，我衷心地祝愿他们好。梅静此时也经过了认真的考虑，也意识到了她跟郭凯敏才是十分般配的一对，在向我再三表达了自己的歉意之后，也说出了自己的真实想法。

由于我的高姿态，一场大家都认为难以处理的爱情风波就这样以平静的方式解决了，大家一方面认为我的做法风格高，一方面也不再非议郭凯敏与梅静了。而且，经过了这件事之后，我不但与梅静还保持着较好的关系，与郭凯敏也成了好朋友。

如果事情就这么发展下去，也许现在我和梅静、郭凯敏仍然是镇中心小学的三位好朋友，而梅静和郭凯敏他们的小孩也该有十来岁了。可是，就在我们等着吃梅静与郭凯敏他们的喜糖时，学校又发生了一次较大的变故，那就是我们的校长李开云突然病故了。李校长病故不久，镇学区给我们另外安排来了一个校长，他就是现在的于校长，于非。

“凭我的感觉，于非这个家伙一定不是什么好家伙。”我插话道。

“是的，于非这个家伙的确不是个什么好家伙。”毕竟是在林志明的姑妈家，林志明完全没有了在镇中心小学见到于非时的那种胆怯的神态。

“于非这个人是个十足的小人、伪君子、色鬼，梅静后来的悲剧我可以说大多是他一手导演的……”我看见林志明一边说着，眼中已经燃烧起了愤怒的火焰，我知道有关梅静得病的关键情况就要从林志明的口中说出来了，我屏住了呼吸，生怕漏掉一个字。

十

“于非原来是在县教委工作，老婆也是县城一个工厂的工人，可他天性好色，结婚不到三个月就跟县教委的一个打字员勾搭上了，并致使这个打字员怀孕了。这个打字员当时也已经结婚了，爱人在部队工作，于非的老婆知道后，死活跟他离了婚，那个打字员后来也坠了胎，并被调到了县教委下面的一个印刷厂工作。而于非则因为破坏军婚，被判了一年的徒刑。刑满后，于非又厚着脸皮多次去找县教委，希望给他安排个工作，县教委的领导动了恻隐之心，把他安排在我们茅草镇下面的一所最偏僻的小学——里仁小学当了一名普通老师。于非是个善于伪装自己的人，到了那个学校，立即做出一副痛改前非的样子，不但工作十分卖力，而且看到谁都是一脸的和善，因而很快得到了学校领导和老师的好评。不久，学校里的老师还帮他在附近介绍了一个女人，那个女人的年龄比于非还大了三岁，只有初中文化，长相也十分一般。惟一与众不同的是其父亲是当时大队支部书记。正因为这个女人是在农村都很不显眼的女人，所以虽然她的父亲是个大队支部书记，自己却年近三十了还未出嫁。可是，尽管如此，当里仁学校的校长亲自给于非来提这门亲事时，于非几乎未加考虑就答应了，并信誓旦旦地对校长说，他于非是个犯过错误的人，能够到里仁小学来教书已经十分不易了，承蒙校长关心，还要来帮他介绍对象，他从内心里表示感谢。不久，于非就跟这个支书的女儿结了婚，这使于非在学校和附近都得到了一致的好评，许多人都怀疑起于非是否真受过处分了。因为找了个支部书记的女儿，又有了学校校长及老师们的一致叫好，于非第二次结婚不久就被提为学校副校长了。当了副校长之后，于非还是夹着尾巴做人，不但没有丝毫的官架子，而且还是像以前那样显得待人真诚，看到每个人都是一脸的和善。没过多久，给于非提亲的这个校长退休了，于非又理所当然地坐上了校长的宝座。于非一坐上校长的位子，态度立即来了个一百八十度的转弯，对支书的女儿开始嫌弃起来，动辄就对支书的女儿进行打骂，不久，就提出了要跟支书的女儿离婚。支书的女儿自然不同意，支书和里仁小学的老校长也前来做工作，但于非根本听不进去，这桩离婚案拖了三年，法院最终判决于非和他的第二任妻子离婚。于非是个聪明人，非常清楚一旦他和他的第二任妻子离婚，他就很难在里仁小学呆下去了，所以，在离婚的同时，还加紧了与镇里领导的联系。终于，在办完离婚手续的第五天，于非就到镇中心小学当校长来了。

于非一到镇中心小学，我就感觉到他看梅静时有一种很怪的目光。当时，我虽然已经退出了与郭凯敏的竞争，但我心里仍想着梅静。而且，我与郭凯敏也并没有因为梅静之事而闹翻，相反，还成了好朋友。我对于非以前的情况十分清楚，又觉得于非一到学校，看梅静的眼光有些不对，所以，及时提醒过郭凯敏，要他注意于非。郭凯敏对于非以前的情况并不怎么了解，加上在与我的竞争中又轻易地赢了，所以，对于我的提醒并没有引起足够的重视。于非已经不是当年那个与打字员乱搞时的于非了，对于梅静，他一方面情不自禁地流露出他的着迷，一方面又竭力掩盖他的着迷，有时当面碰到梅静，即使梅静叫他，他也会装作没看见没听见似的，不跟她讲话。于非越是这样，郭凯敏和梅静就越放松了警惕，郭凯敏有一次跟我开玩笑，居然提醒我不要乱猜测领导。我对梅静与郭凯敏的大意真是又气又急。

于非终于放出了他的“毒箭”。

于非上任两个月后，从县教委发来了一纸调令，彻底粉碎了郭凯敏和梅静对于非的幻想，县教委决定将郭凯敏调到与茅草镇相距达一百多里的另一个乡去当老师。调令送到郭凯敏手里之后，他自己都惊呆了，他怎么也不会想到县教委会做出如此安排。郭凯敏立即来问我，我不用多想，便对他说，这肯定是于非在里面搞的鬼。郭凯敏当天就去了县教委，反复地跟教委的领导讲，说他已经在茅草镇找了对象，并告诉了他们，他的对象就是梅静，也是在茅草镇教书。县教委的领导对此并不以为然，说他们对郭凯敏的情况早就知道了，并暗示郭凯敏调到另一个乡去教书也是他们校长于非的意思。郭凯敏又说，他家是县城的，当初分到茅草镇去教书就已经是够远的了，为什么还要把他往更远的地方分。教委领导又是一番大道理，什么年轻人要服从组织安排，要吃得苦呀；什么把他分到更远的地方去是组织上对他的关心和考验呀，说得郭凯敏的火气越来越大。郭凯敏终于忍不住跟教委领导大吵起来。结果是，郭凯敏不但没有改变自己的命运，反而被教委领导勒令在五天内赶到新的学校去报到，否则，以开除论处。

郭凯敏回来之后，情绪就一直不好，有好几次，他都要去找于非拼命，都是因为我和梅静在他身边死死地把他拉住了。可是，在学校召开郭凯敏的欢送会上，郭凯敏和于非还是打起来了。我知道郭凯敏根本不会有什么心思去参加欢送会，于非也不是什么真心实意要开郭凯敏的欢送会，于非这样做，无非是两个目的，一是借机说明他于非是个讲感情的人；二是借机在郭凯敏和梅静面前显示一下他于非的能耐。欢送会开始后，于非先是执意要让郭凯敏坐到前面来，但郭凯敏坚持坐在后面。于非开始讲话了，他先是说了一番自己刚到镇中心小学来，是多么希望有一批好老师来捧他的场之类的话，接着，又说了一通郭凯敏老师是如何的好，自己是如何地舍不得他走之类的话。于非还没有说完，只见郭凯敏已经走到前面来了，于非还以为他终于同意坐到前面来了，也没在意。可郭凯敏走到于非面前后，立即伸手掴了他一个耳光，并大声地说道："你是一个伪君子。"于非这边的笑容还僵在脸上，那边已经挨了一记耳光，半天没有回过神来。等于非回过神来，大骂一声"你个狗娘养的，老子跟你拼了"，准备同郭凯敏大干一场时，郭凯敏已经转身走了。于非还想去追时，被众老师死死地抱住了，一个欢送会就这样成了打架会，大家都不欢而散。

郭凯敏终于没有斗过于非，还是在到县教委之后的第四天早晨就神情沮丧地背着自己的行李踏上了去另一所学校的路。郭凯敏与梅静的关系发展是很快的，其实，在于非调到我们学校任校长以前，郭凯敏就已经和梅静同居了。郭凯敏离开茅草镇前的一个晚上，刚下晚自习，我就看见梅静去了郭凯敏的房间，我知道这是他们的告别之夜了，心想他们一定会好好亲热一番。我的房间就在郭凯敏房间的斜对面，梅静去了郭凯敏的房间之后，我看见郭凯敏的房间很快就息了灯，我觉得也没有必要去盯着人家的房子猜测人家在干什么了，就也早早地脱衣睡了。也不知过了多久，我听见了吵架的声音，打了一个长长的哈欠，顺便看了一眼桌上的闹钟。哟，都晚上一点多钟了，还会有谁在吵架呢？我又认真听了听，发现是梅静和郭凯敏在吵架，这倒使我大吃了一惊。郭凯敏不是明天就要走了吗，他们今晚应该是恩爱还恩爱不过来，怎么会吵架呢？吵架声还在继续，我隐约听出好像是郭凯敏在责怪梅静不要轻信于非，而梅静好像是在怪郭凯敏错怪了于非。他们吵了十来分钟之后又沉默了。我以为他们已经讲和了，就准备继续再睡。心想这对准夫妻也不容易，在郭凯敏要走的时候，肯定大家的心情都不好受，吵两句也是可以理解的。可是，我刚想躺下，便看见郭凯敏的房间打开了，梅静哭泣着从郭凯敏的房间掩面而出。这是怎么回事呢？我心里纳闷，但已经深夜一点多钟了，又不好再去找郭凯敏问情况，所以又只好躺了下来。那晚，我后来也一直没有睡觉。

郭凯敏走的时候，梅静并没有来送他，只有我一直把他送到了汽车站。在送别郭凯敏的路上，他的脸色一直很难看，我想了想，还是问了他昨晚是不是跟梅静吵架了。郭凯敏点了点头说：“志明，我们以前虽有过一些过节，但我们现在是最好的朋友了，我离开茅草镇之后，最担心的就是梅静。她太单纯了，她居然到了昨天晚上还不相信我这次离开茅草镇就是于非打的鬼主意。昨晚，她跟我争的也就是这件事，我说了她几句重话。志明，你也是爱过梅静的，在我就要离开这茅草镇之际，我只是请求你以后多关心关心梅静。我走之后，于非不打梅静的主意是不可能的，我担心，于非这狗日的迟早会把梅静害了。”

于非之心实际已经昭然若揭了，我也很为梅静担心，可送别的路上，我又不好让郭凯敏过于难过，只好对郭凯敏说，梅静其实也是很爱他的，她可能也是因为他要走了，不想让他过于难过，才故意装傻。

“但愿是吧。”郭凯敏长长地叹了一口气，又继续赶路了。

果然，不出郭凯敏所料，郭凯敏前脚走，于非后脚就开始来打梅静的主意了。

郭凯敏离开没几天，于非就宣布梅静不用教书了，专门搞办公室工作，而且是与于非同坐一间房子办公。我趁于非不在办公室的时候，曾几次鼓足勇气，跑到于非和梅静共用的办公室，提醒梅静一定要注意于非的阴谋诡计，不要上了他的当。梅静似乎并不高兴我这样提醒她，说这是对她太不了解了，她梅静虽然曾经对我默认了，后来又去爱了郭凯敏，但她对郭凯敏的爱是真诚的，决不是一个朝三暮四的人。梅静还告诉我，她很后悔那天没有去送郭凯敏，并说她已经主动给郭凯敏写了信，向他表示了自己的歉意。梅静是这样说，我也就放心了。

可是，我没有想到，就在梅静与我的这次谈话不到十天时间，我最担心的事还是发生了。

那天早晨天还未亮，我想起来做做早操。可是，当我推开窗户时，却惊讶地看见一个女人的身影正跌跌撞撞地从于非的房中出来。因为天还未完全放亮，我开始还不知道出来的是谁，只在心里暗暗地骂了一句：于非这狗日的又从外面喊女人在家睡觉。可是，在我又要把窗户关上时，我突然感到那个女人的身影有些像梅静，待我再仔细一看时，我差点叫出声来，因为我发现了那个女人正是梅静。我心里当时就想：糟糕，梅静肯定让于非这狗日的得手了。

我暗暗注视梅静的行动，发现她从于非的房间出来之后，不是往自己的房间走，而是走出了校门。哎哟不好，校门外就是茅草河了，梅静她会不会去投河？我一想到这里，赶紧披了件衣服就往屋外走。

梅静果然是在往茅草河走，我一看，心里更急了，不由加快了脚步。

我是在梅静的双脚已经踏进了茅草河那冰凉的水中之后才赶过去抓住她的。梅静被我抓住之后，放声地哭了起来。好在天还没有亮，河边也没有什么人走动，不然，别人一定会以为我和梅静在河边干什么见不得人的事。

“梅静，告诉我，到底发生了什么事？”我大声问。

“你不要问了，你不要问了，让我死、让我死……”梅静在我怀里一个劲地挣扎着。

在我的好言相劝下，梅静过了好一阵才颤抖着告诉了我事情的真相：原来，先一天晚上，于非在八点多钟就去了一趟梅静的房间，说是有一个给县教委的汇报材料他正在写，因为明天就要派人送到教委去，所以要她晚上十点来钟的时候去他的房间拿一下。因为于非说的是公事，他又是一校之长，梅静也不好拒绝，十点钟便准时去了他的房间。梅静去了之后，于非说材料快写完了，倒了一杯水给梅静喝，叫梅静再等一下子。梅静只好边喝茶边等他。可正是这杯茶，酿成了梅静的悔恨。喝完茶后，梅静自己也不知道是什么时候就昏昏熟睡了。等到梅静再醒来时才发现自己已经赤条条地躺在于非的床上了。梅静痛苦极了，趁于非还死猪一样地睡着，满怀屈辱地胡乱穿好衣服就离开了于非的房间……

“你还是让我去死吧，我不要活了，我不要活了，我怎么好意思再见到郭凯敏？……”梅静说罢，又在我怀里挣扎起来。

“我们可以去告他。”我对她说。

可梅静听了我的话马上用手捂住我的嘴巴，说这样她会更加没有脸面在世界上做人了。

我好不容易把梅静劝回了学校，答应了梅静不去告于非，不把于非和她的事告诉郭凯敏。不过，我虽然没有去告于非，还是私下里找了于非一次，要求他仍然让梅静教书。于非是个聪明人，听我这么一说，一定猜到我已经知道情况了，所以，也没说什么，就让梅静搬出了他的办公室。那阵子虽然梅静依然每天都是闷闷不乐的，但我想时间可以愈合一切，等过了一段时间，也许她就会好些了。我没有想到的是，梅静的忍让并没有让于非死心，他又玩起了新的诡计。

大约是发生那件事的二十多天之后，梅静接到了郭凯敏的一封信，梅静高兴地撕开信，可是出现在她眼前的却是令她十分吃惊的话语：

梅静：

当你收到我这封信时，我已经不在清泉县了，至于我要到哪里去，你不要问，我也不会告诉你。但我要告诉你的是，也许这一辈子你再也见不到我了。

我还清楚地记得我离开茅草镇前的那个晚上与你的争吵，我没有别的目的，只是想告诫你要注意于非，可你当时还与我争了起来，说于非没有我想象中的那么坏，可事实怎样呢？我离开后还不到两个月，于非已经很轻松地就拥有了你（你不用再向我隐瞒了，别人已经把你们之间的详细经过都告诉我了）。我不怪于非，因为于非天生就是那么一个人；我也不怪你，也许，你当初在与我辩驳时就已经对于非有那么一点好感了，我只是怪我自己太痴情了。

感谢在茅草镇时你给予我的爱，并希望你今后找到你的真爱。

郭凯敏

梅静是在教师办公室看完这封信的，看完之后，当时就哭了起来。我和一个老师死劲把她劝到她的房间，可一到她的房间，她就不由分说地把我们赶了出来。那天夜里，整个学校的老师都听到了从梅静房间发出的古怪的笑和哭，第二天一起来，老师们便发现梅静有些疯疯癫癫了、神志不清了……我走到梅静房间，看见郭凯敏的信被她压在台板上的一本书下，为了不让梅静受更多的刺激，我悄悄地把郭凯敏的信拿了过来。可没想到梅静虽然表现得神志都不太清醒了，但见我拿过了郭凯敏的信，仍一把夺了过去，将信撕得粉碎，然后又一片片地抛向空中……

“哈哈，结束了，结束了……”梅静一边抛撒着那些碎片，一边喃喃自语着，那一刻，我心如刀绞，心如刀绞啊……”

林志明有些说不下去了，我又递给他一张纸巾，他将脸上的泪痕擦掉才又重新说下去：

“郭凯敏从此之后果然就杳无音讯了，我还专门去过他的学校和他家里，他们都说，郭凯敏曾跟他们说过不想教书了，想到外面去打工，后来就杳无音讯了。

郭凯敏一去不复返，直至今日我们仍不知道他在哪里，可是，这边却把梅静害苦了。梅静自收到郭凯敏的那封信之后就一直表现得神志不太清醒。我感到很不可思议的是，梅静从此之后见到我总是一副不共戴天的样子，经常当着众人的面羞辱我，而见到于非反倒是一种媚笑。我就好多次晚上看见梅静去了于非的房间……”

“梅静为什么会对你这样呢？是不是她怀疑是你向郭凯敏告了密，才导致郭凯敏的出走？”我插嘴道。

“我也只能是这么想了，但这确实是太冤枉我了。你想想，梅静出事那天我就知道了，我要告密早就可以告了，我干吗还要等那么久才去告呢？可郭凯敏失踪了，这就成了我永远无法向梅静解释清楚的一件事。”

“我看呀，这事十有八九是于非的一个诡计，是他化名向郭凯敏告密的。”我说。

“我也是这么想，可就是无法向梅静解释得清楚。梅静的悲哀就在于，后来虽然她自己一边表现得神志不清，一边又经常往于非的房间走。可于非看到梅静有点疯疯癫癫之后，就一点跟她结婚的意思都没有了。恨只恨于非这个可恶的家伙，一边不时地霸占梅静，一边却放出风来，说他于非是一校之长，决不会去跟一个疯子结婚。

梅静不久就停止上课了，我有几次试图说服她与我一起去告于非，可她的脑海里依然对我成见很深。我说去告于非，她反而说要去告我，弄得我不知如何是好。我想单独去告于非，而且也确实到县教委和镇政府去找过人，可我又没有他的什么过硬的证据，县教委和镇政府便也只是应付了事。于是，我便只能忍痛看着梅静一步步滑向深渊。

终于，我认为有一个机会来了，镇里原来那个跟于非关系非常铁的书记调走了，县委办综合组组长汪中强调到我们茅草镇来当党委书记了。汪中强年轻，听说跟县长和县委书记的关系都很好，我对他寄托了很大希望。汪中强来后没几天，我就鼓足勇气跟汪中强反映了于非与梅静的情况，汪中强当时还表现得十分愤慨，说这是无法无天，对于非的这种做法一定要从严查处。我听了之后十分高兴，尽管梅静仍然以疯疯癫癫的姿态对我，而且经常一看见我就破口大骂，但我仍然把跟汪中强的谈话告诉了她。梅静虽然看起来神志不清，但我发现她在听我说起镇里已经来了一名新书记，可能帮她伸冤时，眼睛里仍放出了几缕不易觉察的希望之光。而且，据我观察，在我跟她说我找了汪中强的事之后，她有好些天都没有到于非的房间去。

可是，不到二十天，情况又发生了急剧的变化。那天上午，我去上课时见到梅静。我发现她不但是一副神志不清的样子，而且她连上衣都脱掉了，两只乳房已经裸露在外。她一边走着，一边不停地哭着，且边哭边骂："都是王八蛋、都是王八蛋……"我也不知道她骂的是谁，觉得她这么赤裸着上身总是不好的，就脱了我的上衣想去帮她披上。可她依然大骂着，待我一走近就拼命往我身上吐口水，我也只好作罢。可她这么突变到底是什么原因呢，她骂"都是王八蛋"又到底是什么意思呢？

这个谜我不久就揭开了。

梅静状况突变后不久的一天晚上，我发现于非又将梅静哄到他的房间去了，之后，于非又出来了，可梅静第二天凌晨才出来。梅静出来后不久，让我十分震惊的是，我看见接着从于非的房间里走出来的竟然是不久前还接受了我对于非的告状，并义愤填膺地表示要严厉处理于非的镇委书记汪中强。

我一下子明白了为什么后来我再找了汪中强几次，他的态度会急剧改变，总是对我推三推四的了，原来于非这狗日的已经把梅静当作礼品奉献给汪中强了。真是太令人不可思议，也太卑鄙了。

梅静在于非与汪中强的双重蹂躏中，精神防线彻底垮了，她变得越来越像一个精神病人了。而关于她被狐狸精缠身的传言也正是在这时开始出现了，一传十，十传百，梅静便成了人们心目中狐狸精的化身。又因为梅静动不动就喜欢把自己身上脱个一干二净，于非便说这样对学校影响不好，通过一个人找到了苗婆婆，将她安排住到了苗婆婆家的牛栏里住，学校还停发了她的工资。是我过意不去，才每个月给了苗婆婆一百元钱，让她为梅静买点东西吃，或者帮她买点药吃。

“原来送到苗婆婆那里的钱都是你的？”我不禁对林志明敬佩起来。

“没有办法啊，我也只有这么一点工资。”林志明叹口气继续说开了：“于非在把梅静送到苗婆婆那里不久就又跟镇里一个新来的比他小了十五岁的广播员好上了，没谈两个月就结婚了。苦只苦了梅静，这一病就是十来年了，她的病情始终不见好转。

哎。造孽啊，造孽啊，一个好好的姑娘竟变成了这样。更令人气愤的是，梅静虽然是一个疯疯癫癫的女人了，可有些男人仍然没忘记打她的主意，梅静自住到苗婆婆的牛栏中后都已经生了三个孩子，流了三次产了。”林志明所说的与苗婆婆所说的完全一样。

“打梅静主意的都是些什么人呢？”我想起了那晚从梅静家出来之后所见到的那个酷似现任镇长谢高生的身影，问林志明。

“这个……这个……传说与她有染的男人有一大堆，具体都有哪些人我也说不清。”林志明支吾着，不好明说。我理解他，忙转移话题，问他孙永富的事。

“孙永富是梅静病后的第三年分到我们镇农技站的，”林志明接着说：“那时，汪中强已经提拔到县里当了副县长。孙永富来了之后，也像你一样，对梅静的事表现出了极大的兴趣，也曾亲自到县里去反映过梅静的情况。后来，虽然梅静仍每天神经兮兮地在街上行走，而他却公开地表示他已经爱上了梅静，还说他要跟梅静结婚。我为孙永富的勇气感到由衷的敬佩，可是，我没有想到的是，孙永富这样折腾了一阵之后，却不声不响地调回县农机局了，而且，一调去就当了股长，后来又当了副局长，据说最近又要当局长了。你知道这是为什么吗？明眼人一看就知道，这是汪中强在里面暗中运作。事实也确是这样，因为我后来专门到县城问过孙永富，孙永富跟我说了真话。

唉，真正的英雄难找啊，孙永富不是个英雄，我也不是。我不是深深地爱过梅静吗，可结果怎样呢，我又帮了她多少呢？就在梅静搬到苗婆婆家的牛栏不久，我也通过别人的介绍跟我现在的妻子结婚了，虽然她只有小学文化，长相和个子都无法与梅静相比，但好在她是一个勤劳善良的人，性格也还温和，现在我们已经有了两个孩子。对于梅静，我每天看着她赤身裸体地在街上行走，看到她被人哄笑着，被人叫做狐狸精，我都是心如刀绞啊。可我有什么办法呢？更让我伤心的是，梅静自接到郭凯敏的那封信后，心里一直对我怀恨在心，别人逗她，甚至欺负她都没事，可即使她在病得最厉害的时候看到我也会大声地咒骂我。

我……我……我是一个无能的男人啊。唉……但愿你不是孙永富，但愿你的能力比我强……”林志明长长地叹口气，终于结束了我们长达三个多小时的谈话。

十一

林志明的叙述结束了，我和林志明沉默了好长时间都没有说话。

林志明虽然一个劲地责怪自己，但我却不能责怪他。作为一个曾经爱过梅静的普通乡下民办教师，虽然林志明没有最终改变梅静的处境，但我认为他已经尽力了。

林志明与我分手时还再三叮嘱我不要把我与他见面的事让别人知道，他说于非到现在还在威胁他，还在经常给他穿小鞋。因为林志明到现在还是一个民办教师，所以于非动不动就说要解聘他。要不是他带的班年年在县里、市里拿奖，恐怕于非也早就解聘他了。我理解林志明的处境，表示一定不会将我们见面的情况告诉别人。

与林志明的这次会面更加坚定了我对梅静一事进行调查的决心。我认为要彻底弄清梅静目前的处境，就应该彻底了解目前到底有哪些人还在暗中打她的主意，而要弄清此事，我认为在夜晚潜伏到梅静的房边是最好的办法。

可刘伟和周大华依然把我看得死死的。

刘伟虽然喜欢看皮影戏，而且，我上次也是趁刘伟看皮影戏之际溜出去与林志明见了面，但此法也不可经常用。

经过认真的思考，我决定使用苦肉计。

镇医院在几个偏远的村设有几个医疗所，最近的到镇里都有七八里，远的有十多里。医疗所的医生大多是招聘的，只有少数正式医生是因为离家近才自己要求去的。为了避开刘伟和周大华的监视，我主动向周大华提出想到医疗所去工作。周大华起初以为我是讲着玩的，还假意表扬了我一番，说我的工作最近已经有些起色了，好好干，院里还是会重用我的，后见我是说真的，思考了一下，还是当场答应了。

周大华怎么会不答应呢，我一走，他可要少了很多麻烦。

我被分到了桂花村医疗所。

桂花村离镇政府还算是较近的，但也有八里多路程。

离开镇医院时，刘伟还跟我假心假意地客气了一番，说什么我们在同一个房间里睡了好几个月，今后一定要珍惜这种兄弟般的友谊。我也说是不容易，是不容易，今后要好好珍惜。

桂花村医疗所我去之前只有一个人，姓吴，五十岁了，是镇医院的正式员工，因为家在桂花村，十年前就主动要求到桂花村医疗所来了。医疗所是借用村里一个废弃的碾米厂，到村里去还有里把路，老吴是村里人，晚上一般要回去睡，整个医疗所便只有我一个人了。而村里晚上是很少有人要看病的，这样的机会正好可以被我利用来盯梢梅静的住房。

我有一个表姨是县花鼓剧团的，我小时候去她那里玩时，她传给了我一些化装的技术，这时正好被我利用上了。每当老吴回家去之后，我就会开始悄悄地化装，我大多是把自己化装成一个胡子拉茬的老人，这样，即使我走在街上，别人看到我一般也会认不出来。

尽管桂花村离梅静的住地有十来里山路，可为了全面了解梅静的情况我已经顾不得这些了。老吴一回去我就开始走，大约要走一个多小时才能到达，往往出发的时候天还有点朦胧的光亮，一到梅静的住房附近天就全黑了。到梅静的住房附近之后，我就会找个地方隐藏起来，然后开始密切地注视她房屋周边的情况。这种守候是需要耐心的，我开始一连在梅静的房屋边守候了五天，每天都是凌晨一点多钟才回去，可只看到梅静疯疯癫癫地进去就没有丝毫的动静了。我不断地给自己鼓劲，说一定要坚持下去。到了第六天，目标终于出现了。当晚大约是十点来钟的时候，我看见一个黑影正不声不响地向梅静的房间走来，我立即屏住呼吸，注视黑影的动向。黑影终于接近梅静的房间了，我看见他在梅静的房门口停留了一下，好像是把一个什么东西搬开，接着便闪进梅静的房间了。

这个黑影是谁呢？因为天黑，我无法看清他的面孔。黑影进到梅静的房间之后，我立即听到了里面梅静的声音。梅静开始似乎是在呵斥来人，但接着，我又似乎听到了梅静的笑声，再接下来，便是混淆不清的喘息声了，当医生的我当然知道这是一种什么声音。

我的血都快要奔涌而出了，这是谁呢，这么大的胆子？如果不想到我还有很多重任在肩，我真想冲过去，一脚把门踢开，活捉这个狗日的。可是，我还是克制下来了，目不转睛地盯着屋内的动静。

大约一个多小时之后，黑影从梅静的屋内出来了。只见黑影向四周望了望，又弯下腰去搬了一下什么东西，然后就挺起腰装作什么也没发生往前走了。

我不能放弃这个机会，想到我已经进行过化装，就是黑影与我迎面相撞也不会认识我，所以，待黑影往前面走了之后，我立即悄悄地跟了过去。又走了一里多路，我看见黑影踏上了通往镇里的公路，由于公路上没有路灯，我还是看不清黑影的面容，只好仍然悄悄地跟在后面。终于，我看见黑影踏上了通往镇医院的路，我的心跳得更加厉害了。

近了，更近了，借着医院门口的路灯，我终于看清了黑影的真实面目，同时也让我大大地吃了一惊，因为，这黑影不是别人，正是我们医院的院长大人周大华。

果然是他，我心里咯噔了一下，忙又掉转身子往回走。

回去的路上，我的心跳一直都很快，走路也是高一脚低一脚的，险些摔到一条小河里面去。周大华啊周大华，真想不到你身为一院之长，在给我们作报告时马列主义讲得头头是道，居然也干起了这种事。对周大华的发现，也使我更加清楚为什么周大华和刘伟会那么害怕我对梅静的事展开调查了。但愿刘伟这个年轻人不要和周大华完全同流合污，我心里是这样想。

可是，第二天晚上我所看到的事实就把我这个想法彻底粉碎了，因为，第二天晚上我所看到进出梅静房间的正是刘伟。

再接下来的情况就更加让人匪夷所思了，因为，通过我的观察，我不但发现了刘伟、周大华曾经在晚上进出过梅静的房间，而且还证实了我当初曾经怀疑过的镇长谢高生也确实是梅静房中的常客。更让人不可思议的是，连镇派出所的所长刘强也是梅静房中晚上的客人之一。我守候了两个多月，发现进出梅静房间的客人竟有十三个之多。而且，经过守候和跟踪，我还发现了他们中的一些秘密暗号，原来，我当初百思不得其解的摆在梅静房门口的那盆塑料花竟是他们进出梅静房间的一个暗号，每当谁进去了，就把塑料花搬开，第二个人再来时，看到塑料花已搬开就不能再进去了。而里面的人一出来，就会把塑料花又原样放好，这样，如果谁晚来一些，谁就又可以进去了。最多的一个晚上，我曾看见有三个人进了梅静的房间。

但据我三个月的守候，却没有发现于非，这多少有些出乎我的意料。据林志明那天与我说，于非后来找的那个广播员是个十分厉害的女人，也许，他是被那个广播员看得太紧了吧，我想。

三个月守候的发现还是让我感到十分吃惊，我猜测过梅静的遭遇，但没有想到会是这样。我也曾猜测过茅草镇肯定有些男人趁梅静有病打过梅静的主意，但决没有想到会有这么多，而且还大多是镇上那些有头有面的男人。

守候的结果使我越来越感到这茅草镇的恐怖和自己的孤立了。现在，我明白了，如果我要揭穿茅草镇这桩耸人听闻的丑闻，我要面对的将不只是一个汪县长，一个于非，而是一张大网了，这张网我到底有没有能力把它捅破?

我停止了半个月对梅静房间的守候，每天晚上一个人闷在桂花村医疗所那间又黑又潮湿的房间里苦想。

十二

半个月之后，我跟老吴打了个招呼，说是要回家一趟，而实际上却怀揣三千多元钱去了一趟广州，我此行的目的是去购买一台红外线摄像机。据说这种机子可以用于晚上摄影，我是在思考了半个月之后，才做出这个购买决定的。我认为要改变梅静的命运，必须有真凭实据，如果能够将我守候时所见到的东西都拍下来，那便是最好的证据。

虽然我的收入不高，可是，为了改变梅静的命运，我已经豁出去了。

我到广州之后才知道这种机子目前还属于公安、安全部门所使用的特种器材，市面上还很难买到，有的商店摆了这种机子，可人家要我出示证件。我不甘心空手而回，终于通过一个个体商贩，用高价买了一台这种机子。像做贼似的，买到这种机子之后，我就立即乘车回茅草镇了。为了不引起周大华和刘伟他们的怀疑，我从茅草镇下车后，镇医院的门也没有进就直接去了桂花村医疗所。到了桂花医疗所，我的神情依然是神秘而又兴奋的，老吴可能也有所觉察，笑问我回家是不是相亲去了，我说不是，只是见了好些老同学，所以很高兴。老吴是个不爱多管闲事的人，见我这么说，也就信了。

当天晚上，我就拿着才从广州买回的摄像机去了梅静的住地。当然，与以前一样，我同样是经过了化装。到了梅静的住房边之后，我选择了一个最好的角度，然后又拿了些稻草将自己严严实实地藏了起来。第一个目标终于出现了，借助红外线的力量，虽然是伸手不见五指的黑夜，我与他又还相隔着一段距离，可我仍然可以把他的神态看得清清楚楚。令我感到吃惊的是第一个进入我的红外线摄像机目标的竟是镇长谢高生。我心里说，对不起了，谢镇长同志，不是我成心想让你成为我的红外线摄像机抓拍的第一人，是你自己闯进来的，哪个要你来欺负梅静呢。我的手迅速地按动着快门，谢高生同志的“光辉形象”就留在我相机中的底片上了。

我是这样每天晚上拿着摄像机又在梅静的房边守候了一个多月。没有红外线摄像机之前在梅静房间门口出现过的面孔在我的相机中都留下了他们的形象，我感到欣慰的是上次守候中没有出现的于非也终于在我的镜头中出现了。真是狗改变不了吃屎的本性，这个老狐狸终于在我的镜头中露出了他的尾巴。尽管他在进入梅静的房间时东张西望了好久，显得十分谨慎，可是，他绝对想不到他的一切都在我的镜头之中了。

我一口气又守候了近两个月，拍了七八卷胶卷，觉得应该把这些东西洗出来，就专门回了一趟县城。为了防止泄密，我是在一家照相馆守着别人把照片洗出来的。

照片洗出来了，这真是一幅百丑图。

看着这些平时装模作样，一本正经的人那种贼头贼脑的样子，我感觉又开心又悲哀，开心的是这些道貌岸然的家伙终于有铁的证据被我掌握了，悲哀是梅静一个好端端的外地女子在茅草镇遭受了如此巨大的污辱。我决定就拿着这些照片到县纪委去告他们，可是，走到路上，我又退却了。我在大学学过一些法律，当初还曾经想过要考律师，我知道纪委办案也是要讲证据的，就凭我手上的这些照片要告倒他们可能还有难度，因为，这些照片只能证明他们去过梅静的房间，他们每个人都可以编出种种理由说他们是到梅静房间有事。我从去县纪委的路上又撤了回来，决定还是先回茅草镇，再补充一些证据之后才到县纪委去告他们。

要补充证据，当然最好是他们与梅静在床上的镜头了。但要我亲眼看到他们一个个把梅静压在身下干那种缺德之事，我又有些犹豫。

怎么办？我想到了不入虎穴，焉得虎子这句成语，最后还是决定亲自到梅静的房间去，去直接找梅静了解情况。我不相信梅静真是个疯子，我想只要她知道我意图之后，把真实的情况告诉我，那么，汪中强、谢高生、刘强、于非、周大华这些人就都跑不了了。

除了以身一试，我没有什么别的办法可想了。

十三

为了以防万一，我把已经洗好的照片用塑料纸包好之后，藏到旧碾米机里面，这才又化好装往梅静的房间赶。

与往常不一样，往常我赶到梅静的住处之后，总是立即找个地方先把自己隐藏起来，而这次我赶到梅静的住处之后，见四周无人就直接往梅静的房间走。说实话，虽然我已经在梅静的房间外守候了好几个月，也非常清楚周大华他们是怎样往梅静的房间钻的，可一旦轮到我自己真要往梅静的房间钻时，我的心还是扑通、扑通地跳个不停。我知道自己独闯梅静的房间虽然也可以说负有一种神圣的使命，可梅静毕竟是个美丽的女人，她疯疯癫癫的外表下毕竟是鲜活的、足以让每个男人心跳的肉体，我也毕竟还只是一个二十来岁的青年啊。可已经走上了去梅静房间的路，就容不得我回头了。

走到梅静的门口之后，我看见那盆塑料花还放在房门口，这证明梅静的房中是没有人的。像周大华他们一样，我也是先把塑料花搬开，然后才往里走。

梅静的房间里亮着一盏昏暗的电灯，与我平时在街上看到梅静时的大吵大闹相反，此时梅静正静静地坐在她的床上。她依然是赤身裸体的，可也不知道她是在哪里洗的澡，此时的她已经没有白天的浑身污垢，身上干干净净的，在电灯下闪耀着一种十分诱人的光彩。更令人不可思议的是，白天她的头发总是沾满了各种灰尘，胡乱地散在自己的头上像个鸡窝，而此时，她的头发也整整齐齐地披散在她的脑后，我一走进她的房间就闻到了那种淡淡的发香。我进去时，梅静好像已经完全陶醉在自身的美丽之中而完全忘记了外界的一切。

借着昏暗的电灯光，我悄悄地向她靠近。

近了，更近了，终于，我走到了梅静的身边。梅静似乎并不知道有人向她靠近了。屋里是那样的静，静得我可以听到自己的心跳了。毕竟这是我二十多年来第一次这么近距离地单独与一个赤身裸体的女人靠得如此近，我感到我的脸也在火一样地烧。

“哈哈哈哈……哈哈哈哈……”未等我讲话，梅静突然爆发出了一阵大笑，这笑是那样的狂放又是那样的尖厉，使我听起来有一种毛骨悚然之感，一下子反倒手足无措起来。

“梅……梅静，你……你知道我是谁吗？”我在梅静的笑声中窘得面红耳赤，想好的问话早已忘了，吞吞吐吐地说。

“哈哈哈哈……”梅静对我的问话似乎根本没有听见，又是一阵狂笑。我实在不清楚梅静为什么会如此大笑，窘得更厉害了。

梅静又如此大笑了一阵之后，突然又呜呜地痛哭起来。我心里想，这真是个奇怪的女人，看她这又哭又笑的，确实是个疯子，可一个疯子又怎么可能如此爱美，将自己的一身洗得干干净净？又怎么会知道晚上将自己洗得干干净净，白天再将自己弄得脏兮兮的？同时，她的笑和哭显得那么疯狂，而她偶尔向我投过来的目光又是那样犀利，我真不知道说什么才好了。

“梅静，你……你哭什么？”看到她又大声地哭起来，我又小声地问。

梅静并不回答我，突然，她盯着我认真地看了起来，因为我的化装还没有卸掉，我生怕她看出什么破绽来。她看着看着，突然盯着我的胡子孩子似的笑了起来，“哦，胡子、胡子，你有白胡子……”梅静又小孩子似的说道。

“梅静，我不是老人，我姓张，叫张小阳，是来向你了解情况的……”我必须抓紧时间让她了解我到她房中来的目的。

“我要胡子，我要胡子……”梅静根本听不进我跟她讲的正经话，仍然饶有兴致地盯着我的胡子，并站起来要抓我的胡子。我知道我的胡子是化装时贴上去的，怕被她扯掉，露出我的真面目，故意站起来向后退了两步。可梅静依然对我的胡子饶有兴趣，也跟着站起来，一把抓住了我的胡子。我嘴上的胡子本来是粘上去的，这一抓不但胡子立即就掉了，而且由于梅静用力较大，她的重心往这边倾斜，整个身子很快就倒到我身上了。

作为一个二十岁的青年，面对这样一个鲜活而又美丽的躯体，说没有冲动，那绝对是假话。

可是，也就是在这一瞬间，我又猛然想起了我自己走进梅静房间的使命，我不是来搜寻关于周大华他们欺侮梅静的证据的吗，如果我自己今天把握不住而与梅静也做出了那种事，那我算个什么人呢？

我定了定神，迅速把梅静往她自己的床上推。梅静抓着从我的嘴上扯下来的胡子，又孩子似的玩了起来。

“梅静，你到底是清醒的还是不清醒的？”我抓紧时间，又问了一句。

“胡子、胡子，真好玩，真好玩……”梅静又专心致志玩起了我嘴上扯下的胡子，似乎根本没有听到我的问话。

“梅静，你认识郭凯敏吗？”我看梅静又专心致志地玩起了胡子，似乎已忘记了我的存在，只好提起了郭凯敏，一是想以此检验一下梅静是否真的神志不清；二也想检验一下她对郭凯敏的感情，看郭凯敏在她心目中的份量。

“你是凯敏，你是凯敏，啊，我终于找到你了，凯敏，你不要离开我，我不是自愿跟于非的，真的不是自愿的……”我万万没想到我一提郭凯敏的名字，梅静立即条件反射似的丢开在她手中把玩的胡子，又一次站了起来，还未等我反应过来，已经伸手将我抱在怀中了。

“凯敏，凯敏，我要你，我要你……”梅静抱着我，一边语无伦次地说着，一边嘴巴开始在我的脸上乱亲起来。我的心跳又一次急剧加速。我的理智在反复地对我说，张小阳呀张小阳，你是来调查别人，千万自己不要胡来，否则你到时候怎么说得起话呢？

“梅静，梅静，你清醒点，你清醒点，我不是郭凯敏，我不是郭凯敏。”我再一次用力把梅静往床上推，大声地对梅静说。

“你是凯敏，你是凯敏，我要你，我要你……”梅静根本不听我的话，从床上一骨碌爬起，又要来抱我。

我意识到梅静一定是在潜意识中把我当作郭凯敏了，意识到今晚这样下去，我迟早会抵挡不住梅静的诱惑，除了赶快离开，我已经没有别的办法可想了。

“梅静，你看错了，我说过我不是郭凯敏就不是郭凯敏。”我又一次用力将梅静往床上一推，就逃跑似的迅速离开了梅静的房子。

“凯敏，你别走，凯敏，你别走……”我听见梅静还在屋里喊着，但我头也不回地赶紧跑了。

因为梅静已经把我的化装道具扯掉了，我生怕被人看见，一路小跑地回到了桂花村医疗所。回到医疗所之后，我的心仍狂跳不已，与梅静这次近距离接触的一幕幕仍如电影放映般在我脑海中历历再现。梅静到底是个什么样的女人呢，我感到越跟梅静接触，我就越迷糊了。说她是个疯子，可是她有时候做的事又分明是清醒的；说她是清醒的，可她又整天赤身裸体地在街上行走。我仔细回味了那晚在梅静的房子中梅静所表现的一切，不得不承认，如果我当时不迅速逃离出来，我将很难保证跟她不出事。想到这里，我不禁暗暗为自己庆幸，庆幸自己在关键时刻还是走了出来。

可是，作为一名医生，仔细回味梅静那晚的举动，我也觉得发现了一些问题，梅静为什么在我提起郭凯敏之前一直是对我熟视无睹，而我一提郭凯敏，她就表现得那么亲热？这一方面表现了梅静对郭凯敏还是爱得很深很深的，另一方面从其表现来看，这不也正好也是一种精神幻想症的表现么？

对，梅静的病因就是精神幻想症，我感觉到我终于摸到梅静病因的一点边了，这使我也有一种莫名的兴奋。由此及彼，我对周大华、刘伟、谢高生以及镇派出所刘强他们在梅静房中的所作所为也猜到了一个大概，是的，他们之所以在对梅静的非礼中都能得逞，也许，正是利用了梅静的这种精神幻想症。

因为感觉到对梅静的病因我已经摸到一点边了，所以，尽管我还是决定第二天晚上再一次深入梅静的房间。

十四

我的失误正是在第二个晚上造成的。

第二天晚上，我还是跟前一个晚上一样，早早吃了晚饭，吃完之后就化好装往梅静的房间走。

到梅静的房屋边之后，我同样是先选择了一个地方隐藏起来观察周围的动静，当我确认周围没有人时，便决定直接到她房间去。因为前一天晚上在梅静的房间里经历的事情太让我激动了，一想到自己又要经历与前一个晚上同样的事情，想到梅静那丰满的身材，我的血液再一次加快了流速，我的心也抑制不住地狂跳起来，我感到我走路都有点像个醉汉东歪西倒的了。快到梅静的房间时，不知是哪里传来一声狗吠，吓了我一大跳，我迅速闪进了梅静的房间。正是我的这一惊吓，注定了我的一个不能容忍的错误——我在走进梅静的房间时居然忘记了将梅静房边那盆标志性的塑料花移开，也正是因为我没有把这盆塑料花搬开，让随后而来的镇派出所所长刘强误以为里面没人而一下闯了进来。

这一错误不但使我对梅静的调查无法再继续下去，而且也注定了我将身败名裂地离开茅草镇。

且说我还是像前一天晚上那样推开梅静的房门之后，就往梅静的房子里面走。梅静一见到我之后，还是像前一天晚上一样，先是对我的假胡子产生了兴趣，走过来又要扯我的假须，因为我已有了心理准备就避开了。可梅静仍不罢休，还要来扯我的胡须，而且整个身子都靠到了我的身上。我一闻到梅静身上那特有的女人的馨香就有些情不自禁了，看到梅静还是一个劲地要扯我的胡子，就吓唬她似的说道："别动，我是郭凯敏。"这一招果然灵，梅静一听我说出郭凯敏的名字，立即触电似的住了手，定睛把我看了看。接着，她又和前一天晚上一样大声地喊着郭凯敏的名字往我身上扑来。我来之前还担心前一天是因为我的胡子被梅静扯掉之后，梅静把我认错了才认为我就是郭凯敏，而现在，我的假须还在，梅静同样不顾一切地向我扑来，这使我更坚定了对梅静的判断。看来，梅静患的确实是精神幻想症。

"梅静，你不要这样，不要这样，我不是郭凯敏，我不是郭凯敏。"我一边努力躲避梅静，一边对她说。

"凯敏，凯敏，你别走，你别走……"像前一天一样，梅静还是一点也听不进我的解释，在房间中追起我来。躲闪中，我的假须也被搞丢了，可梅静已经对假须毫无兴趣了，依然要抱住我。梅静的脸在与我的追逐中显得更加红润了，也更加漂亮了。要是我仍能像先一天那样，在梅静要抱住我时跑掉也就没事了，可那晚我一方面是还想更多地了解梅静的情况，另一方面我也不得不承认是梅静的漂亮和她全身所散发出来的那种性感留住了我的步伐，使我最终没能走出她的房间，而且犯下了我自己至今仍不能原谅自己的错误。

因为梅静房间的窄小，尽管我努力回避着梅静，可我还是很快被她抓住了。

啊，这是多么销魂的片刻啊，我感到天地都瞬间在我眼中消失了，我和梅静都同时尖叫起来……

可是，就在我和梅静的尖叫刚刚结束之际，随着一声大喝，我感到我的身体已经被人推开了。

“你狗娘养的干的好事！……”来人又狠狠地骂了我几句，待我从这突发的变故中惊醒过来时，我看见镇派出所所长刘强已经一副大义凛然的样子站在我的面前了。

我发现自己的衣服已被刘强抓在手中了，非常尴尬地抓住一件梅静的烂裤子遮住自己的下身。

“刘……刘所长，我……我错了，还是把我的衣服给我吧。”我求饶道。

刘强仍把我的衣服抓在手中，我知道，他是把我的衣服当成重要的把柄了。

“刘所长，我求求你了，我求求你了……”我再一次向刘强告饶。

但刘强仍抓着我的衣服，一副似笑非笑的样子。

梅静还沉浸在刚才与我一起营造的欢乐世界中，根本不管进来的刘强，嘴里仍在喃喃地喊着：“凯敏，我要你……”

刘强在我的再三请求之下，终于同意将我的衣服给了我。尽管我心里十分清楚，刘强平时也是梅静房中的夜行客之一，但我迅速穿好衣服之后，还是一个劲地对刘强说着感谢的话语。同时，我也在心里暗暗地猜测是什么原因导致了刘强今天来抓我。

“跟我到派出所去吧。”我以为刘强本身是梅静房中的夜行客之一，我对他多说几句好话也就没事了，没想到刘强见我穿好了衣服，又冷冷地说开了。

“刘所长，您就原谅我吧，我只有这一次，以后再也不敢了。”我不敢说出刘强自己的事，继续求饶道。

“不行，梅静是个疯子，你这种行为是违法的。”刘强依然是一副正气凛然的样子。

“刘所长，你就给个面子吧，这样对大家都好。”看到刘强这副幸灾乐祸的样子，想起我藏在桂花村医疗所中那些照片，我用略带威胁的口吻对刘强说道。

“什么，你说什么，对大家都好？你想威胁我？”刘强显然听出了我的话外之音。

“是的，对大家都好，至于为什么，你自己最清楚。”想到我来之前就已经把照片藏好了，我有恃无恐地说。

“哈、哈、哈，你小子居然敢跟我玩这一套，居然敢威胁老子，老子不吃你这一套。”刘强的嘴还是很硬。

“我老实告诉你吧，你、还有周大华等人晚上到梅静房间中的照片都已经在我的掌握之中了。”我已经被刘强逼得走投无路了，只好把我所掌握的证据抖了出来。

刘强猛地听我这么一说，一下子愣住了。“你真有照片，哼，鬼才相信呢，这晚上你能拍得到照片？”刘强听我说了之后，有一分把钟没有讲话，随即又半信半疑地问道。

“难道刘所长身为派出所所长，连红外线摄影机都不知道？”我有证据在手，自然底气十足。

我看见刘强又犹豫了好几分钟，显然，他是在分析我所说的话的真伪，并在考虑如果我真有他的证据，他要如何对付我。思考了一会，刘强终于想好了主意，只听得他又是一声大喝：“张小阳，你对疯癫女人进行奸污是严重的违法行为，谁也不能包庇，走吧，还是老老实实跟我到镇派出所去吧。”说罢，竟掏出一副手铐将我拷了起来。

“刘强，你他妈别神气早了，你这是贼喊捉贼，老子也要告你。”看到刘强居然对我动了手铐，我也就顾不得那么多了，气愤地喊道。

“走吧，老老实实跟我走吧。”刘强说罢就把我往外面推。

刘强人长得高大粗壮，动武我肯定不是他的对手，何况我的手又被他拷住了，所以我也就只好乖乖地跟他离开梅静的房间。我出门的时候，不小心一下子踢翻了梅静门口的那盆塑料花，这时我也才恍然大悟，原来我今晚出事就出在这盆花上，我是在进梅静的房间时忘记了把那盆塑料花拿开，而让刘强误以为里面没人就也走了进来，可是一进里面看见是我已经在里面了才恼羞成怒地把我抓住的。想到我的今晚的失误就是在这盆花上，我不禁又狠狠地踢了几下那盆塑料花，把花盆都踢烂了。可是，即使花盆踢烂了，也悔之晚矣。

“凯敏，凯敏，我要凯敏……”梅静依然一副什么都不知道的样子目送我们离去，而嘴里却还在喊着郭凯敏的名字。

十五

我被刘强带到派出所后，刘强立即找来两个年轻民警，由他在一边指挥着对我进行审讯。因为我是被刘强在现场抓住的，觉得再抵赖也没有意义，就在两个年轻民警的软硬兼施下，把当晚的情况一五一十地跟他们说了。我知道已经到了这个地步，再得罪刘强及周大华他们会让我自己更难受，所以当他们问我为什么会想到去强奸梅静时，我只好说是因为梅静长得太漂亮了，我被她的美丽迷住了。说这话时，我多次把眼睛瞟向刘强，言下之意是我张小阳还没有在公开场合捅出他刘强，希望他刘强也给我一点面子，不要把事情做得太绝。刘强面对我的目光还是显得有些胆怯，总是装出一副不明其意的样子，但我心里清楚，刘强是知道我目光的含意的。

审讯结束了，我按照刘强他们的要求签了字，盖了手印。待刘强要与两个年轻民警离开时，我叫住了刘强，说是还有话要单独跟刘所长谈。待那两个民警走后，我立即对刘强说道：“刘所长，我不对，但您一定要对我网开一面。咱们今后还可以做好朋友嘛。”

刘强仍然是一副公事公办的样子："你知道错了就好，好好地接受教育吧。"

"刘所长，只要你对我从轻处理，我保证不把那些对你不利的照片公布出来，你看我刚才不是没说吗？"我再一次提出照片的事，意在提醒刘强，刚才在两个年轻民警审讯我时，我之所以没有说出他来就已经给了他面子，希望他不要把事做绝。

"张小阳，我说这是派出所，希望你不要再说威胁我的话了，这样对你更没有好处。"刘强嘴上这么说，但我看出他心里实际也在打鼓，他对我的话其实是将信将疑的。

刘强不想与我多讲，又大声喊来刚才那两位年轻民警，要他们把我带到一间又黑又小的房间关了起来。

第二天，刘强晾了我一整天，只在吃饭的时候派人送了点饭给我吃。

虽然关在那间又黑又小的房间极度不舒服，但想到我手里毕竟掌握有刘强他们的证据，所以我还是不十分害怕。我想刘强因为抓到人可以立功，但他也应该想到如果我把这些照片公布，他不但立不了功，还有可能跟我一样进监房。

第三天到了。

早餐后，第一天提审过我的那两个民警就到小黑房中把我提了出来。说实话，看到他们来提审我，我心里还有点高兴，心想，经过一天的思想斗争，刘强也应该想通了。

当我跟着民警走到审讯室时，果然看到刘强已经在那里等我们了。刘强今天的气色似乎比那天晚上好多了，见我们进来，立即对我说，今天找我来是想就有关问题再找我核实一下，并说了党的政策是坦白从宽，抗拒从严。刘强的口气是平静的，而且，我感觉到那平静中似乎还透着一些对我的关心。我心里不禁涌起了一种感激之情，眼泪都差点要流出来了，心想，今天这次提审之后，我应该马上就可以出去了。我按刘强对我的提示，把那晚的情况又详细地说了一遍，两个年轻民警中的一个很详细地作了记录。记录完之后，他们又像第一次一样，让我签字按手印，我均一一照办。

这一套程序结束后，待两个年轻警察准备离开之际，我又一次喊住了刘强，说是要单独跟他谈谈。刘强没有犹豫地又留下了。

“刘所长，我都讲完了。你应该放我出去了吧。”

“你认为你可以出去了吗？”刘强反过来问我，那语气让人捉摸不透。

“我认为我可以出去了，刘所长，我可是说到做到，没有把你们捅出来呀。”见刘强如此语气，我明确地对他说道。

“你没有捅出什么呀，我怎么不知道呢？你可以捅嘛，我们也要接受监督嘛。”刘强居然又对我打起了官腔，一副对我满不在乎的样子。

我心里越来越猜不透刘强葫芦里卖的是什么药了，只好对刘强说：“是什么事你自己最清楚，我已经跟你说过好几次了，我希望你不要逼我说出来。”

我想刘强应该知道我说的就是照片的事。

“你说的是照片的事吗？”刘强故意附在我的耳边问。

“你还明白就好。”我也有些神气地说。

“哈哈哈哈……哈哈哈哈……”刘强又是一阵大笑，笑得办公室都有点打颤。我莫名其妙地看着刘强，不知道他为什么要这样笑。

大笑一阵之后，刘强从他的办公桌里拿出一台相机放到我眼前，我一看就认出了这正是我的红外线相机。

“这东西是你的吧？”刘强明知故问。

“是我的。”我答道。心想，你刘强就是拿到了我的相机也没有用，因为我的照片都已经藏到桂花村医疗所里的老碾米机房去了。

“我就知道你会说我拿了你的相机也没有用，因为你已经把照片藏起来了。你看，这又是什么？”刘强说罢，再一次从他的抽屉里掏出一包东西放到我的面前。我正纳闷时，刘强已经把里面的东西拿出来了，我一看，大吃一惊，原来摆放在我眼前的正是我自认为可以用来威胁刘强等人的照片。

“你……你……你是从哪……哪里找来的？”我惊讶得语无伦次地问道。

“张小阳同志，你也太低估我刘强的水平了吧，我刘强搞了这么多年的所长，连这点本事都没有，我还能混得下去吗？”刘强说罢，又是一阵哈哈大笑。

十六

我还是以流氓之罪被判处劳教两年，随之，工作也被开除了。

我的心中充满悔恨，恨自己当初没抵制住梅静的诱惑，恨自己在被刘强抓住后暗示握有他的证据，结果反被他先下手为强。我曾向同监人员讲起当初关注梅静的意图，可他们听后在床上笑得打滚，说我太会编故事，根本不可能有这么高的境界，除非我本人也是疯子。他们不相信，我也无可奈何。

两年的劳教生活在我日夜期盼中终于结束。

两年前，我虽受到周大华等人排挤，但毕竟是茅草镇为数不多的大学生之一，还有一份在镇上还算体面的医生工作。然而，两年后从劳教所出来，这一切都离我远去——工作没了，大学生的光环也消失殆尽，我成了处处遭人厌恶的劳改释放人员。

尽管明知工作已丢，我还是去了一趟茅草镇医院。因为劳教所管教干部说过，回去后可以找原单位，要求安排力所能及的工作。我要生活，又没别的门路，不去找镇医院还能找谁呢？

院长还是周大华，这个我曾想狠狠报复的家伙，一点面子都不给。看到我时先是吃惊，随即冷冷问道：“你回来了，找我有什么事？”

“周院长，我……我对不起您，我劳教完了，看院里还能不能给我安排点事做。”我厚着脸皮说。

“没有。你早在两年前就被医院按规定开除了，现在正搞机构改革，现有人员都要精减，不可能安排你上班。”周大华回答得十分干脆。我猜他肯定知道我曾在政法部门举报过他，再多说也没用，只好悻悻地离开。

已经升为副院长的刘伟不知从哪得知我回来了，我前脚刚离开医院，他后脚就跟了过来，拍了拍我的肩膀。我回头一看是刘伟，也大吃一惊。我在政法机关举报过他，可他似乎不记仇，说不管怎样，我们曾同住一间房，既然回来了，就去他家吃顿饭。从刘伟的话里，我听得出他表面客气，实则带着奚落和高高在上的虚荣感。是啊，两年前我们同是湖雅医学院毕业的大学生，如今他成了副院长，我却成了劳教释放人员，这怎能不让他的虚荣心极度满足呢。

“唉，两年前你要是听了我的话就好了……”刘伟果然发出这样的感慨，这也恰恰反映了他的心态。

我态度坚决地拒绝了他的邀请。

我觉得在这茅草镇，除了林志明，没有谁值得我信任。

我和林志明再次相约在他姑妈家见面。

林志明比两年前更瘦了，看得出来他这两年过得也不顺心。他没有丝毫责怪我的意思，反而说我没抵制住梅静的诱惑也情有可原，只是可惜因为这件事，我蹲了两年大牢，那个揭秘计划也无法实现了。

劳教的两年，我对茅草镇的情况一无所知，刚才也不好向周大华和刘伟打听，便急切地向林志明询问梅静的情况。他告诉我的消息让我震惊不已：原来在我出事九个月后，梅静又生下一个小女孩，还是苗婆婆接生的，孩子有六斤多重。镇上见过女孩的人都说她长得极像我。和之前一样，女孩出生不久就被苗婆婆送走了，至今下落不明。苗婆婆送走小女孩没几天就疯了，她虽不像梅静那样在外游荡，却常拿头撞墙，说自己没用，不如死了好……苗婆婆一疯，很快就有人传言是缠住梅静的狐狸精又缠上了她，寻找小女孩的线索也断了。苗婆婆疯了两个月后去世，她死后不到一个月，梅静竟在一个早晨投进茅草河自尽了。

十七

离开茅草镇后，我没在县城停留，直接乘车前往深圳。

我的专业在深圳根本找不到工作，我只能从最苦最脏的搬运工干起。好在我身体不错，干活也卖力，虽然做搬运工苦不堪言，但也积攒了一点钱。后来，我又做过矿泉水送货员、营业员、业务员等多种工作，几经波折，到深圳五年后，终于拥有了自己的小公司。我把在茅草镇的那段经历深深埋在心底，从不向人提起。

然而有一天，我正在办公室上班，清泉县人民检察院的两名检察官找到了我。

一听是清泉县人民检察院的人，我先是吓了一跳，以为以前劳教的事又有变故。等他们坐下交谈，我才知道，专案组查办案件时发现，汪中强在茅草镇工作期间，涉嫌强奸一名疯女人，而我是知情人之一，他们特地来向我了解情况。我急忙问这个疯女人是谁，办案人员说是梅静。我差点叫出声，追问他们是怎么发现汪中强强奸梅静这条线索的。办案人员告诉我的线索来源让我震惊不已：

原来梅静读中学时就有记日记的习惯，到茅草镇中心小学工作后也没改掉。就像当初林志明说的那样，梅静确实是吃了于非放的安眠药后，才被于非强奸的。后来，于非为了讨好汪中强，又用同样的方法让梅静成了汪中强的受害者。当时，遭受于非和汪中强的欺凌后，梅静虽有了破罐破摔的想法，但大脑还大致清醒，她把这些都写进了日记。后来，郭凯敏因责怪梅静不谨慎而离开，梅静受到极大刺激，精神开始恍惚。不过，梅静患的是间歇性精神病，发病时大脑充满幻想，病情好转时意识依然清醒。只是被生活逼到这一步，她即便清醒也不愿让人知道。一旦清醒，梅静内心痛苦不堪，有时夜深人静突然清醒，就会悄悄拿起笔，把经历的一切都记录下来。

和我当初分析的一样，那些欺负她的人大多利用她的精神幻想症，有时故意在她面前提郭凯敏，让她产生幻象，从而得逞。不过，梅静也有在清醒时被欺凌的情况，她反抗过，却因力量太弱小难以抵抗，最终还是让他们得手了。即便如此，她也不敢告发，毕竟一个疯子的话谁会相信呢，只能在清醒时含着泪把这些写进日记。

苗婆婆是梅静最大的精神支柱，苗婆婆一死，梅静的精神防线彻底崩塌，她觉得自己再这样人不人鬼不鬼地活着也没意义，于是想到了死。为了不让人知道自己隐秘的内心世界，梅静临死前把陆续写下的两个日记本装在坛子里，埋在了自己住房脚下。几个月前，镇上把梅静原住房周围的土地卖给了一个外地商人办小五金加工厂，施工人员推倒房子、挖掘地基时，发现了这个坛子。一开始，施工人员以为挖到了古迹，都不敢打开，商人就把坛子交给了县文物局。文物局专家一看觉得奇怪，打开后更是惊讶。梅静日记本里的纸张虽已泛黄，但还能勉强辨认。真是恶有恶报，梅静的日记让汪中强新的违纪违法线索无意中浮出水面。

十八

尽管已经完全了解梅静的真实情况，每当夜晚降临，我还是常常想起茅草镇的一切，但表面上我的生活依然平静，继续在深圳经营着小公司。

林志明偶尔会给我写信。他说郭凯敏的行踪找到了，原来他辞职后流浪了几年，后来隐姓埋名在一个小镇做了上门女婿，接着又参加高考，考上了北京的一所大学，毕业后留校任教，还把妻子接到了北京。林志明说他和郭凯敏有书信往来，也把梅静后来的情况都告诉了郭凯敏，并劝他回茅草镇看看。可不管林志明怎么劝，郭凯敏都不肯回去，他说这辈子最对不起的就是梅静。

林志明在信里没有责怪郭凯敏，虽然我从没见过郭凯敏，但我能理解他。我知道他不敢再回茅草镇，不是因为忘记了那里，相反，是因为那块土地在他心里的烙印太深，对梅静的爱和愧疚也太深。

林志明在信中还告诉了我一个可能让我灵魂永远不得安宁的消息。

在离镇上五六里的上塘村，发现了一个长得既像我又像梅静的小女孩，她也是被父母从茅草镇街上捡来的，生辰时间和我入狱后梅静生下的孩子十分吻合。林志明多次说希望我回茅草镇看看，如果觉得那女孩真是我和梅静的孩子，就认下她。

可我和郭凯敏一样，也不敢回茅草镇。

十九

现在算来，我离开茅草镇又整整十三个年头了。十三年过去，梅静和苗婆婆的坟墓早已夷为平地，即便我再回到茅草镇，也没有一个可供凭吊的地方了；而林志明所说的那个与我极为相似的小女孩，应该也已长成一个美丽的姑娘了。小女孩啊小女孩，如果你真是我的女儿，我只能请你原谅父亲不敢来认你，并请你接受我这个不敢与你相认的父亲的祝福。你的父亲曾是个强者，也曾那样渴望改变世界，可他没能改变世界，反而完全被世界改变了。他与你的母亲一样，虽遭受过诸多不公正待遇，但如今，他也如同你母亲生命后期那样，变得软弱了，再也不敢与世界对抗，甚至害怕任何风吹草动。小女孩啊小女孩，倘若你不是我的女儿，我也真心希望你一生顺遂，千万别重蹈梅静的命运。

牛　葬

献给牛和牛一样的人

一

没有星，没有月，天黑黑的。

山岭虽不高，风还是一阵阵地刮着，树林间依然发出呼呼的响声，增添了这黑夜的幽静。

坐落在山岭的那间矮小的土砖房子，因窗户只是用几根木柱撑着，无法密封。风钻了进来，搭在一根竹杆上的几件衣服和一块用旧了的澡帕被风吹得在空中直旋。然后，一些落到地上；一些落到屋角一张用几块木板拼凑而成的简易床铺上去了。床上坐着一个老人，他叫阿土，六十多岁的年纪。此时，他正伸手在床边的一个小木桌上摸索着，好不容易才摸到放在桌子边沿的一盒火柴。于是，拢起手，划亮一根，找到放在床前的一盏马灯。灯亮后，阿土这才轻轻地吁了口气。

“四月了，这鬼天气还黑得这么早。”阿土是刚从地里回来的，他一边咒骂着，一边支起铁锅热饭。

阿土吃了两碗饭，又喝了一碗高浓度的米酒。酒精的作用，使阿土的肚子有些发烧，黝黑而布满皱纹的脸上也起了一层红晕，眼有些模模糊糊的了。阿土打了一个长长的呵欠，正准备躺到那铺简易床去睡觉，他突然想起了一件事：

“该去看着大大了。”阿土说罢，提起马灯出了门。

大大其实是一头牛，是一头与阿土相依为命的牛。在这寂寞而空旷的山岭上，大大是阿土的唯一伙伴。特别是阿土的独生女儿哑妹离开后，大大更成了阿土的命根子。在阿土的眼中，大大已经不仅仅是一头牲畜，而是一个对他非常忠诚的沉默的好朋友。阿土常跟大大说话，高兴的事对它说，不高兴的事也对它说。似乎大大不仅能分享他的高兴，也能排解他的忧愁。有时，偶然心火一来不能自制，对大大骂几句，那也是像骂哑妹一样，心里仍然充满一种崇高的父亲般的爱。阿土在靠自己破旧小房子的地方，用土砖给大大砌了一个几乎可以跟他住的房子相媲美的牛栏。为了不使大大冷着，那栏中总是放着厚厚一层稻草。有一次，牛栏顶穿了一个孔，淋湿了里面的稻草，阿土就毫不犹豫地把自己垫着的那床破棉被披在大大的身上。大大没有冷着，而阿土自己却冷了一夜，结果病了一场。

阿土提着马灯走近牛栏，这才大吃一惊，原来牛栏门没有关，大大没在里面了。阿土猛然记起自己下午在给大大喂潲时忘了关牛栏门，“唔，大大到哪儿去了呢？”阿土嘀咕着，急得出了一身冷汗，酒也醒了大半。

“我该去找找它。”阿土说罢，转身离开了牛栏。

刚走出牛栏，一阵风吹来，马灯也灭了，四周一片漆黑。

阿土深一脚、浅一脚地走着，一边走，一边大声地呼喊：“大大、回来，大大、回来……”

尽管对山岭的一草一木阿土都是熟悉的，但毕竟是上了年纪的人，阿土没走多远，便重重地摔了一跤。他只得又返身走回小屋，拿来一根木棒，当拐杖拄了起来。

走着、走着，阿土似乎听到一点声音，凭经验，阿土估计那是大大发出的，又拄着拐杖朝声音发出的地方走去。

终于找到大大了。它正在一块麦子地里大口大口地吃着阿土种下的麦子。

一见这情景，阿土急了：“我没关牛栏门，你也不能够走呀，你走还罢了，怎么竟跑来吃我的麦苗了呢？唉，多好的一块麦子啊，要是不糟蹋，秋后肯定可以收好几百斤麦子呢。”阿土情不自禁地指责起大大来。骂着骂着，阿土的火气也就来了，他决定给大大一次小小的惩罚。于是举起手中的拐杖，在大大的身上轻轻地打了一下。

大大从来没有挨过阿土的打，这一惊非同小可，只见它扬起前蹄，就想逃跑。阿土的火气更大了，忙蹿上前去，想抓住大大的鼻绳。大大以为阿土还要打它，用脑袋往前一顶。

大大并不是成心要伤害阿土，推的力度并不大，阿土一个趔趄，又险些摔倒了。

这下阿土的火气算是真正点燃了，他觉得对大大再也不能饶恕了，决心好好地惩罚它一次。只见他迅速站稳脚跟，以一个麻利的动作抓住了大大的缰绳。

大大还想反抗，还想用头来顶阿土。

阿土忍无可忍，举起手中的拐杖，在大大的肚子上狠狠地一阵乱打。大大痛得四脚乱跳，声嘶力竭地呼叫。大大在被阿土打得最重的时候，也没有想到过真要伤害阿土，也只是想用头去轻轻地推他一下，从未使用它最尖锐的武器——牛角。

最后还是大大彻底败下阵来，驯服地被阿土牵着进了牛栏门。

二

阿土把大大赶进牛栏，关好栏门时，已经精疲力竭，加上摔了一跤，脚上的疼痛难忍，也就早早地睡了。

照例是东方刚有一点儿鱼肚白的时候，阿土就醒来了。一醒来，阿土首先意识到的是脚上的疼痛。掀开被窝一看，脚腕又红又肿。阿土一边用白酒揉了揉脚，一边又骂了大大几句“该死的大大，害得我好苦。把我的脚也扭了，依我的脾气，非把你宰了、吃了……”

骂归骂，阿土的心里依然是舍不得大大的，他揉了一会儿脚，又一瘸一瘸地到牛栏边去了。

往昔，只要阿土一到栏边去，大大总会很亲热地把脖子伸过来，然后，“哞哞”地叫两声，向主人表示问候。有时，大大还会把头伸过来，让阿土在自己的头上摸摸。

今天可不同了，大大没有站起来，只用有点沙哑的浓重的鼻音“哞哞”了两声。

“大大，还生我的气吗？昨晚可是你先惹的事，你先吃了我的麦苗，还想用头来顶我，我才想要打你。打了你，可是，我的脚也扭伤了，我们算是打个平局嘛。大大，我可没有生你的气呀。”阿土说罢把手伸进栏门。

大大用前脚往地上撑了撑，想站起来，但没有成功。

“我知道，你在跟我耍小脾气。”阿土说着，打开了牛栏栏杆，跳进栏里去了。

“我扶你站起来，相当于我给你赔礼道歉，这总可以了吧。”阿土说罢，真的伸手去扶牛。

大大依然没有站起来。

“大大，你今天到底怎么了，还生我的气吗？没必要吧。”阿土心里纳闷，仍一边嘀咕着。

猛然，阿土的心收紧了：他发现了大大的左腹已经肿了起来，他这才想起昨晚打大大时是用过狠劲的。

“哎呀，这是我打的吗？我怎么打这么重，我真是老糊涂了呀。那点麦地算什么呀，你又没有完全吃掉。就是完全吃掉了，不也还可以种吗？”一见这情形，阿土马上自己责怪起自己来。忙蹲下，察看大大的受伤部位。

大大偏过头来，平和地看了阿土一眼，又伸长脖子在阿土的衣袖上碰了碰，那意思像是：“阿土，别这么说了，我昨晚不但偷偷跑出了牛栏，还偷吃了你的麦苗，后来，又用头去顶你，我也不对呀，这不能全怪你，我自己也有错呀。”

阿土和大大都在内心自责着，有好几分钟大大一动不动地呆看着阿土，而阿土呢，也默默无声地抚摸着大大。

“我去弄点东西给你吃。”阿土把牛抚摸了好一阵，回到他的小屋去了。

不一会，阿土提来一桶米糠掺合着野草的牛潲。然而，大大只用鼻子闻了闻，一口也没吃。

“大大，你也太不够交情了，我好心好意搞给你吃，你却尝都不尝，我有病的时候，不也是喝两碗姜汤，又坚持下来了么？”阿土又生牛的气了。

大大像是明白主人生气了，用嘴舔了舔牛潲，却依然没有吃进去。

“吃点儿吧，吃点儿吧，吃点儿你就有劲了，有劲了你就可以到山上去玩了。”阿土几乎是在乞求大大了。

大大还是没吃，那双大眼睛里含着泪花。

“噢，你真的生我的气了，真的不吃了？不吃拉倒，那也就别怪我了。”阿土又假装生起气来：“近来也不知从哪儿学来的坏毛病，一点小病就撒娇，饿肚子的是你自己。”一种痛苦夹杂着怜悯的心情支撑着阿土骂了这些话。其实，这是关爱的话。骂过之后，阿土又凝视了一会大大的眼睛，发现大大的泪水快要流出了。

阿土自己的泪水也快要流出来了。但他竭力忍着，没让它流出来。

“好吧，我把潲放到这儿，你想吃就吃点儿吧。”阿土几乎是带着哭腔，对大大轻声地说，然后才依依不舍地起身离开。

一回到房子，阿土便觉得大大今天的表现不对劲，很不对劲。阿土昨晚打它时虽用力猛了点，但他下手还是有分寸的，他决没有将它往死里打的意思。

“会不会大大本来就病了？加上昨天又挨了我的打才这样？”阿土越想越觉得大大起不来，应该还另有原因。

“我得给大大去请个医生才行。”阿土想到了去给大大请个医生。

阿土脚上的红肿越来越大，绞痛一阵阵袭击着他。但为了大大、为了他的大大，他什么也顾不得了。

阿土又找出那天晚上用过的拐杖，拄着它一跛一跛地下山了。

“要是哑妹在就好了，可以让她去请医生。”阿土一边走着，一边又想起了他的独生女儿哑妹。

往事一个劲地在阿土的脑海中浮现……

三

阿土三岁的时候，爹去世了。到六岁时娘又改嫁到了一个很远的地方。阿土有一个叔叔，那时已经四十多岁，仍是老光棍一条，在那个叔叔的再三请求下，娘把阿土过继给这个叔叔做了儿子。阿土的这个叔叔是以叉鱼为生的，从此，阿土便开始跟着叔叔学习叉鱼。

十岁的时候，这个叔叔一次在水库中叉鱼时，失手被水卷去了。从此，阿土便开始过起了单独以叉鱼为生，四处漂泊的生活。

阿土苦挣苦撑，总算在村子里一个荒山顶上砌了间土砖房子，等到他托媒人说媒，准备结婚的时候已经三十二岁了。

没想到的是就在这时，中国的土地上爆发了那场疯狂的运动。因为子承父业、以叉鱼为生，阿土被村子里的几个造反派当作“走资本主义道路的典型”。鱼叉没收了，准备结婚用的家具也被没收，还整天挂着木牌游行示众。就在这时，先前那个经媒人介绍跟阿土见过几次面的姑娘也跟他吹了。

后来，运动越来越大，村里的那些造反派们开始把矛头指向更高一级的人物，像阿土这样的小人物也就慢慢被他们遗忘了。

命运的安排，就在这个时候，他认识了邻村的一个已有三十多岁的年纪尚未出嫁的姑娘，那姑娘是因为出身不好，婚事才一直搁了下来。两人很快就相爱了，阿土三十五岁那年，跟这个姑娘结了婚。

一年之后，妻子给他生了一个小女孩，可是妻子在给他怀第二个孩子的时候，却因一次在稻田洒药时中毒而倒下了，永远没有站起来。

妻子给他留下的这个小女孩成了阿土的掌上明珠，阿土给小女孩起了一个很好听的名字叫秀秀。万万没想到的是，秀秀四岁那年得一场急病，这个天真活泼的小女孩从此变成了一个哑巴。

等到开始实行责任制时，哑妹已经二十岁。哑妹人长得像她母亲一样温柔美丽，干活也是一把好手。那时，村里有两样东西没有人要，一是座落在阿土的小屋边的几亩山顶的荒地，另一个就是那时已经病得奄奄一息，曾准备在村里举行分田宴会时吃掉的大大。结果阿土都要了。

大大那时得的是急性肺炎。为了给大大治病，阿土把村里、乡里以及县里的兽医都请了，光药费就花了二百多元。在阿土的精心调养下，只几个月的时间，大大已经又肥又壮了。第二年开春，大大已经能够拉着铁犁耕地了。

大大是一头很能吃苦耐劳的牛。大大耕地时，如果不是阿土想休息，它总是一声不吭地往前走。有几次，阿土忘了时间，只一个劲地催大大耕田，等到哑妹送饭来，走到田埂上向阿土打手势，示意阿土已经吃饭了时，阿土才把犁收拾好，让大大上岸。大大一上岸，便双脚跪倒在地，口吐白沫。阿土知道，大大这都是累的。每当这时，阿土总免不了要伤心一场，后悔一场。

第一年，阿土承包的这几亩责任田便得到了好收成。这几亩田在吃大锅饭时，有好年都是颗粒无收的。卖了谷后，有了收入，阿土立即给哑妹到供销社买了一件花的确良衬衫，慰劳了自己的闺女；又找粮站那个胖子主任批了一百斤碎米，好好地慰劳了大大一番。而他自己，只是在供销社买了满满的一塑料瓶劣级高浓度酒。

第二年，油菜花开的时候，山下来了个养蜜蜂的小伙子。小伙子叫张小山，是从外地养蜂一路养到这儿来的。张小山人长得粗壮结实，为人也很厚道。

小山到来后，总喜欢有事没事到山上来跟阿土聊聊天，有时也帮阿土干点活。

起初，小山一来，哑妹就躲开了。后来，小山来的次数多了，哑妹才敢在小山与阿土谈话时，搬条凳子，远远地坐着，而小山在与阿土讲话时，则总喜欢悄悄拿眼睛往哑妹那边张望。再后来，哑妹越坐越近，张小山便也故意找话与哑妹说。张小山与哑妹谈话时，哑妹的脸总是红红的，害羞极了。小山来的次数多了，哑妹才渐渐大胆起来。哑妹虽不能说话，但对小山说的话她都是能够听懂的。有时，小山也跟哑妹开几句玩笑，哑妹便会红着脸在小山的背上捶一下，然后，又远远地走开。

哑妹毕竟是一个已经成熟了的女孩子。不知不觉中，哑妹对小山也产生了一种特殊的感情。一见到小山，哑妹的心就会像有小鹿乱撞般怦怦直跳。如果有几天没有看到小山的身影，哑妹便会站在山岭的大石上，俯首山下，寻找张小山的身影。

对于哑妹的这种感情变化，张小山当然是心知肚明的。说真的，哑妹的秀美，聪明一开始就打动了小山的心。后来，在频繁的接触中，小山更加明白自己已经离不开哑妹了。只是，小山认为哑妹太纯洁，他怕万一不慎，伤害了哑妹的自尊心。

阿土当然也敏锐地觉察到了张小山内心的小九九，也敏锐地看出了哑妹内心的变化，他更知道张小山和哑妹的这种感情变化最终的结果是什么？结果无非两种：一种是张小山留下来，在这荒山野岭中陪伴哑妹和他，不走了；还有一种就是张小山带着哑妹远走高飞。他曾经有意识试探过张小山。问他是否愿意长期留在这荒山野岭中做个养蜂人，张小山几乎没有思考，就给予了否定的回答。那么，剩下的就只有唯一的一种结果了，即张小山与哑妹一直好下去，直至把哑妹带走。

一想到哑妹将离开他而远走高飞，阿土的心总是感到莫名的酸痛。无数个夜晚，待哑妹熟睡后，他总会呆呆地看着哑妹的睡容，让浑浊的泪伴着浓酽的酒一起吞进肚子里去。

唉，要是哑妹能够永远留在他身边，照顾他，帮扶他那该多好啊！一个六十多岁的老人了，虽说身体还硬朗，但毕竟有许多地方自己难以料理了呀。然而，理智又告诉阿土，这件事情他是不能也不应该阻挡的。一者哑妹已到了谈婚论嫁的年龄，他这个做父亲的有义务给她寻个婆家；另一方面，阿土在跟小山交谈中知道小山是一个独生子，父亲已经逝世，母亲也有六十多岁，比较起自己来说，阿土觉得小山的母亲更需要有人照顾。

夏天到了，油菜花、山茶花都已凋谢，小山又要把蜂搬到另一个地方去。

终于到了张小山跟阿土摊牌的时候。

那天蒋小山早早地就过来了。小山红着脸说："阿土伯，我和哑妹已经……已经好上了。"小山说罢，看了哑妹一眼。哑妹低着头搓弄自己的衣角，她瞟了小山一眼，意思是叫小山继续说下去。

阿土知道他早已预料到会到来的那一天终于来了。

"阿土伯，我已经考虑好了，我和哑妹结婚后，哑妹仍留在这里，以便照顾您。"小山接着说。

出乎小山和哑妹的意料，阿土听了小山的话慈祥地笑了笑，在小山的头上抚摸了几下，说："孩子，我同意你和哑妹结婚，你对我的关心我也心领了，但你家母亲也年老了，同样需要照顾呀。你把哑妹带去，只要你待她好，我也就放心了……"阿土说着，眼中已经渗出了泪水，他再也说不下去了。

哑妹一听阿土的话，一下子扑到阿土的脚下，眼泪豆粒似的一滴接着一滴往下流。哑妹一边哭着一边打着手势，阿土明白，那手势的意思是："爹，让哑妹留下吧。"

"让哑妹留下吧。"蒋小山也禁不住抽泣着说。

小山和哑妹毕竟拗不过阿土，最后还是离开了阿土。

在他们离开那天，阿土拿出余下的二百元钱交给哑妹。临别的时候，小山和哑妹都是眼泪汪汪的，而阿土却没有流泪，阿土装出一副高兴的样子，目送他们走了很远、很远……

可是，一回到山上，阿土却抱住大大痛哭了一场。

“大大，你不会离开我吧，你永远不要离开我！”阿土喃喃地对大大说。大大似乎很懂得主人的苦衷，它用脖子在阿土的手臂中轻轻地摩擦，无声地安慰这个孤独的老人。

回想着往事，阿土更觉对不起大大。尽管脚上的疼痛一阵紧似一阵，但他还是加快了脚步。快进村时，阿土又被一块大石头绊了一跤，右额上立刻起了一个疙瘩，阿土摸摸，没当回事。

四

阿土东歪西倒地走到村里兽医根二老汉的家时，已经精疲力竭了。根二只比阿土小两岁，自小就是阿土的好朋友。阿土的情形，使正在吃饭的根二一家都大吃一惊。然而，不等根二问话，阿土已经气喘吁吁地说开了：“根二……二叔，嗨，我……我的牛病了。”

“病重么？”根二忙叫儿子给阿土倒了一杯茶，然后问。

“我也不知道重不重，反正起不来了。”阿土急急地答道。

“什么时候病的呢？”根二又问。

“昨天晚上。”

“它是怎么病的呢？”

“是这样……”阿土一五一十地把昨晚发生的事情说了一遍，末了，还不忘补上一句：“我该死，是我打了大大啊。”

“唔，你怎么能出手那么重，只怕是伤了内脏了吧。”根二想了想说。

“噫，伤了内脏，那你可更要赶快去给它治呀。”阿土说罢，腾地从椅子上站了起来，拉起根二就想往外走。

没吃早饭又走了这么远的路，加上脚上的伤痛，阿土一站起，便觉两眼发黑，脚沉重得根本无法迈动。就在阿土快要摔倒的时候，根二见势一把将他扶住了。

“阿土，你自己也病了，先在我床上休息一下再说吧。”根二拉住阿土的手说。

“没……没关系，我只是把脚扭了一下，还是先上山上看看大大吧。”阿土坚持要走。

“要走我先去，你必须躺会儿。”根二不容阿土回驳，大声地说。

阿土还想反对，被根二制止了，接着根二又叫来儿子，硬是把阿土按到床上去了。根二拿了点药吩咐阿土吃下，又招呼老婆给阿土冲几个鸡蛋，就自己提着药箱出去了。

吃了药和根二老婆给冲的四个鸡蛋，阿土的精神比先前强多了，他又要马上上山去。根二老婆没有办法，只得吩咐儿子搀扶他一起上去。

根二正在给大大注射，大大见阿土来了，伸了伸脖子，算是对阿土的谢意。

“你不生我的气了，我知道你不会生我的气，我们和解了，好了，今后我们和好地过日子罢。”阿土蹲下来，轻轻拍着大大的脖子说。

根二注射后，收拾药具，走出了牛栏，阿土也忙跟了去。

“根二，现在你看到了，它的病到底重不重？”回到阿土的小屋里，阿土第一句话就问。

“阿土，我实话跟你说，它的情况很重。”

“啊，很严重？它到底是伤得很严重还是病得很严重？”阿土急切地问。

“它是伤病兼有，伤是伤在背上，这到并不严重。只是，天气寒冷，它的肺炎又犯了，这才是严重的。”

阿土知道大大到他手上来之前就有肺炎，听根二这么说，心里对大大的愧意稍微少了一点，但还是不放心：“那……我不打它，它的肺炎会犯吗？”

“从它现在的病来看，应该跟你的打没有关系。它那晚从牛栏中出去，又跑到麦田里去偷吃麦子，应该就是心里很不好受，心里狂躁才会那样。”

“唉，根二呀，大大可是我的命根子呀。它病得这么重，还……还能不能活呀？”阿土听根二说出大大病情的严重性后，好久才回过神来。

“难！”根二犹豫了一下，还是吐出了这个词。

“要是大大不能活了，我怎么办呢，我怎么活哟。”阿土当着根二的面哭了起来。

“我只能尽量想办法。”根二握着阿土的手，亲切地安慰他。

五

大大一天天瘦下去，阿土的心也一天天变得沉重起来，阿土也瘦了。

根二每天都要到山上来一次。

村子里的人知道情况之后，对阿土也很关心，村长作出决定，给大大治病的药费全部由村委会负责。根二每次到山上来，总有些人搭些鸡蛋来给阿土补身子，但阿土舍不得吃，把这些鸡蛋拌到牛药里，一口一口地喂到大大的肚子里。

知道大大可能会不行了，也有人开始打牛的主意。有一天，邻村的一个做牛肉生意的人来到山上，那人假惺惺地恭维了阿土一番之后，便露出了真面目。

“阿土，我看你这牛迟早也活不成了，还不如趁活着卖给我吧。”那人一边说着，递过来一根带嘴的郴州烟。

“你怎么知道我的牛活不成了，不许你乱说。”阿土抬高声音，生气地说。

“嘿嘿，阿土伯，您也别生气嘛，又不是我一个人说你的牛活不成了，就连根二也是这样说呢。”那人一点儿也不生气，看了看阿土那用茅草盖成的屋顶，又接着说：“我出六百元钱，有六百元钱，你这小茅屋也可以完全换成瓦房了。”

一听这话，阿土火冒三丈，厉声吼了起来：“出六千我也不卖，你给我滚，滚！”阿土的拳头捏出了火，只差没有打下去。

那人见势不妙，跑了。

然而，不管阿土是如何希望大大活下来，大大还是死了。

大大是死在阿土的怀抱里。

那天清晨，阿土又搞了几个鸡蛋，并且把前一天村长到山上来时，亲自送给他的一包白糖也放了一大半，用药拌好后来到牛栏。

大大正在大口大口地喘着粗气，听到阿土的脚步声，才很艰难地睁开眼睛。

“大大！大大！”阿土走过去，抱住大大的头。

“大大，你吃点药罢，今天我又给你搞了几个鸡蛋，还放了糖呢。”阿土又撬开大大的嘴去喂药。

药一口也没喂进去，流了一地。

大大无力地看着阿土，眼泪就慢慢地流了出来。

也许是有好多话想给阿土说，大大用尽全身力气，“哞呀、哞呀”地叫了两声，可是只叫了两声，大大就无力再叫下去了。

大大开始大口地喘息起来。阿土慌了，把大大的脑袋抱到自己的怀里。

大大的喘息声由粗变细，继而很微弱了。

“大大，你要好好的活着呀，你一定要好好的活着呀。”阿土连声地呼唤着大大。

大大听到了阿土的呼唤，又吃力地将眼睛睁开。可是大大太虚弱了，它的眼睛刚刚睁开一点点，又合上了。

慢慢地、慢慢地，大大的眼睛全合上了，再也睁不开了。

“人大！大大！”阿土大声地呼喊起来。

在主人的呼喊中，大大的眼睛又吃力地睁开过一次，最后看了一眼与它朝夕与共十多年之久的主人，就永远地、不舍地闭上了。

大大的眼角有两滴水珠，是泪。

“大大，你真的死了，你真的丢下我走了吗？是我在你病了还打了你呀！我好狠哟！大大，你会怪我吗？你跟我十年了，你为我一年又一年地耕地，从不叫苦，没有你我怎么能够在这山地上收获这么多的粮食呀！而我却仅仅因为你糟蹋了我一小块麦子就那么狠地打你……打你。呜……呜……呜，我太没良心了，我也该死，该死……”阿土哭诉着。

四周无人，阿土的哭诉显得异常的凄凉。

阿土跪下来，颤巍巍地跪在这个为他拖了十多年铁犁的老伙计身旁，用力捶打自己的脑袋伤心地哭泣，一边哭还一边忏悔自己的罪过。

等到根二照例到山上来给牛看病时，阿土因哭得太久，已经昏睡在大大的身旁。根二把阿土抱到床上，倒了一杯开水给他喝下，阿土这才慢慢醒来。

阿土一醒来，见到根二又哭了起来。

“阿土，你用不着这么伤心呀！大大已经死了不能再生，你再买一头牛就是了。”根二继续说：“大大的死又不是因为你打了它，就算不打它，它也会病，也会老死的呀。”

“根二，你不了解，我和大大的感情太深了，太深了。”阿土喃喃地说。

“阿土，我看趁着牛刚死，抬下山去，换点钱吧！”根二开始帮阿土料理大大的事。

“怎么，你也想把我的大大来换钱，我阿土是那么贪钱的人么？”一听根二的话，阿土又莫名其妙地发起火来，眼睛红红的。

根二知道自己说错了话，不再做声。

很快，阿土发觉自己这样对待根二是不应该的，又换了一种商量的口吻：“根二，我心里难过，你别生气。我实在是对不起大大，我想好了，我要把它安葬在这个山岭上，让它永远伴着我。”

“真的这样？这……这有必要吗？”根二睁大眼睛凝视了阿土片刻。

从阿土的眼神里，他知道阿土这个决定是不会变更的。

这天下午，根二的儿子和村子里另外几个青年来到山上，按照阿土的意思，在离阿土的那栋小屋不远的地方挖了个坑，把大大埋了下去。

人们散去后，阿土依然在埋牛的地方坐着，一直到天黑。

回去后，阿土一口气喝了三大碗米酒，什么也不知道，醉醺醺地和衣躺到床上去了……

六

第二天早晨，阿土一醒来，就又到大大的坟上去了，可是，他一看，惊呆了——

大大的坟墓已被挖开，地上零乱地散布着一些牛骨头，牛肉则被人盗走了。

“大大，你的命真苦哇！”阿土说着，那只已经溃烂的脚一颤抖，一头栽倒在地。

“唉，这一切都怪我，我昨晚怎么睡那么死呢，我为什么要喝那三碗米酒呢……”阿土又一个劲地自责起来。

阿土从地上捡起几块骨头，用手把上面的灰尘仔细擦掉，用衣兜好，拖着那只烂脚回到他的小屋。

回到小屋后，阿土又找来一块红布，把牛骨头用布包好，放在自己的枕边。

阿土的脚不能下地了，根二说要陪他到县城去治，他不肯。根二只好给他到县城抓了几副药，他也不肯吃。村里专门安排根二的儿子到山上来照顾阿土，也被他轰了下去。

阿土变成了一个脾气古怪的人。村长虽然每天都派人把饭送上山来，但阿土尝也不尝，他只疯狂地喝酒，喝醉了睡，醒来又喝。

除了偶尔跟根二讲几句话外，任何人来看阿土，他都只是傻乎乎地看着，如果有谁提到牛字，他就流泪。

阿土终于跟着大大一起去了，那是大大死后的第十五天。

遵照阿土的遗嘱，村子里决定把阿土葬在山上。

按照当地的风俗习惯，上了年纪的人死后，必须有一个人给他做孝子，才能保证他来世的平安。可是，哑妹离得远，一时找不到，正在大家伤脑筋的时候，村子里有一个青年主动承担了这一义务。

那个埋牛的土坑被重新挖过一次，阿土从地上捡来的那几根牛骨依然用布包好，放在阿土的枕边。

如果动物死后，真的有个灵魂的话，阿土便永远跟他的大大在一起了。

阿土安葬好后，那个自愿替阿土当孝子的青年又主动承包了山上的十亩地，并在阿土的坟上竖了一块很高的石碑。

这青年是谁?

他就是那晚受了邻村的那个牛肉贩子的怂恿，合伙盗走了牛肉的人。阿土的死，使他的良心受到了极大的震颤……

男人的约会

这是一个月黑风高、寒气逼人的冬夜，傲气十足的省城在经历了白天的喧嚣之后，又开始了夜晚的诱惑。高层建筑那一闪一闪的指示灯、宾馆、商场那五颜六色的霓虹灯、公路、立交桥上那形状各异的引路灯无不闪烁着诱惑的光。不管风有多大、天有多冷，这座城市始终是一种自我陶醉的样子，诱惑着这座城市以外的许许多多的人。

这座城市以外的人看这座城市之内的人，似乎他们真的个个幸福，没有烦恼、没有痛苦。其实，只有真真切切生活在这座城市的人才知道他们也有苦恼，有时，这种苦恼还很深很沉。

今夜，当这座城市又披上眩目的但又多少有些虚伪的夜的色彩之后，有三个男人正分乘三辆的士向同一个目标行进，他们分别是甲、乙和丙。

他们三人就是因这座城市的诱惑而来，现在又深深苦恼着的人。今夜，他们相约而来，没有别的目的，就是为了一吐心中之苦。

甲、乙、丙三人于三十五年前的同一个月生于某县同一偏僻之乡，他们同上一所小学，同上一所中学，后来又同时考入三所不同的大学。大学毕业后，三人抱着为家乡作贡献的同一个愿望，分别回到了本县三个不同的单位。甲大学学的是政教专业，先分在县政府办当干事。工作之后，他对基层工作表现了浓厚的兴趣，两年之后就申请到一穷乡工作。甲虽名牌大学毕业，但全然没有学究之气，在乡里一年起码有三百天在农村奔跑，还常戴草帽，打赤脚与农民一同劳作于田间地头，因而深得农民喜爱，干了两年即被提为副乡长，又一年即被提为乡党委书记，再两年之后，甲被破格提为县委常委宣传部长，成了全县乃至全市引人注目的人物。乙大学学的是中文专业，在大学时即有作品发表，回县后，分配在县文化局工作。乙淡泊名利，一心创作，连年佳作迭出，常有作品在市报发表，在省级、中央级报刊也偶有文章露面，在县里也算是个名人了。乙在甲提为县委常委的前一年就提为县文化局副局长。丙大学学的是商业管理，先分配在县财委工作，按常人的作法，丙完全可以在县财委按部就班，等着论资排辈一步步往上提。但丙在县财委只工作了一年就主动要求到县商业局工作。丙从业务股副股长干起，不久就当了股长。后来县商业局改为商业总公司，县委、县政府对公司总经理进行公开选拔，丙踊跃报名，过关斩将，终于以二十六岁的年纪当上了总公司的总经理。

甲、乙、丙三人走上不同的领导岗位之后，仍相互勉励、共同奋发，在各自的岗位上均有建树。县级、市级、省级乃至中央级的新闻单位对甲、乙、丙三人的事迹均有报道。人们对甲、乙、丙三人的前程十分看好，认为他们是全县的骄傲。

然而，甲、乙、丙三人在人们的注目中，却从某县悄然隐退，先后都调入了省城。最先办理调动手续的是丙，丙在担任县商业总公司总经理不久，即被省城一家商场的老总看中，调去当了一个部门经理。丙的调动曾受到甲和乙的共同劝阻，但丙没有听他们的劝阻，第一个到了省城。果然，丙到省城之后不久，甲与乙的信念就有所动摇，也陆续调入省城，甲在省委宣传部当了一名副处级干部，乙在一家省直机关办的杂志社当了一名编辑。甲、乙、丙三人到省城工作后，他们的老婆、孩子也都随迁到了省城。三个女人倒还是满足，可是，三个男人却不知怎的，各自都染上了深深的烦恼。甲、乙、丙三人最初在省城聚齐时，几乎每个礼拜要相会一次；后来变成了半个月、一个月；再后来就一个月也难得见一次面了。三人见面时，起初是互道祝贺，然后是互道工作中的趣事，再后来，见了面竟没有多少话说了。但即使见面少，他们都知道各自活得并不轻松。

甲、乙、丙又有近一年没有见面了。今晚的这次见面最初是甲发出邀约的。甲先打电话给乙，对乙说："乙，我闷得慌，你今晚有时间吗，我们好好聊聊。"乙一听到甲的电话，忙说："甲，你怎么回事嘛，这么久了也不跟我联络，我比你闷得还慌，你不打电话给我，我还准备打电话给你呢。这样吧，今夜我们把丙也叫上，我们谁也别带老婆，咱们三个男人好好聊聊，喝它个痛快。""行，丙由你通知，咱们也潇洒它一次，多带些钱，晚上八点在华立宾馆大堂集合，不见不散。"甲对乙说。

华立宾馆是省城一家三星级宾馆，他们曾在那里聚会过。晚上七点半，甲、乙、丙三人分别告诉自己的老婆，说今晚他们三人要聚一起谈些事，就分别打的往华立宾馆赶。八点钟，甲、乙、丙在富丽堂皇的华立宾馆的大堂集合了。丙毕竟是搞企业的，会合后就说："咱们到二楼咖啡厅去"，甲、乙立即响应。他们在二楼的咖啡厅要了一个小包厢。乙说："今晚咱们喝他个一醉方休，拿酒来。"说罢，就要小姐拿来几瓶高档葡萄酒。

"咱们三人虽是同年同月出生，但最先来到人间的是我，最先来到这省城的也是我，你们倒好，坐的坐大机关、当的当大作家，连电话也不给我这个做生意的人打了。"三杯酒下肚，又是丙最先一个打开话闸，"你们知道吧，我虽比你们先来到这省城，但我并不愉快，调我过来的那位老总在你们刚调省城来不久就因经济问题判刑了，我是他调过来的，虽没有经济问题，但新来的老总对我另眼相看，部门经理也当不成了。你们知道我现在干什么吗？监事会副主任，我监个屁，再监连这个饭碗也没有了。你们来省城三年了，我不好跟你们说，你们也还一直以为我在当部门经理，实际上这三年我都是在混日子。"

"丙，你比我们大了几天，就在我们面前充什么大，你不好过，我们好过吗？当初，你要到省城我们劝你不要来，结果倒好，你来了把我们两人也都拉过来了。我们到这里来干什么，这些不到一个月就看烦了。我们来是来寻找更大的发展。你说你混了几年了，我同样混了几年吗？在县城，我每年还可以拿出几部作品，可到省城之后，我有作品吗？有，但那都是些应景之作，我自己看了都羞。”乙经丙的话一挑逗，话便忍不住象流水般倾泻而下。

“你写不出东西，终归还是一个省直机关刊物的编辑，把那名片一拿出来，终归还可以吓唬几个人。我呢，我一个企业的监事会副主任，名片都懒得印，印了也不好意思拿给别人，谁买我的账呀。”

今晚的聚会是甲首先发起邀约的，直接原因是甲在工作上遇到了瓶颈。甲已在省委宣传部当了三年的副处级干事，一直渴望能获得晋升，却始终未能如愿，每天的工作状态也让他感到迷茫，心里怎能不急。甲不满三十岁时，在县里就被人恭敬地称为甲部长或老甲了，而现在三十五岁了，却反而被宣传部的大多数人称为小甲，甲能不苦恼吗？甲也是实在愁思难展，才给乙打电话的。然而，今晚当甲真正赶到这个三星级宾馆的咖啡厅时，又有些后悔了。大家活得都不愉快，干吗还要把自己的痛苦传给别人呢，因此，在乙跟丙舌战开始之后，甲仍闷着头喝酒。可是，乙有意把话题往甲身上引时，甲也忍不住说话了。

“曾经沧海难为水，除却巫山不是云。我总是渴望着能有一番事业。可现在，已经空活了三年。现在我已经三十五了，跟我一批的都得到了发展，可我呢？只要稍微有点想法，就困难重重。”乙的引导终于打开了甲的话闸，甲的真诚和坦率令乙和丙都大吃一惊。

“甲，我理解你，我知道你现在的不容易。”乙被甲的真诚和坦率打动了，转而安慰甲。

“唉，怪只怪我当初不该怂你们离开，而选择这个外表诱惑人，进来了之后，才知道实则折磨人的省城。”丙刚才还跟乙斗嘴，现在也转而自责起来。

“这也不能怪你，我们也是自己的选择。”乙见丙自责，也为自己刚才的出语粗气不好意思起来。

“对，是我们自己的选择，才有今日之烦恼。可是我们又为什么这样选择呢？”甲听了乙说的话之后，随之提出问题。

甲、乙、丙围绕这个问题又激烈地争论起来，足足争论了半个多小时，也没有争出个胜负来。但争着争着，有一点倒是明晰了，那就是他们都感到这省城象钱钟书先生笔下的围城，充满争斗、空虚与欺诈。远不如县城，小是小了点，但充满了温馨和事业的成就感。围城中的人摆脱困境的最好办法就是走出围城，于是，他们议论起另一个话题来。

“我说甲、丙呀，既然我们都意识到目前这步棋错了，我们都感到在这省城事业反而难以实现，而事业又恰恰是男子汉的生命，为什么我们不想办法改变这种处境呢？我看，与其在这省城不死不活地过着，不如咱哥们重新杀回县城。”乙思维跳跃极大，想到哪说到哪。

“重新杀回县城？这倒也是一条路子，但这条路，你们走得，我却走不得。重新杀回县城，甲，你可以继续发展；乙，你是小有名气的作家，也不愁没人要你。可我呢，我是一个做生意的，还有老总给我当吗？不可能了。不当老总，我自己去做生意吗？我到省城五年了，除前两年当部门经理，完成任务提了点奖金之外，这几年也就是几百块钱一个月，就是当个体户也缺钱啊。再说，与其到县城去做个体户、丢面子，我又还不如在省城摆摊子，毕竟认识的人还不多。”丙听了乙的建议后，立即道出了自己的心思。可见乙的这个想法，丙也不是没有思考过。

“丙，你说错了，我们也没有这么容易的。就说我吧，回去面临很多问题。一旦回去，很多东西也将不复存在了。唉，我们现在是进亦难、退亦难啊！”甲重重地叹了口气，将杯中之酒一饮而尽。

“是的，回去确实有许多的问题。不说你们俩，就是我回去也不那么容易了。首先是我要回去，同样面临着一个重新找工作的问题；其次，我不到省城混还好，现在到省城混了这么几年，文学圈子里的人也都熟了，人家知道我乙是在省城混不下又打道回府了，人家还会发表我的东西吗？唉，我也回不得。”乙接过甲的话，说完同样是一声长叹。除了喝尽自己杯中的酒之外，又将丙杯中剩下的半杯酒也一饮而尽。显然，甲、乙、丙三人都有些醉意了。

“喂，我说哥们，我们为什么尽说些不开心的事，难道我们到省城来就没有一点愉快的事么？比如被哪个小姐看中，这方面，你们两个肯定有文章，快快招来。”乙巧妙地转移话题。

“我先招供吧！”丙说，“我刚到商场当部门经理时，也有几个娘们对我表达了那个意思。但那时我老婆刚来，管得紧，我有贼心无贼胆。可一转眼，我的部门经理没有了，再去看那些娘们，唉，一个个没事儿的。如果我多看她们，她们反倒我赚了她们什么似的不高兴。妈的，都是些……”丙先接过了乙的这个话题，说着说着，又生起气来。

“乙，你是知道我的为人的。有的人说现在有些人五毒俱全，可我一毒也没有。”甲说。

“怎么，你们都没有，那我告诉你们吧，我有。不过，那是我看上别人，是我对别人送秋波，别人并没有对有什么表示。”乙故弄玄虚。

“没出息，丢男子汉的脸”，甲和丙几乎同时叫了出来。

“喝，我们喝，今朝有酒今朝醉，明日愁事明日忧。”乙又端起自己的酒杯，并给甲和丙分别斟满了酒。

“嗨，哥们，我们怎么了？怎么都多愁善感了，我们还是男子汉吗？从外地到省城来的成千上万，谁都有本难念的经，我们为什么要自寻烦恼。你看那街上捡破烂都哼着小调，我们怎么了？我们还有着单位，有工资发，就说丙吧，你虽只当了个监事会副主任，但你毕竟也有单位、有工资发呀。就是你们商场不也有很多人待业了么？我们不能这么过了，再也不能这么过了。”酒精的作用使乙的情绪又亢奋起来。

“对，我们为什么要想不通，我们不是都很好吗？我在省委大院工作还想不通，那些为工作努力打拼却仍艰难生活的人怎么想得通？我有什么不满足的？我的痛苦是因为我太贪了。”甲狠狠地批评起自己，转而针对乙说：“乙，你又有什么不满足的，你不就是凭着几篇文章在县里有了成绩，继而调到省城的吗？有的人写了一辈子文章，连一篇都发不出来的；还有的人发的文章比你多得多，却仍在为生活奔波。你到了省城，当了一个省直单位杂志社的编辑，天天有工资养着你，写不出东西倒来怨天忧人了。是你自己到省城之后就没有以前那么勤奋了嘛。”甲数落乙一番，自然也不会放过丙，“丙，你最没有资格说泄气话的，是谁最先到省城来的，是你；是谁再三劝说我们到省城来的，也是你。你当初在县商业局不也是只当了个业务股副股长，坐冷板凳么，当初你怎么不怨天忧人，怎么那么发奋，敢于公开参加县商业总公司的总经理选拔。现在你还有个监事会副主任的位子，同样退可以守，进可以攻嘛。退一步来说，即使现在的老总卡你，现在天天有单位招聘人才，你为什么不敢去试？”

“甲，你说得对，我们都是懦夫，我们都是混帐。可是，甲，你别忘了，今天可是你最先发出邀约的呀，是你说闷得慌打电话给我，我再打电话给丙的呀。我们是懦夫、是混帐，你也好不了多少。”乙听完了甲的数落，没有生气，但言语中却同样充满揶揄。

“哈哈哈……对，你骂得好，我也是懦夫、也是混帐，来为我们都是懦夫和混帐干……干杯。”甲并不计较乙言语中的揶揄，端起了自己的酒杯。

“好，为懦夫和混帐还有野心家干杯。”甲、乙、丙三人同时喊了起来，酒杯中的酒碰得四处迸溅。

“我们这是何苦呢？我们这是何苦呢？甲、丙你们都别掩饰了，我知道你们心里都很苦……。”多愁善感的乙碰了杯之后，突然嚎啕大哭起来。

“是啊，是啊，我们这是何苦呢，我们这是何苦呢？”刚才还情绪激昂的甲、丙，经乙这么一折腾，情绪又一落千丈。他们没有劝说乙，而是喃喃地重复着乙的这句话，眼中也溢出了泪水。

“不，我们不能哭了，我们还是男子汉吗，我们要笑，哈……哈……哈……”乙突然由痛哭流涕变为破涕而笑。

“我想起了我的一个亲戚，他仅仅高中毕业就没读书了，现在却是一个拥有数千万元资产的富翁了。早不久，我还跟他见了面，我说，你只有高中毕业的水平，而我有正规大学本科文凭，你毕业之后基本上不看书，我毕业之后天天啃书本，为什么你倒成了近千万元的富翁，而我却所有家产加起来不足十万元。他说：我们两人的根本区别在你拥有高学历，却总在想方设法改造世界；我没有高学历，我只有想方设法利用世界。你是理想主义，我是现实主义。理想主义很崇高，但不实惠；现实主义很实惠，但不崇高。那天，我那位亲戚说出这些话之后，我无言以对。现在我想，我那位亲戚的话也许是对的。我们三人确实都有一种强烈的改造世界的愿望。我们怎么就不能也去利用一下世界呢？”乙突然又象个哲人似的说。

“对，对，乙，你的话提醒了我，我们要去利用这个世界。”丙首先赞同乙的观点。

“甲，你说我的观点对不对？”见丙已经表态，而甲仍不言语，乙又问甲。其实，刚才乙侃侃而谈时，甲一直是在听着的。想起自己的一些同事每天跟自己过着同样的生活，却快快乐乐的；想起单位有些人明显比自己能力差，但因跟领导关系好，每次提拔总是优先考虑，甲觉得乙说的有一些道理。但他又不敢完全苟同，总觉得如果人人都只想着去利用这个世界，那么，这个世界就会变成唐僧肉了，就会毫无生气了。见乙在催问自己，甲忙掩饰：“有一定道理，有一定道理。”

“好，只要我们都改变了自己的世界观，我就不相信我们会在这省城混不下去。前途是光明的，道路是曲折的。来，为我们美好的前程干杯。”乙已经完全坠入了自己的幻想之中，学着那位伟人的口吻，高高地举起了酒杯。

“来，为我们的美好前程干杯，我们再也不要干些庸人自扰的傻事了，我们要利用这个世界，要好好地利用这个世界。”丙将酒杯与乙碰得“叮当”一响。“但愿吧，但愿我们的生活美好起来。”甲显得比乙和丙都平静多了。

“既然没有什么事烦恼了，既然要充分利用这个世界，我们今晚就要玩它个痛快。”

转眼到了十二点，尽管他们还兴犹未尽，但包厢预订时间已到。甲付了包厢费，然后三人相互搀扶着摇摇晃晃地走出了包厢。

三人搀扶着来到大堂。正好大堂副理到省委办事时见过甲，见甲、乙、丙三人醉成了这样，便劝说三人在宾馆开间三人房住下来算了。“行，住下就……就住下，正好，我买单。”丙对自己今天没有用钱仍心感不安，听大堂副理说要安排他们住下，忙说。大堂副理很快为他们办理了住房手续，并亲自护送他们到了房间。

到了房间之后，三人倒头便睡，但第二天天不亮三人又都醒来了。醒来一说话，自然首先谈起的是昨晚的情况，三人不禁都吓出了一身冷汗，直呼好险！好险！三人在完全清醒的情况下，对昨天的讨论又进行了一番回味，尤其是对昨日乙所提出来的改造世界与利用世界进行了一番反思，最后形成的一致意见是既要改造世界也要利用世界。三人都认为从县城到省城之所以会有如此强烈的不适，关键是在于各自的心态没有调整好。为此，三人还制定了今后工作与生活的三条共同准则：一、忘记过去，重新开始；二、自身努力，增加本领；三、宽宏大量，笑对人生。三人还重重地拍掌，以示要严格按照三条准则办事。在确定了这三条的同时，他们还附加了一条，即每个月必须约会一次，约会的牵头人乙和丙都公推甲。乙说：“甲，我们的老常委，我们都会忠实地接受你的领导，让你也过过官瘾吧。”甲在乙的肩上重重地擂了一拳：“你小子也别太小看人了，等着瞧吧，不久的将来，我老甲将重创辉煌。”“好，那我们拭目以待。”乙与丙同时说。

当洒水车放着“咪咪咪……咪嗦哆来咪……”好听的音乐在大街上奔忙之时，甲、乙、丙三人已悄然起身，由丙在服务台结好账之后，就走出了华立宾馆。这个城市的绝大多数人还在梦中，他们对于昨晚甲、乙、丙的一切自然毫无所知。然而，甲、乙、丙三人却感到离开华立宾馆时，踏上的是一条新的人生之路。他们分乘三辆的士向他们各自的家走去。上午八时，甲、乙、丙三人准时出现在各自的办公室。省城的白天一切如旧，依然喧嚣而又繁忙，依然傲气十足。

两个女人一粒沙

男人姓金，年届五十，执掌着一家千余人规模的公司，身为董事长。金先生的妻子是中学教师，儿子正读大三。可以说，金先生是个成功男人。

然而，成功男人往往也有成功后的烦恼，金先生亦不例外。

金先生与妻子既是同学，又是同乡。二十岁那年，他与小一岁的妻子同时考入省城师范学校，入学不久便坠入爱河，随后结婚，一同被分配到金先生老家所在县城教书。二人的爱情一帆风顺，仿佛妻子命中注定就是他的良配。金先生教了十年书，心生厌倦，便办理停薪留职投身商海。历经十多年打拼，事业才渐有起色。经商期间，妻子独自带着儿子住在学校破旧的房子里，吃尽苦头。直到金先生事业有成，才将妻儿接到省城，还帮忙把妻子调入省城一所中学。

论外貌，金先生妻子远胜过他；论贤惠，更是百里挑一。妻子一心相夫教子，从不插手金先生公司事务。妻子的付出，让金先生满怀感激，事业有成后，他对妻子不离不弃，恩爱多年。但金先生终究只是凡人，并非圣人，难以抵御男人常犯的错误。他的贸易公司美女如云，起初金先生视她们如浮云，不为所动。去年，他招聘了一位仅比儿子大三岁的大学毕业生做秘书。这秘书不仅容貌出众，还善解人意，年纪轻轻就将金先生的日常应酬打理得井井有条。金先生对她好感渐生，久而久之情愫暗生。一次出差应酬后，借着酒劲，金先生与女秘书发生了关系。事后，金先生羞愧不已，女秘书却若无其事。

从此，金先生的人生发生了巨大转变。

有了第一次后，金先生与女秘书关系愈发亲密，很快便如胶似漆。一个月后，金先生竟为女秘书购置了两套房子。

尽管妻子对金先生与女秘书的事毫不知情，依旧如往常般恩爱，但金先生与女秘书相处久了，逐渐萌生离婚的念头。只是，他实在难以开口，便一拖再拖。

金先生开不了口，女秘书却毫无顾忌。得到房子后，她辞去公司工作，成为全职情人，俨然以女主人自居。她并不满足于两套房子，每次温存后，总会用水汪汪的大眼睛望着金先生说："你离了吧，我要你。"金先生心动，终于下定决心离婚。

然而，面对妻子时，金先生还是难以启齿。

此时，身为省城企业家协会副会长的金先生要去外地学校学习一个月，妻子贴心地为他准备了许多换洗衣物和常用药品。金先生嘴上感激，去了第二天就悄悄把女秘书接了过去。他借口住在朋友家，从学校搬到宾馆，夜夜与女秘书厮混，那段时间他仿佛找回了青春。

或许是过度放纵，或许是水土不服，学习半个月后，金先生左眼角突然长了个疮。起初他并未在意，没想到几天后，疮竟长到蚕豆大小，还散发着微微臭味。

女秘书似乎对气味格外敏感，金先生刚长疮那几天，她虽还与他温存，但头不与他相碰，嘴唇也避开眼角。随着疮愈发严重，女秘书不再与他亲密。金先生虽有些不满，可想到她只比儿子大三岁，便选择原谅。

学习临近结束，金先生决定带女秘书去离学校不远的海滩游玩。他带着相机，化身摄影师为女秘书拍照。就在按下快门的瞬间，一粒沙子吹进了金先生左眼。俗话说眼睛容不得沙子，金先生也不例外。沙子在眼睛里翻动，让他难受不已。他让女秘书帮忙吹出来，女秘书却支支吾吾不肯上前。金先生立刻明白，女秘书是嫌弃他眼角的疮和臭味。

尽管女秘书游兴正浓，金先生却没了兴致，当即带她返回酒店。

金先生眼睛难受，叫来酒店医师查看。医生找了半天也没发现沙子，无奈之下，让他回去找人帮忙吹吹。回到房间，金先生再次请求女秘书帮忙，女秘书依旧找借口推脱。金先生火冒三丈，说了几句重话，女秘书才不情愿地剥开他眼皮，吹了两下，满脸厌烦地离开，沙子依旧没出来。

金先生不好再强求，身处异地也不便发火，只能强装平静。但那一夜，他辗转难眠，与女秘书有了关系后，第一次对她心生不满。

沙子没出来，第二天一早，金先生左眼通红，只能戴上墨镜。尽管心中不满，回到省城后，他还是先送女秘书回住处，这才回家。

戴着墨镜的金先生一进门，就被妻子察觉异样。妻子摘下墨镜，满脸心疼。即便金先生眼角的疮散发着臭味，妻子也毫不嫌弃，让他躺好，对着左眼轻轻吹了起来。神奇的是，在眼睛里待了一天多的沙子，经妻子一吹，很快就出来了。随后，妻子又不顾臭味，帮他挤疮。疮破后，恶臭弥漫，妻子却没有丝毫犹豫，继续挤出脓汁。金先生眼睛顿时舒服许多，心中满是对妻子的感激，同时也被愧疚深深笼罩。

回家当晚，金先生彻夜未眠。

第二天一早，他去公司取了一笔钱，直奔女秘书住处。他把钱交给女秘书，要求她以后别再联系。女秘书起初不肯，见金先生态度坚决，又想到能得到一笔可观的钱，便答应了。金先生离开时，女秘书提出再温存一次，被他拒绝了。

几天后，女秘书卖掉房子，带着钱去了另一个大城市。

金先生从未向妻子坦白与女秘书的事，妻子也始终未过问。但他在心中暗暗发誓，今后绝不再花心，要一辈子对妻子好。

此后，金先生果然对妻子关怀备至。

“两个女人一粒沙”，金先生从心底感激那粒曾吹进眼中的沙子。

只是，被妻子吹出来后，那粒沙子不知飞到了何处，金先生对此不免有些遗憾。

朋　友

大林与小伟是一对好朋友，这是他们交往圈中大家公认的事实。两人同龄，毕业于省城同一所大学，大学时还住在同一间宿舍，那时的他们形影不离，无话不谈。毕业后，大林留在省城的大学任教，小伟则进入一家国营企业工作，那时他们都二十二岁。

十年过去，大林成为了教授，小伟脱离国营企业，当上了一家上市公司的副总。此时，他们三十二岁。按照常理，到了这个年纪，大多已结婚生子，享受天伦之乐，可大林和小伟在感情方面却都不太顺利。他们各自谈过不止一个对象，有的甚至发展到同居的地步，但一到谈婚论嫁，恋情便宣告结束。作为好朋友，大林和小伟经常聚餐，彼此的私生活也毫无保留，对方谈过几个对象、和谁交往过、有无亲密关系、为何分手，都一清二楚。

小伟所在的公司业务遍布全国，计划在外省一个偏僻县城开设分公司，作为主管业务的副总，他被派去筹建，为期一年。由于筹建工作繁杂，加上小伟事业心强，在省城又无其他亲戚，这一年他竟未曾回来过。而这一年，大林的生活发生了诸多变化。小伟去外地工作三个月后，大林经熟人介绍，认识了在中学教书的姑娘琴。大林很快坠入爱河，琴的美丽与高雅深深吸引了他。大林打电话告诉小伟，说自己与琴十分投缘，这次终于遇到了知音，还坦言与琴交往两个多月后便打算结婚。

小伟真心为大林感到高兴，叮嘱大林一定要等自己回来再办婚礼，他想为好友好好操办一番。然而，小伟还未归来，大林就接到学校公派，要去英国进修一年。这对大林来说是难得的机会，他去征求琴的意见，琴支持他前往。大林担心地问：“我这一去就是一年，你怎么办？”琴安慰道：“没事，我会照顾好自己。”大林承诺：“等我回来就结婚。”琴回应：“你放心去吧，我等你。”大林又打电话征求小伟的意见，小伟毫不犹豫地说：“大林，你去吧，这是个好机会。”大林拜托小伟帮忙照顾琴，小伟说：“你把我的号码告诉琴，要是她有急事可以找我。”虽说“朋友妻，不可戏”，但小伟深知对待大林的女友需谨慎。

大林前往英国后，小伟也在三个月后回到省城。尽管知道大林有了女友琴，且二人已到谈婚论嫁的阶段，但出于对朋友的忠诚，小伟回来后从未主动联系过琴。

大林在英国时常和小伟分享近况，他在爱情上的顺利让小伟内心产生了落差，感到空虚寂寞。于是，小伟开始沉迷上网，在大林去英国半年后，他在网上结识了女孩芸。芸自称与大林在同一座城市，是一家公司的文员。她文字功底深厚，情感细腻，总能说到小伟的心坎上，两人很快成为了网上好友。渐渐地，小伟对芸产生了依赖，一天不聊天就若有所失。小伟虽对芸的身份心存疑虑，但为了填补内心的空虚，选择相信她。聊天时，小伟也隐瞒了自己的真实身份和姓名，谎称自己叫杰，在一家广告公司工作，具体公司名称并未透露。

随着交流的深入，小伟试探着询问芸的感情状况，芸表示自己有过一段失败的恋情，现在很寂寞。小伟自然明白芸的暗示，也用暧昧挑逗的话语回应。最终，两人决定线下见面。小伟询问芸的电话号码，芸发来一个充值卡号码，小伟也回以自己很少使用的充值卡号码。

两人在宾馆见面后，对彼此的外貌都很满意，很快便发生了关系。此后，他们多次幽会，但始终没有透露过自己的真实身份。小伟将自己和芸的事情毫无保留地告诉了大林，还分享了其中的细节。大林听后大笑，说小伟手段高明，自己和琴相处时也用过类似的方法，有些还是琴教他的。

“嘿嘿，现在这些女人们表面上看起来羞答答的，其实一个比一个厉害。”大林说。

“呵呵，她们好像都经过了专门训练似的，套路都一致。”小伟附和道。

两人同时大笑起来。

大林结束英国的进修回国，小伟原本打算去机场接机，却因公司临时来了客户而未能成行。大林在机场告知小伟琴来接他了，小伟开玩笑说他重色轻友。

大林回国，琴去接机，这让小伟既为好友高兴，又有些失落。他想起了芸，决定约芸出来，和大林一起吃饭。然而，芸的电话一直处于关机状态。无奈之下，小伟只得打电话给大林，让琴好好招待他，自己改日再请吃饭。

第二天一早，小伟再次联系大林。大林和琴久别重逢，昨晚想必度过了甜蜜时光，早晨还在缠绵。接到小伟的电话，大林嘟囔着抱怨，不过听说晚上要一起吃饭，和琴商量后还是答应了。尽管芸的电话还没打通，但为了面子，小伟还是说要带芸一起来，让大林和琴见见。

之后，小伟不断拨打芸的电话，直到第二天下午，芸的电话才开机。小伟没有责怪，反而满心欢喜，想办法说服芸来赴约。芸起初以工作忙为由拒绝，小伟威胁说如果她不来，自己就去他们常约会的酒店顶楼，向电视台和110求助，称被芸抛弃不想活了。芸被吓住，只好答应前来。

下午三点多，小伟来到宾馆等候。四点多，芸来了，她没有化妆，显得疲惫又忧愁。以往见面，芸总是打扮得艳丽，这次的素颜反而勾起了小伟的兴趣。小伟迫不及待地想要亲密，芸表示身体不舒服。

小伟告诉芸，自己约了朋友五点半在酒店吃饭，想请她一起。芸一开始不同意，在小伟的再三劝说下才勉强答应，但要求小伟先下去，自己快开饭时再露面。小伟满心欢喜地先去餐厅包厢等候大林和琴。

六点多，大林到了，却不见琴的身影。小伟失望地询问，大林解释说琴下午接到电话，朋友生病住院，要去看望，所以来不了。小伟虽有些遗憾，但也不好说什么，还夸赞琴重情重义。

这时，大林想起小伟说要带芸一起来，便询问芸的情况。小伟故作神秘，不仅透露芸已经到了，还添油加醋地讲述了自己和芸刚才的亲密过程，甚至调侃大林昨晚和琴的情况。

菜都上齐后，大林催促小伟把芸叫下来。小伟自信满满地打了电话，芸表示马上下来。

芸整理好后下楼，此时大林正好去卫生间。小伟看到打扮得体的芸，十分得意，一把将她揽入怀中。芸有些顾忌，小伟却不以为然。

没过多久，大林从卫生间回来。就在他推开包厢门的瞬间，芸像是触电般挣脱小伟的怀抱。

“大林！”

“琴！”

两人几乎同时喊出声，芸呆立在原地，大林也愣住了。小伟一脸迷惑，还没反应过来，芸就狠狠打了他一巴掌，捂着脸哭着跑了出去。

“琴，你……你怎么能这样……！”大林脸色惨白，看着琴离去，竟忘了阻拦。

“啊，芸就是琴，琴就是芸，老兄，我……我……我怎么对得起你啊……怎么对得起你啊……”小伟很快明白过来，没有去追琴，而是捂着脸自责，痛哭出声。

大林像个木头人般站在那里，喃喃自语：“她明明跟我说下午是去医院看朋友了，原来却在这里，原来却在这里……”

小伟突然冲出包厢，大林担心他做傻事，大声喝止。小伟喊道：“你不要管我，不要管我，我对不起你，对不起你……”

不一会儿，小伟又回到包厢，手里拿着一把菜刀。他跪在大林面前，说：“老兄，我对不起你，但我真的不知道芸就是琴，我没有别的办法弥补，我只有……只有砍下我的一个手指，以示谢罪……”说罢，挥刀向自己的手指砍去。

小伟的手指最终保住了，但琴却从这座城市消失了，没有人知道她去了哪里，也没有人知道她和大林、小伟之间发生的这段故事。

在外人眼中，大林和小伟依然是好朋友，他们没有过多地指责对方，也没有埋怨琴。只是，两人再也回不到从前亲密无间的状态，尤其是“琴”和“芸”这两个名字，成为了他们心中永远的禁忌，一碰就痛。

虚幻之恋

“我是白马王子，我要埃及艳后，我要埃及艳后……”

老孙因精神分裂症住进精神病院后，我们已是第三次去看望他。每次去，都能听到老孙这般喃喃自语。而每听到这些话语，我和王丽、朱文内心都会涌起莫名的愧疚。因为，我们十分清楚，老孙患病与我们开的一个玩笑有着直接关系，他口中的“埃及艳后”，实则只是我们共同编造的一个网名。

我们做梦也没想到，这个随意创造的网名，竟真成了老孙心中的“恋人”，甚至害得他住进了精神病院。

故事还得从一年前说起……

一年前，老孙，也就是我们从前的孙处长从处长岗位退下来，成了调研员。老孙在任时工作繁忙，没时间学打字。退居二线后，一下子闲了下来，反倒对许多事都产生了兴趣，不到半年就学会了打字。学会打字不久，他又学会了上网。很快，老孙就像当今一些时尚青年一样，爱上了聊天，成了QQ迷。

老孙虽从处长岗位退下，但仍是调研员，有单独的办公室，而我、王丽和朱文三人共用一间办公室。我和朱文都快四十岁了，好不容易才混了个正科级；王丽快三十岁，是副科级，在机关里，没有特殊关系，职务升迁也只能按部就班，这样的职级也算对得起她了。老孙平时不苟言笑，当处长时总是板着脸，毫无笑意，大家见了他都有些害怕，毕恭毕敬地称他“孙处长”，他也只是用鼻子哼一声回应。从处长位子退下后，老孙来了个一百八十度大转变，坚决不让我们再叫他处长，要求一律称他“老孙”，有时我们偶尔叫他“孙处长”，他还会不高兴，连说“别叫处长，叫老孙、叫老孙好”。老孙当处长时，办公室就在我们隔壁，有事常常打电话把我们叫过去；不当处长后，却经常来我们办公室。尤其是学打字那段时间，一有不懂的，就会过来。我们办公室的王丽原本是打字员出身，老孙还半开玩笑半认真地称她“王老师”。我们都知道，老孙年轻时是个诗人，早年凭借诗歌追到一位非常漂亮的妻子，还生下一个儿子。后来，老孙不再写诗，成了机关里一名不上不下的干部，妻子便跟着一位大款离开了，只把孩子留给了他。老孙好不容易将孩子抚养长大，去年，孩子去英国留学了。老孙一辈子省吃俭用，就是为了培养孩子，如今儿子去了英国，他心里的一块大石头也算落了地，这也是他有心思迷上打字上网的一个原因。

由于老孙上网是王丽教的，最初的网名也是王丽取的。老孙起初的网名叫“老孙”，但用这个网名与人聊天，总是提不起兴致。后来，老孙自己也成了网上高手，便不再让王丽指点，自己取了好几个网名，同时和网上的人聊天。

“白马王子”就是老孙自己取的一个网名。

在老孙用这个网名聊了一个多月后，我们才知道此事，最先发现的是王丽。

“哇，你们知不知道，老孙又有了个新网名，猜猜是什么？”王丽故意卖关子。

“是什么呀？”我们迫不及待地问。

“白——马——王——子。”王丽故意拉长声音说。

“白马王子？”一想到老孙都五十五岁了，脸上皮肤好几处都有皱纹，还叫“白马王子”，我们就觉得好笑，忍不住哄堂大笑。

“这个老孙，怕是想女人想疯了。”我说。

“是啊，还‘白马王子’呢，都快成‘光头老马’了。”老孙有点谢顶，朱文调侃道。

“‘白马王子’，可惜我们老孙没有‘白马王后’啊。”我说。

“呵，对了，既然老孙叫‘白马王子’，我们也取个网名，跟他对聊试试。”朱文接过话茬。

“可取个什么名字好呢？”我们犯了难。

“取‘美丽公主’吧，老孙肯定喜欢。”我说。

“不行，‘美丽公主’显得太年轻了。”朱文否定道。

“那就叫‘圣母玛丽’。”王丽提议。

“这名字太洋气，也不普通，而且不够刺激。”朱文又摇头。

这时，王丽随手拿起桌上的报纸，看到一篇关于埃及艳后的报道。

“有了，就叫‘埃及艳后’！”王丽兴奋地说。

“‘埃及艳后’？‘艳后’？唔，好，够刺激、够刺激。”朱文率先赞同。

“‘埃及艳后’？确实不错，老孙肯定上钩。”我也跟着附和。

“好了，就这么定‘埃及艳后’了。接下来，就看老孙……上不上钩了。”得到我们的认可，王丽更开心了。

“耶！”我们像小青年一样，三个人伸手碰了一下。

接下来，由王丽操作，QQ上很快就有了“埃及艳后”这个网名。

“埃及艳后”注册成功后，便主动向“白马王子”发起聊天。王丽操作时，我们都在一旁围观。

“你好，白马王子。”“埃及艳后”问候道。

“你好，看到你很高兴！”“白马王子”回复，还加了个感叹号。

“有戏。”朱文一看，拍手说道。王丽轻轻打了他一下，说他太沉不住气，这才刚开始就喜形于色。

“你叫‘白马王子’，一定长得很帅吧？”王丽又问。

“哪里，还过得去吧。”

“你的年龄？”

“二十七。”

看到老孙说自己只有二十七岁，我和朱文、王丽忍不住大笑起来。

“请问‘埃及艳后’，你的年龄呢？”老孙完全没意识到是我们三个部下在隔壁和他聊天，又反问过来。我们相视一笑。

朱文用手在桌上写了个“二十五”。

“二十五。”王丽立刻回复过去。

“那小姐一定很漂亮吧？”那边又问。

我们再次笑出声。

“勉强过得去吧。”王丽回道。

“嘿嘿，越是漂亮的姑娘越谦虚。”

老孙这么一说，王丽笑得直不起腰，趴在地上，根本没法再给老孙回话。

没办法，我和朱文商量后，只好让朱文坐到王丽的位置继续回复。朱文毕业于师大中文系，以前还写过小说，他回的话更让老孙着迷。那天一直聊到下班，朱文以“埃及艳后”的口吻说公司要下班了，明天再聊，老孙这才恋恋不舍地下线。

有了这一次，老孙就彻底被我们“套牢”了。老孙上班本就清闲，自从有了“埃及艳后”，每天第一件事就是上网找她，只要发现“埃及艳后”在线，就聊个不停。

我们看到老孙和“埃及艳后”聊天如此大胆，都有些惊讶，不过想到老孙老婆已离开多年，又有些同情他。老孙中途休息时，有时会来我们办公室。有一次，王丽和老孙聊完，忘记关屏幕，老孙过来时，王丽吓得脸色发白，赶忙关掉电源。老孙见王丽惊慌失措的样子，还以为她怕自己。

“还这么紧张干什么，我现在又不是处长了。”老孙不明就里，对王丽说道。

“嘿嘿，孙……孙处长，我一看到您还……还有点怕。”王丽装作怯生生的样子。

“别这样，我又不是处长了，就算是处长，和你们也没什么不同……”老孙又变回了“老孙”，嘴上说着自己不是处长，可说话还是带着官腔。

“是的、是的，我们孙处长，哦不，我们老孙真是好领导，和我们打成一片……”朱文知道王丽应付不来，连忙接过话头。

“对了，这还差不多。”老孙夸赞朱文。

我也和老孙聊了几句，他这才满意地离开。老孙一走，王丽吐了吐舌头，说刚才太危险，差点被老孙发现。

我们都提醒王丽要小心。此后，王丽果然没再犯类似错误。

我们和老孙的聊天越来越火热。终于，老孙按捺不住，提出要和“埃及艳后”见面。

这可把我们难住了，毕竟“埃及艳后”只是我们虚构的网名，根本不存在这个人。

我们只能让王丽在聊天时尽量拖延。

可老孙想见“埃及艳后”的愿望愈发强烈。

朱文又出了个主意，说干脆骗老孙一次，让他扑个空，说不定他就死心了。我和王丽都觉得可行。于是，在一次聊天时，让王丽约老孙当天下午在本地一家五星级酒店大堂见面。

那天下午上班，看到老孙穿戴整齐，头上还抹了发胶。我们明知故问：“老孙，打扮这么精神，是去见女朋友吧？”

“别乱说，别乱说，我一个战友今天要来。”老孙辩解道。我们都知道老孙当过兵，但也清楚他这只是借口。

我们强忍着笑，目送老孙离开。等他一走，我们立马打车跟了上去。看着老孙走进酒店，我们也悄悄跟了进去。

我们躲在二楼咖啡吧，找了个能看到老孙，他却看不到我们的位置。

老孙不知从哪弄来一束鲜花，捧着站在大堂，一脸虔诚地等待着。

他不时整理衣服，不时望向大门，满心期待“埃及艳后”出现。只有我们知道，他等的人永远不会来。

老孙一直等到晚上七点多，我们也在咖啡吧干坐到那时才敢离开。

我们料定老孙回去后会上网找“埃及艳后”，简单吃了点饭，就都回到办公室。

果然，老孙很快上线了。我们以为他会责怪“埃及艳后”失约，没想到，当我们以“埃及艳后”的口吻说临时有事没来，他居然信了。老孙也很精明，见没见面，就要求“埃及艳后”发照片过来。这又难住了我们，好在朱文点子多，让王丽从网上找了张美女照片发过去。

老孙大喜过望，不停地夸赞“埃及艳后”漂亮。

我们没想到，这张照片让老孙陷得更深了。

后来，老孙又多次提出见面，都被我们婉拒。

再后来，我们意识到玩笑开大了，就让王丽不再以“埃及艳后”的身份聊天。可老孙哪肯罢休，只要在网上找不到“埃及艳后”，就在留言板上倾诉，有时是情意绵绵的情书，有时就是反复写“我爱你、我爱你……”

最终，我们决定让“埃及艳后”彻底消失。此后一个多月，无论老孙如何在网上表达思念，“埃及艳后”都没再出现。

老孙终于病倒，住进了医院。

我们知道病因，决定向老孙坦白真相。三人一同去医院，可刚提起“埃及艳后”，老孙就瞪大眼睛，对我们破口大骂。他以为我们趁他生病，打开电脑偷看了聊天记录，窃取了他的秘密。

无奈之下，我们把实情告诉了老孙的主治医师，希望他能帮忙解释。可主治医师说，老孙根本不相信，坚持认为“埃及艳后”确有其人，就是我们发给他的那张照片上的美女。

事到如今，我们无计可施。

有一次在办公室，朱文甚至对王丽说：“王丽，‘埃及艳后’这名字是你先提的，干脆，你去陪陪老孙。”

王丽捶了朱文一拳：“去你的，叫你老婆去陪！”

我和朱文都知道王丽夫妻感情很好，这样的玩笑也不能再开了。

老孙的病情越来越重，说话也越来越语无伦次。最终，他被送进了精神病院。

老孙听不进任何人关于“埃及艳后”的解释，一门心思只想见到她。

我们三人再怎么后悔，也无法让老孙清醒过来。

唉，这个老孙，这个虚无缥缈的“埃及艳后”……

第九十七号“俘虏”是莉莉

一

人上一百，形形色色。

钟晓文大学毕业后，在楚沙市桃园房地产开发公司营销部工作了两年，期间自然结交了一批朋友。在这些朋友中，林一龙是最为特别的一个。

钟晓文与林一龙相识于一场营销讲座。那是他工作一年后的一个晚上，同样从事房地产营销的朋友李军邀请他去听讲座，称讲课的都是本市房地产营销界的精英，钟晓文便欣然前往。到了现场，正巧林一龙正在演讲。李军悄悄告诉钟晓文，林一龙是本市最有名气的大地房地产公司的营销副总，有着诸多成功案例。于是，钟晓文开始悄悄观察林一龙：他身高顶多一米六，年龄三十五岁左右，头大、脸方且胖，头顶只有稀疏的几根头发，显得与年龄有些不相称。而且，林一龙讲着一口方言，语速极快，钟晓文那晚对他的讲课内容听懂的不多。此外，林一龙讲课时肢体动作过多，总给人一种夸夸其谈的感觉。

那晚，林一龙讲完课后，其他人接着讲课，他便挨着李军和钟晓文坐下，还分别给了两人名片。人家刚刚还是讲课的老师，现在又主动递名片，钟晓文和李军自然不好冷落，也将自己的名片给了林一龙，至此，两人就算认识了。

此后，林一龙主动邀请钟晓文喝过几次茶。作为楚沙有名的房地产营销人士，林一龙的邀约，初入行业的钟晓文自然不好拒绝。每次喝茶，林一龙身边都有一大堆人，他也总是高谈阔论。钟晓文还发现，每次喝茶时，林一龙身边都会有一两个漂亮女人，这让他对林一龙这个人感到十分不解。

后来，钟晓文从林一龙一个要好的朋友口中，得知了林一龙一些隐秘的情况。原来，这个看似貌不惊人的林一龙，竟是个猎艳高手。朋友透露，林一龙虽已过三十五岁却尚未结婚，可他交往过的女人已有不少。

“你交往了这么多女人，就不怕出事？”钟晓文又问。林一龙哈哈大笑：“出事？出什么事！我林一龙既然敢做，当然就不怕。”

“你就不怕这些女人联合起来告你？”

“她们告我？凭什么告？我既不强奸，也不诈骗，都是两厢情愿的事，她们拿什么告我？”

“两厢情愿？就你这副样子，人家真的都是心甘情愿？”钟晓文忍不住质疑。

“当然是两厢情愿！老弟，实话告诉你，女人都有弱点，我就是利用她们的弱点，‘俘虏’她们。一旦‘俘虏’，后续事情就由我说了算。”

“‘俘虏’她们？”钟晓文还是不解。

“对，就是要‘俘虏’她们，然后让她们乖乖就范。”

“你这样做，对付一两个女人或许可行，对付这么多也能行？”

“这就需要规矩了。不瞒你说，我立下这个目标后，就给自己定了几条硬规矩。既然是朋友，我就跟你说说：第一，逢场作戏，绝不动真感情；第二，每个女人最多交往三次；第三，抓住弱点，稳、准、狠地下手，到手绝不放过，做到‘俘虏’一个是一个。”林一龙越说越兴奋，末了，还凑近钟晓文耳边，悄声说：“老弟，你要是不信，下回我找个你认识的女人，让你见识见识我的手段。”

“好，我倒要看看你怎么‘征服’我认识的女人。”钟晓文开玩笑道，甚至还说起了三个他们共同认识的女人。没想到，提到其中两个时，林一龙竟在他耳边悄悄说已经交往过；而另一个相貌欠佳的，林一龙直言毫无兴趣。

“行，以后肯定还会有我们都认识的女人，我倒要见识见识你的本事。”钟晓文继续调侃。

“一言为定！等我交往到第九十七个，你可得请客！”林一龙伸出手与钟晓文碰了碰。

当晚，钟晓文与林一龙分开后，便去见了女友莉莉。他没提林一龙的名字，只说有个朋友立下了一个交一百个女朋友的目标。莉莉听后很是不屑，认为这种男人只会骗骗低智商女孩，像自己这种受过高等教育的女性绝不会上当。钟晓文又说这个朋友的“交往名单”里有不少受过高等教育的女性，莉莉则信誓旦旦地表示，若这个男人碰到自己，绝对不会得逞。

那晚，钟晓文还为莉莉感到高兴，觉得像她这样的女孩很难得，庆幸自己找到了她。可他万万没想到，在那次谈话之后，这个信誓旦旦不会上当的莉莉，竟成了林一龙的第九十七号“俘虏”。

二

莉莉本姓姜，全名姜莉莉。因从小大家都叫她莉莉，久而久之，她的姓便很少被人提起。

莉莉与钟晓文出生在同一个山村，比钟晓文小两岁，二人算是青梅竹马。莉莉的姑妈是钟晓文舅妈的表妹，算起来，两人还有点亲戚关系。两家的房子屋角挨着屋角，从小就喜欢一起玩耍，小时候，大人们常当着他们父母的面开玩笑，说他们是天生一对。那时不懂事，莉莉还会说就要和晓文哥哥是一对。直到钟晓文考上省城的师范大学，他才意识到自己早已爱上了莉莉。刚上大学那阵子，钟晓文脑海里天天都是莉莉的身影，于是，他给还在上高中的莉莉写去了第一封情书。莉莉在钟晓文考上大学后，也突然感到若有所失，收到信时，她高兴得差点落泪，从那一刻起，她也确定自己爱上了晓文哥哥。

莉莉学习成绩原本就不错，加上钟晓文为了不影响她学习，主动减少了通信频率。或许是爱情的力量激发了莉莉的学习动力，在钟晓文读大三时，她也考入了省城师范大学。来自同一地方，又在同一所大学，两人很快确定了正式恋爱关系。等钟晓文大学毕业时，莉莉已是大三学生。

莉莉的父亲在她大一那年去世。父亲病重时，莉莉和钟晓文都赶了回去，临终前，父亲拉着钟晓文的手说："晓文，我家莉莉就交给你了，你一定要好好待她。"钟晓文当着莉莉的面，向病危的父亲发誓："叔叔，您放心，我一定会照顾好莉莉。"

大学毕业后，钟晓文放弃了回家当公办老师的机会，选择留在省城，应聘到一家房地产公司做营销员。他这样考虑，一是留在省城能更好地照顾莉莉；二是房地产营销员的工资比家乡的公办老师高，能在经济上更好地支持莉莉。

钟晓文深知社会复杂，也清楚莉莉性格单纯，所以很少带她参加社会应酬，也很少向他人提及莉莉。比如林一龙，尽管两人交往近半年，钟晓文从未在他面前提过莉莉，有时林一龙开玩笑问他有没有女朋友，他还故意说没有。

按理说，在钟晓文的保护下，林一龙见到莉莉的概率很小。然而，就在林一龙与钟晓文打赌后的第三个月，钟晓文接到公司的紧急任务，要到距楚沙一千多公里的城市协助楼盘销售。刚入职不久的他，虽内心不情愿，但也只能服从安排。

正是这三个月，给了林一龙接近莉莉的机会，最终让莉莉成了他的第九十七号"俘虏"。

其实，林一龙"俘虏"莉莉的过程并不复杂。

钟晓文去外地工作不到十天，莉莉所在的学校邀请林一龙来讲营销课。尽管林一龙的课不算特别生动，但对于长期待在校园、很少接触社会的莉莉来说，他所举的社会案例已足够吸引她。讲课过程中，林一龙就注意到了坐在前排、聚精会神听课的莉莉。在自由提问环节，莉莉天真又感兴趣地向他提了两个问题。第一个问题是成功营销人员的必备素质是什么，这正对林一龙的专长，他滔滔不绝地讲了五分钟。第二个问题是学生如何快速成为营销高手，莉莉提问时，林一龙看似随意地问："这位同学叫什么名字？"

"她叫吴莉莉，我们都叫她莉莉。"旁边的同学抢着回答。

"哦，莉莉，好名字！看来莉莉同学很用功。干营销就得有这种肯学肯钻的精神……"林一龙当着众人的面，狠狠表扬了莉莉一番，才开始回答问题，"我认为，像你们这些在校或刚毕业的大学生，想快速成为优秀营销人才，关键是要拜好一个师、做好一笔单……"林一龙口若悬河地讲起来，将"拜好一个师"放在首位，显然别有用心，可认真听讲的莉莉哪里能想到这些。临近下课，林一龙又用煽情的话语赢得阵阵掌声，莉莉也跟着拼命鼓掌，掌心都拍疼了。

下课后，一些女生拿着本子找林一龙签名，这让他十分高兴，胖胖的身子在女生中间穿梭，颇有明星风范。

莉莉没有急着去签名，一来她不习惯在这种场合争抢，二来她身材瘦小，挤进去也不容易，心想等大家签完自己再去。没想到，林一龙签了一会儿，看到莉莉还在等着，竟主动走了过去。

"莉莉，你也想签一个？"林一龙声音温柔又有磁性。

"是的，我正想过去找您呢。"莉莉用"您"字表达尊重。

"不用不用，你今天提了两个问题，我还得感谢你呢！不用你过来，我过来就行。"林一龙顺着莉莉的话，也用了"过来"一词，而这个词在他的"猎艳词典"里有着特殊含义，可单纯的莉莉毫无察觉，也不知道，从上课看到她的那一刻起，林一龙就已经盯上她了。

"莉莉，能冒昧问一下你的联系方式吗？我还希望你多提些问题呢。"林一龙迈出了关键一步，看似随意，实则早有预谋。

“林总要莉莉的号码？这还不简单，她的手机号是……”莉莉身边的同学同样没想太多，抢着把号码告诉了林一龙。至此，林一龙初见莉莉的目的全部达成，这套路和他“征服”其他女人时如出一辙。

讲课第二天，林一龙就给莉莉打了电话。接到电话，莉莉又惊又喜：惊的是对方这么快联系自己，喜的是林一龙好歹也算给自己讲过课的老师，老师主动联系，说明看重自己。电话里，林一龙只是感谢莉莉捧场，还说自己在新华书店看书，欢迎她有问题随时打电话，没提任何其他要求。这样的电话，莉莉自然乐意接听，还在电话里说自己提问可能太冒失，让林一龙别介意。林一龙则说多问才能学到知识。

接到电话后，莉莉开心了好久，毕竟她很少接触外界，而林一龙在楚沙也算成功人士。她还把这事告诉了一个要好的女同学，对方羡慕不已，说莉莉被名人看中，以后实习、工作都不用愁了。

第二天下午刚下课，莉莉又接到林一龙的电话。

“莉莉吗？我在你们学校的红蜻蜓茶楼，正和张辉教授谈事。我昨天在书店看到两本书，觉得适合你，你能过来拿一下吗？”林一龙说。

从“吴莉莉”到“莉莉”，莉莉敏锐地察觉到称呼的变化，但很快打消了疑虑，觉得林一龙是老师，自己不该多疑。而且张辉教授是学校有名的经济学教授，她听过课，既然林一龙说和张教授在一起，就更没什么可怀疑的了。

“那好吧，我这就过去，谢谢您！”莉莉礼貌地回答。

莉莉很快到了茶楼，一眼就看到林一龙坐在靠窗的位置，但没看到张辉教授，犹豫着要不要过去。

“哟，莉莉来了，快坐快坐……”林一龙眼尖，连忙招呼。

“谢谢，张教授呢？”莉莉疑惑又有些怯生生地问。

“哦，我们刚谈完，他有急事先走了。”

“那……”莉莉不知说什么好。

“莉莉，你看，这是我给你买的书，也不知道你喜不喜欢。”林一龙像没看出莉莉的疑惑，立刻拿出书。莉莉一看，正是自己早就想买的。

“谢谢林总！”莉莉翻着书说。

“不客气，应该的……”林一龙显得谦逊又大方。

莉莉不好再推辞，便坐了下来。这一坐，林一龙就打开了话匣子。

很快到了晚饭时间。

莉莉说：“林总，我该回去吃饭了。”

“回去吃？别了，就在这儿随便吃点吧。”林一龙语气真诚自然。

拿着林一龙送的书，莉莉不好拒绝，心想自己把对方当老师，吃顿饭应该没什么，就答应了。饭后，林一龙提出开车送她回学校，被莉莉坚决拒绝了。

回去后，莉莉本想把和林一龙见面的事告诉钟晓文，但想到他在外地出差，自己刚和别的男人单独吃饭，怕他责怪，就没说。

这便是林一龙与莉莉的第一次单独接触。虽然莉莉话不多，但林一龙已基本摸清了她的性格。

此后不到两天，林一龙又和张辉教授在一起，这次，他竟让张辉教授亲自给莉莉打电话，说两人在一起，希望她过来吃饭。莉莉不想再单独和林一龙相处，可一听是张辉教授邀请，不好拒绝，只好前往。

没想到，她到的时候，菜都点好了，张辉教授却只露了一面，就因临时有事离开，最后还是她和林一龙两人吃饭。席间，林一龙依旧谈兴十足，莉莉不想回应，就拿起一本广告杂志翻看。

杂志里一则化妆品广告吸引了莉莉的注意，是美国公司生产的高端化妆品“碧尔佳”，刚引进国内，只有广州、深圳有卖，标价五千多一盒，莉莉倒吸一口凉气，下意识吐了吐舌头。这个小动作被林一龙看在眼里，他立刻明白了怎么回事。

“看中这款化妆品了？”林一龙问。

“没有没有，我就是随便翻翻。”莉莉掩饰道。

林一龙没再追问，只是招呼她多吃菜。

快离开时，林一龙突然问：“莉莉，你明天能请一天假吗？”

“林总，有什么事吗？”莉莉问。大三的她，学校管理相对宽松，请假跟辅导员说一声就行，但她不知道林一龙的用意。

“你先请假，请好了我再告诉你。”林一龙说。

莉莉不好拒绝，第二天一早便向辅导员请好了假，随后给林一龙打电话：“林总，假请好了，能告诉我要去干什么吗？”

“我一会儿来接你，到时候你就知道了。”林一龙依旧卖关子。

“林总，你不会要拐卖我吧？”莉莉开玩笑说。

“当然不会！”林一龙连忙否认。

很快，林一龙的车开到学校。莉莉上车后，他拿出两张飞往广州的机票塞给她。莉莉十分惊讶：“林总，您要带我去广州？这……不太好吧？您怎么知道我的身份证号？”

“别管我怎么知道的，至于去干什么，你先猜猜。”林一龙满脸得意。

“您公司有业务，让我去帮忙？”

“不是。”

“您去广州讲课，让我当助手？”

“也不是。”

“那是为什么？”莉莉实在想不出来。

“告诉你吧……”林一龙还是不说。

“林总，您就别卖关子了，我真猜不到。”

“我带你去广州买昨天你看中的化妆品。”林一龙终于揭晓答案。

“可那要五千多块钱一盒呢！”莉莉说。

“不就是五千多块嘛！”林一龙说得云淡风轻。

莉莉还想拒绝，可面对林一龙的“热情”，话到嘴边又咽了回去。其实，莉莉并非爱慕虚荣之人，但哪个女人不爱美呢？面对昂贵的化妆品，她还是心动了。

就这样，认识才几天的莉莉跟着林一龙去了广州。购买化妆品当天中午，林一龙以休息为由，在宾馆开了两个房间。然而，等莉莉入睡后，他竟进入了她的房间，成了他的第九十七号“俘虏”。

三

莉莉满心欢喜地与林一龙回到了楚沙。

然而，回到学校后，莉莉再给林一龙打电话时，却发现林一龙的电话号码已经更换了。

莉莉感到十分困惑。

莉莉是个有心的人，第二天一早，便前往林一龙所在的公司。

“林一龙，你怎么一回来就换了电话？也不告诉我。”莉莉一见到林一龙就质问道。

“小吴，你怎么找到我的公司来了？”林一龙与带莉莉去州购买化妆品时判若两人，话语中满是责怪。

“你……”莉莉气得一时语塞。

“好了好了，到我的办公室去吧。”林一龙觉得在大办公间说话不便，就将莉莉拉到自己的办公室坐下。

一到自己的大办公室，林一龙立即将门关了起来。

“莉莉、不，吴莉莉，你到我的公司来干什么？我们只是认识而已，从今天开始，我们除了认识之外，什么关系都没有，你知道吗？”

“你……你混账。”莉莉骂道。

“我混账，我混账什么了？昨天是我强迫你跟我去深圳的？是我强行与你发生关系的？好像都不是吧。既然都不是，我们就只是一场游戏而已。咱们谁也不欠谁，你懂吗？”林一龙说道。

莉莉到这时，终于明白自己碰到了一个高级骗子。她觉得自己再向林一龙声讨下去也没有一点意义了，留下一句“我恨你”便离开了。

莉莉后来回想起自己与林一龙交往的过程，明白了自己之所以会上林一龙的当，实际还是因为自己的虚荣之心。不过，林一龙对莉莉态度反倒让莉莉有些放心了。看来，林一龙只是追求一时的得到，并不想长期拥有莉莉。既然是这样，莉莉虽然内心感到有些对不起钟晓文，仍然决定跟钟晓文继续交往下去，而将这件事永远埋在心里。

但莉莉的虚荣心使她犯下了又一个错误，莉莉一方面想彻底与林一龙分手，另一方面她又有些舍不得林一龙为她所买的那一盒化妆品，只是将它从桌面放到了一个书柜之中。

钟晓文终于完成了公司派往外地的工作回到了楚沙。钟晓文是上午回到楚沙的，莉莉正在上课，钟晓文就没有通知莉莉来接他。可是，那天下飞机后，在回单位的路上，钟晓文就接到了林一龙打来的电话。林一龙显得很高兴，说是要请钟晓文吃午饭。

钟晓文在外地工作那段时间，虽然跟莉莉也保持了较密切的联系，但他并不知道莉莉跟林一龙的事情，想到莉莉在上课没有时间，这边林一龙又盛情相邀，也就同意了。

钟晓文跟林一龙在伊典咖啡茶座见了面。一见面，林一龙就滔滔不绝地讲开了，并且很快就讲到了他跟莉莉的事。就像以前林一龙跟钟晓文讲起他与别的女人的事情一样，这次林一龙还是没有将莉莉的真名告诉钟晓文，只说女方是师大的一个学生。末了，林一龙还不忘告诉钟晓文，就像他与别的女人的故事一样，这次他与那个师大的学生也已经干净利落地分手了。

林一龙在钟晓文面前吹嘘自己如何得到第九十七个女人的时候，钟晓文注意到了他说的这个女人是楚沙师大的，而且学的就是市场营销。钟晓文的心当时就猛然抽动了一下，“难道林一龙这狗日的说的是莉莉？”一种不祥的念头突然涌进了钟晓文的脑海。但他立即将这种想法排除出去了，“不会吧，这两个月莉莉跟我一直保持着联系，不像是有事。”钟晓文又安慰着自己。

钟晓文想问林一龙那个女的到底叫什么名字，可林一龙却死守着他的底线，就是不说女人的名字。

不过，林一龙跟钟晓文所说的在广州买的那种高级化妆品的名字，钟晓文还是牢牢地记住了。

因为心里有了一些怀疑，钟晓文已无心再与林一龙在咖啡吧坐下去，吃过饭后，就匆匆往莉莉所在的学校赶。莉莉下午没有课，很高兴地把钟晓往她的房间带。莉莉是与人在校内合租了一套房子，钟晓文一走进莉莉的房间，眼睛就在四周扫视。但并没有发现什么，钟晓文悬着的心这才放了下来。

“莉莉是个好女人，也许，我还真的错怀疑她了。”钟晓文想。

想到这里，钟晓文也就放松了许多。一边与莉莉聊着，一边像以前到莉莉房间来一样，信手在书柜上查找起来，想找一本书来随便翻翻。

可是，钟晓文一打开书柜，却无意间看到了林一龙所说的那种昂贵的化妆品。

“莉莉，你什么时候也买起了这么昂贵的化妆品？”钟晓文装作随意地问。

“哦，这个……这是我一个朋友送给我的。”莉莉的脸一下子红了，掩饰道。

“你的朋友，你的哪个朋友这么有钱？这可是要好几千块钱才能买到一盒啊。”钟晓文说。

“是……就是……”莉莉的交友圈钟晓文都很熟悉，一时语塞起来。

“吴莉莉，你别装了，我没说错，这大概是林一龙买的吧。”钟晓文已敏感地意识到了莉莉就是林一龙所吹嘘的那个第九十七号女人，也显得有些动怒地问道。

“你怎么知道是林一龙买的？钟晓文你瞎说什么，我根本不认识什么林一龙……”莉莉一急，赶忙掩饰道。

“吴莉莉，我……我……我错看了你！”钟晓文已经气得话都说不出来了，抡起手掌，高高地举在莉莉的头上，想狠狠地打她一下，可是，想一想，又将手掌放了下来。

“我没有什么，我真的不认识林一龙这个人。钟晓文，你……你一回来就冤枉人，呜……”莉莉边说边哭了起来，一副很委屈的样子。

“吴莉莉，你……你，你只是林一龙的第九十七号俘虏而已。”钟晓文狠狠地说出这句话，顾不得哭泣中的吴莉莉，狠狠地将门一摔，就冲出了莉莉的房间。

莉莉还在哭泣，可是，钟晓文却头也不回地离开了莉莉的房间。

一个月之后，莉莉毕业，她没去沿海地区，也没有留在楚沙，而是在家乡那个小县城找了一份当中学老师的工作。离开楚沙的前一天晚上，莉莉给钟晓文又是打电话，又是发信息，想让钟晓文第二天来送送她。可是，钟晓文自那天离开莉莉的房间之后，就一律不接莉莉的电话。对于莉莉发过来的信息，钟晓文也装作不知。果然，就在莉莉所乘的火车离开楚沙火车站的月台之时，钟晓文也没有出现。

没有在莉莉面前出现的钟晓文其实就躲在阳台的角落。当莉莉所乘坐的火车终于消失之后，钟晓文走了出来，将莉莉这几年写给他的书信全部撕掉了，撕成了碎片，然后，将它们一片片扬在空中。

“莉莉，你不应该这样，你输给了你的虚荣，输给了你的虚荣……”钟晓文喃喃自语道。

空中的那些纸片像雪花般飞舞……

其实那夜没有鼠

一

孙志刚终于在吴敏生命的最后时刻，从南方的那座城市赶到了长春。

他之所以能及时赶到，源于两天前接到的一个电话。当时，孙志刚正在上班，电话那头传来一个陌生女人的声音。对方自称于兰，是吴敏的好友，紧接着，她说出的消息如晴天霹雳般击中孙志刚——吴敏患了肺结核，已到生命垂危之际。

“吴敏病了……肺结核……生命的最后时刻……”这些字眼在孙志刚脑海中不断盘旋，让他难以置信，喃喃自语道：“怎么会这样？吴敏不是才三十岁吗？”

于兰在电话里急切地说：“孙志刚，我是吴敏最要好的朋友，不会骗你。她现在躺在病床上，特意托我给你打电话，你是她在生命最后时刻最想见的人。”

孙志刚不敢相信自己的耳朵：“我是她最希望来看她的人？真……真是这样吗？”

“我和吴敏是几十年的好朋友了，绝不会骗你，你赶快过来吧，来晚了，只怕……只怕就见不到她了。”说着，于兰在电话那头泣不成声。

“吴敏，怎么会这样？怎么会……”孙志刚语无伦次。

“看在吴敏的份上，你赶快来吧。”于兰近乎哀求。

“那……我就来。”孙志刚没有丝毫犹豫，当晚便买好车票，踏上了前往长春的旅程。

于兰没有骗他。当孙志刚赶到长春吴敏所在的医院时，吴敏确实已进入生命倒计时。她面如白纸般躺在病床上，鼻孔插着氧气管，床头吊着氧气瓶，几位大夫和护士守在床边，随时准备抢救。

于兰曾从吴敏那里见过孙志刚的照片，一眼就认出了他。顾不上寒暄，她立刻伏到吴敏床前，轻声说：“吴敏，孙志刚来了，你不是一直在等他吗？他就在你身边。”

“孙志刚……孙志刚……你来了？！你终于来了！我……”吴敏轻轻咳了一声，再也说不下去。

孙志刚赶忙伏到床前：“吴敏，我在。你想说什么就说吧。”

“孙志刚，不，志刚……你……你……”吴敏的声音越来越微弱。

大夫和护士立即对吴敏进行人工呼吸。片刻后，吴敏缓缓苏醒，却无法言语。她用眼神示意孙志刚靠近，手也艰难地动了动，似乎想伸出手。

于兰掀开被子，发现吴敏手中紧攥着一张纸条，便将纸条拿了过来。吴敏示意把纸条交给孙志刚。

孙志刚轻轻展开纸条，上面只有一行字：“其实那夜没有鼠。”字迹是吴敏的，看得出已写了一段时间。吴敏请于兰叫他来，似乎就是为了交这张纸条。

看完纸条，孙志刚泪流满面：“吴敏，我知道，其实我也知道那夜没有鼠，可我……可我……我是个胆小鬼啊……我对不起你！”他先是抽泣，继而放声大哭。

就在这时，吴敏再次轻咳，一口痰堵住气管。尽管大夫和护士全力抢救，她还是永远闭上了眼睛。吴敏的面容安详，甚至带着一丝满足的微笑。

孙志刚痛哭不止：“其实我也知道那夜没有鼠啊，可我……”他一边哭诉，一边捶打着自己的胸口。

“孙志刚，吴敏虽然比你小二十岁，你们最终也没在一起，但她把你们的事都跟我说了。甚至，你们一起出差的那个晚上……她对你一片痴情，可你……”于兰哽咽着，说不下去了。

“是啊，我知道吴敏是个好姑娘，可我毕竟比她大二十岁。我没想到她会如此痴情……”孙志刚哭诉着走到吴敏身边，一向沉稳的他再也控制不住情绪，紧紧抱住了吴敏。这是他第一次，也是最后一次拥抱吴敏。

二

十年前，孙志刚四十岁，吴敏二十岁。

四十岁的孙志刚是市规划局的副科级干部，二十岁的吴敏刚从省城一所大学规划系毕业，通过公开招考进入市规划局工作。孙志刚同样是二十岁从省城大学规划系毕业进入市规划局，然而二十年过去，他才熬到副科级，且只是个普通副职。他虽身材矮小，却才华出众，大学时就获得过学校设计大奖，还爱好文学，大一就在省报发表过诗歌。但参加工作后，他一心扑在工作上，放弃了文学爱好。孙志刚生性谨小慎微、兢兢业业，在单位只埋头做事，既不会讨好领导，也不懂拉拢同事。因此，工作中吃苦受累的事总少不了他，好事却轮不到他。虽然已是副科级，却谁都能使唤他，就连新来的小伙子都随意喊他“小孙”，他也总是乐呵呵地回应。

在单位备受欺负，在家里也没好到哪去。孙志刚的妻子肖琳是他大学同班同学。孙志刚出生于贫穷山村，肖琳则出身本市干部家庭，个子比他高出半头。原本肖琳不该看上他，可大一那年，她认定孙志刚为人老实、有才华，是支“潜力股”，不仅爱上了他，毕业时还放弃留在省城的机会，随他回到这座省辖市，在一所中专学校教书。

二十年过去，孙志刚仅混到副科级，这让肖琳大失所望。此后，他在单位受气，在家也遭肖琳冷眼。当时，他们的女儿已在肖琳所在的中专读书，肖琳在学校分了房，便带着女儿搬了过去，把孙志刚一人留在家里。孙志刚隐约听闻肖琳与学校一位副校长关系不一般，那副校长身材魁梧，他自知不是对手。而且，只要肖琳不提离婚，他就仍把她当作妻子，也不想因夫妻关系影响女儿成长。所以，即便在家备受冷落，他也从未在单位透露过家庭的不幸。

就在这时，吴敏进入了市规划局。

此前，孙志刚和一个叫李进的小伙子共用一间办公室，李进调去市政府办一个月后，办公室空了出来。领导便把吴敏安排和孙志刚一起办公。按理说，市规划局办公室充裕，副科级以上干部基本都有独立办公室，孙志刚作为老同志，单独一间也合理，但领导安排了，他也只能接受。

孙志刚没想到，这个吴敏会在他平静的生活中掀起轩然大波，彻底改变他的一生。

三

在吴敏到规划局之前，孙志刚就了解到她的一些情况。吴敏家在吉林长春的贫困乡村，父亲是老实巴交的农民，她三岁多时，母亲嫌弃父亲，跟别人走了。父亲含辛茹苦把她养大，却在她大一那年离世。此后，吴敏靠学校资助和奖学金完成学业。长春没了其他亲戚，她毕业时便选择留在南方。她第一志愿是留在省城，可举目无亲，最终被分到了这座省辖城市。

孙志刚自己在单位和家庭都不顺，得知吴敏的遭遇后，对她满是同情。吴敏性格忧郁、不爱说话，上班就安静地工作，来规划局一个月了，很多人都不认识她。孙志刚便抓住机会向同事介绍她。有人打趣道：“孙志刚，这下你有福了，来了个年轻漂亮的小妹妹，可别动心啊。”“跟小吴在一起感觉咋样，是不是经常做美梦？”孙志刚总是笑着回应：“人家是刚毕业的大学生，比我小二十岁呢。”“别笑了，小吴都害羞了。”

面对这些玩笑，吴敏总是红着脸说：“你们别取笑孙科长了，孙科长是好人。”众人又起哄：“你怎么知道孙志刚是好人，好人表面好，背地里说不定更坏。”每次有人起哄，孙志刚就让吴敏别说话，他知道，以前同事就爱拿他开玩笑，现在吴敏来了，还和他一间办公室，玩笑只会更过分。

孙志刚工作认真投入，有时抬头，会发现吴敏正盯着自己，这让他有些不自在。一次，他忍不住问：“小吴，你盯着我看什么？”

“哦，没看什么，没看什么。”吴敏慌忙掩饰。

“没看什么？那你就好好工作吧。”孙志刚不想让她难堪。

“孙科长，我是……我是觉得你好像……好像我爸爸。”孙志刚没再追问，吴敏却主动说了出来。

“我像你父亲？怎么会呢？”孙志刚很不解。他知道吴敏的身世，觉得这个不幸的女孩肯定又想家、想父亲了，便故作轻松地说。

“孙科长，你真的像我父亲，不信你看我父亲的照片。”吴敏较真起来，从桌上拿起一张照片，走到孙志刚桌旁让他看。吴敏披肩长发的发梢扫过孙志刚的脸，让他脸上一阵发烫。

那是一张吴敏三岁时的全家福，照片里的她扎着小辫子，可爱稚嫩，父母站在她身旁。吴敏的父亲个头不高，外貌和母亲相差甚远，从照片看，确实与孙志刚有些相像。

“嘿嘿，这么一看，还真有点像。”孙志刚说。

“其实我父亲是个很好的人，我不明白妈妈为什么要那样对他……”吴敏触景生情，向孙志刚诉说起来。从她的讲述中，孙志刚得知，吴敏母亲离开后，嫁到哈尔滨一个工人家庭，又生了两个孩子。吴敏高中时，曾和父亲去找母亲，可母亲根本不认他们。父亲好不容易约到母亲在工厂角落见面，母亲以为他们要钱，丢了三百元就走。“我一见到妈妈就叫她，可她好像根本没我这个女儿。”吴敏哭着说，“爸爸当时拿着钱就哭了，然后把钱撕得粉碎，扔向空中，拉着我就走。回家路上，我看到爸爸的眼泪一直没停过……”她再也说不下去。

“你父亲是个好人……”想起自己的遭遇，孙志刚对吴敏的父亲感同身受，安慰道。

“孙科长，你真像我爸，要是他还在该多好。”吴敏说。

“吴敏，别这样，我虽不是你父亲，但你要是信得过我，我会照顾好你。”孙志刚说。

“谢谢你，孙……孙叔叔，不，孙科长。”吴敏本想叫孙叔叔，又觉得不妥，改叫了孙科长。

“好了，快去工作吧。”孙志刚轻轻拍了拍吴敏的背。办公室门半开着，他生怕被人看到他们这样。

吴敏擦干眼泪，回到座位继续工作。

从那天起，孙志刚对吴敏的感情有了变化，觉得自己多了份责任；吴敏对孙志刚的感情也变了，不仅越来越觉得他像父亲，还产生了依赖，甚至晚上做梦都会梦到他。尤其是了解孙志刚的处境后，吴敏对他更添同情，不明白为何善良的人命运如此坎坷。每次看到孙志刚办公桌台板下的全家福，吴敏心里就酸酸的。有几次趁孙志刚不在，她还用笔敲打照片，边敲边骂：“你是个坏女人！”一次孙志刚回来撞见，问她怎么回事，她忙说想起了母亲。孙志刚劝她：“小吴，不管母亲怎样，她毕竟是你母亲。”“好了，不说了。”吴敏做个鬼脸，回到座位。

四

转眼，孙志刚和吴敏在同一间办公室共事已有半年多。

起初，吴敏因孙志刚像父亲而产生依赖，可随着时间推移，孙志刚发现吴敏对自己的感情悄然转变，那种恋父情结渐渐变成了爱恋。从吴敏的眼神里，他读到的不再只是依赖，更多的是激情、浪漫与渴望。

吴敏开始有意无意往孙志刚办公桌旁凑，每次长发都会在他眼前晃动，有时还会扫到脸上，让他心跳加速。她还故意找话题，说现在男人比女人大十几二十岁很正常，甚至借俄罗斯女人说嫁人要嫁普京那样的男人，暗指嫁人就要嫁孙志刚这样的。

孙志刚听出弦外之音，连忙说：“小吴，别乱说，我这样的男人最不成功，嫁我肯定会后悔。”

“要是我就不会后悔。”吴敏坚定地说。

“好了，不跟你贫嘴了，小丫头。”孙志刚像父亲般说道。

“还小丫头呢，我都二十多了。”吴敏撒娇道。

“得赶紧给你介绍个男朋友。”孙志刚摇摇头，岔开话题。

孙志刚说到做到，托人给吴敏介绍了一个小伙子。小伙子姓黄，一米七多，在市电信局工作，家庭条件不错。孙志刚觉得两人挺般配，可吴敏只见了两次面就拒绝了。孙志刚问小伙子原因，小伙子说吴敏每次见面都心不在焉；问吴敏，她直说不想谈恋爱。孙志刚又问是不是小伙子条件不好，吴敏说各方面都不错。

“条件不错，那为什么不同意？”孙志刚有些生气。

“我不同意就不同意，是我嫁人又不是你嫁人。”吴敏又开始撒娇。

“唉，真不知道你想嫁什么样的人。”

“嫁什么样的？我早说过了，嫁人就要嫁普京。”吴敏撒娇的话语，含义十分明显。

“别胡闹。”孙志刚明白她的意思，故意板着脸。

尽管孙志刚和肖琳的婚姻名存实亡，尽管他知道吴敏善良可爱，但他从没想过离婚。他觉得和肖琳从学生时代就在一起，肖琳虽做了让他难堪的事，可没提离婚，或许等她年纪大些就会回心转意。而且，他比吴敏大二十岁，吴敏的爱意可能源于恋父情结，这种感情基础不牢固，等吴敏走出情结，或许会后悔。他同情、喜欢吴敏，但不忍心伤害她，所以每次吴敏表达爱意，他要么装糊涂，要么严肃拒绝。

就在两人感情处于这种状态时，他们有了一次共同出差的经历，这是他们第一次，也是唯一一次单独出差。

出差的缘由很简单：局长接到任务，要去外省一座城市考察一个建筑的设计情况，并拍照回来借鉴。局长在孙志刚办公室说希望他去，还说带谁去由他决定，告知一声就行。当时吴敏也在办公室，一听就对局长说："局长，让我和孙科长一起去吧，我一直想去那个城市看看。"

"你去？"局长显然很意外，有些犹豫。

"吴敏，你去干什么，局长，还是换个人吧。"孙志刚连忙说。

"我怎么不能去？就许你努力工作，不许我努力？局长，您常说工作要积极主动啊。"吴敏反将局长一军。

"这个……志刚，那就让吴敏跟你去吧，反正任务也不重。"局长在吴敏的坚持下松了口。

"局长，您……"孙志刚还想反对，却找不到合适理由。

"还怕吴敏吃了你？！"局长知道孙志刚老实，打趣道。

"谢谢局长！"吴敏赶忙说。

"哼，不想让我去，我偏要去。"局长一走，吴敏对着孙志刚做鬼脸，还挖苦他。

"你呀……"孙志刚无奈，不知说什么好。

就这样，第二天一早，孙志刚和吴敏踏上了前往那座城市的列车。当然，孙志刚没敢告诉肖琳是和吴敏单独出差，只说单位出差，有四五个人一起。

五

他们下午上的车，一上车，吴敏就格外勤快，买了一大包吃的，还把苹果一个个削好递给孙志刚。孙志刚说吃饱了，她就撒娇说孙志刚不珍惜她的劳动，害得孙志刚肚子都快撑破了。

孙志刚和吴敏买的是上下铺，上车后，孙志刚就让吴敏睡上铺，自己睡下铺。一路上，吴敏话多得停不下来，直到列车熄灯，她还不愿去上铺休息。孙志刚假装生气，说她影响自己和别人休息，她才不情愿地上去，走时还做个鬼脸，嫌弃孙志刚老土。

孙志刚没跟她计较，倒头就睡。

孙志刚对待工作向来认真负责。第二天上午一下火车，他就和吴敏去看了那栋建筑，拍了不少照片。午饭后，吴敏提议去城里几个景点逛逛。孙志刚本想借口去看朋友推辞，可看着吴敏祈求的眼神，又不忍心拒绝。游览景点时，吴敏总是有意无意往他身边靠，爬小山坡时，还趁他不注意挽住了他的手。孙志刚像触电般迅速抽回手。

“老土、老土、老土……”吴敏嘟囔着，不情愿地走到前面。

孙志刚一向节俭，出差从不住星级宾馆，专挑便宜招待所。可找住处时，吴敏坚决不同意，非要住三星级宾馆，还说局里又不差钱，其他人出差都住三星级，回去都能报销，只有他总挑差的。两人出差，孙志刚拗不过她，只好在三星级宾馆开了两间房，吴敏的房间就在他隔壁。

当晚，吴敏又提出要看夜景，还说多看夜景对设计有帮助。孙志刚没办法，只能陪着。看完夜景，她又要去吃夜宵，孙志刚还是得陪着。就这样折腾到十二点多，两人才回房间。回房时，吴敏做着鬼脸，得意地说：“后悔了吧，来不来可由不得你。”

“我都喊你姑奶奶了，算我服了你。”孙志刚苦笑着说道。

“嘿嘿，喊姑奶奶？这还差不多。”吴敏依旧摆出一副胜利者的姿态。

“你呀……”孙志刚心里仍把吴敏当作小孩子，无奈地摇了摇头，走进自己房间。

奔波了一夜，孙志刚回到房间后，洗了个澡便倒头呼呼大睡。

孙志刚刚睡下不久，就接到几个电话，都是三楼按摩室打来的。接连接到几个这样的电话，孙志刚不胜其烦，索性把电话线拔掉了。

孙志刚睡了不知多久，迷迷糊糊中听到有人敲门，似乎还有个女声在急切地说话。

“谁啊？大晚上的敲什么门？”孙志刚睡得正香被吵醒，语气中带着些许不悦。

“是我，宾馆服务员。您隔壁的同事说房间里有老鼠，她很害怕，想请您赶紧过去。”女服务员解释道。

“吴敏房间有老鼠？我和她房间挨着，怎么我的房间没有？”孙志刚心中顿时生疑。

“不对，这年头骗子太多。今晚三楼按摩室已经打了好几个电话，都被我拒绝了，会不会是按摩小姐假扮服务员骗我开门？”孙志刚暗自思忖，迅速穿上睡衣睡裤。

打开门，看到门外站着的确实是服务员，并非三楼按摩小姐，孙志刚这才放下心来。

服务员又重复了一遍叫他开门时说的话。

“行，你先回去吧，我随后就过去。”孙志刚对服务员说道。服务员礼貌地退下了。

服务员一走，孙志刚的思绪又开始飞速运转。

吴敏房间真有老鼠吗？还是另有隐情？若真有老鼠，吴敏一个女孩子，害怕老鼠倒也正常。自己睡觉前关掉了手机，拔掉了电话线，她不找服务员帮忙，还能找谁呢？可要是没有老鼠，那吴敏这葫芦里卖的什么药？唉，吴敏啊吴敏，你一个二十多岁的姑娘，跟我四十多岁的孙志刚开什么玩笑。

但既然服务员都来了，孙志刚虽心存疑虑，可万一吴敏真被老鼠吓到，他也不敢大意。他觉得有必要先给吴敏打个电话，确认一下情况，再决定下一步行动。于是，他把房间里的电话线重新接上，拨通了吴敏的房间电话。

“吴敏，你房间里真有老鼠吗？”电话一响，孙志刚就焦急地问道。

“真的……真的有老鼠，好大一只，现在还在天花板上跑来跑去，吓死我了，吓死我了……”吴敏在电话那头显得语无伦次。

“那……那我马上过去。”孙志刚说道。

“你快点来，快点来……”吴敏在电话里急切地催促着。

此时，孙志刚相信吴敏房间里真有老鼠了。但他还是留了个心眼，把见服务员时穿的睡衣睡裤换下，穿上下午的那身西装，甚至还不忘系上领带。孙志刚觉得，穿着这身衣服去吴敏房间，就算被宾馆服务员看到，也不会引起什么误会。一切准备妥当后，他才去敲吴敏的房门。

“谁呀？”吴敏在房间里轻声问道。

“吴敏，是我。”孙志刚的声音也不大，带着几分拘谨，像是做贼心虚。

门“吱呀”一声开了，孙志刚赶忙闪身进去。

进屋后，孙志刚这才发现，吴敏只穿着一件淡紫色的半透明睡袍，里面淡红色的三角裤隐约可见。更让他窘迫的是，吴敏似乎没戴乳罩，丰满的胸部轮廓若隐若现，随着她的走动微微颤动。孙志刚只觉脸上一阵发烫，心脏“突突”直跳，目光一触及吴敏的胸脯，便赶忙移开。

“吴敏，你……你房间里真有老鼠吗？”孙志刚还是问出了那句话。

“当然有啊，你倒好，把电话线拔掉，我只好让服务员去叫你，你还磨磨蹭蹭半天不来，是怕我吃了你不成？”吴敏半真半假地嗔怪道，话语里带着一丝娇羞。

“我……我……我……”孙志刚窘得说不出话来。

“坐下吧，你看你，哪像个大男人。我叫你来，你就坐下呗。”吴敏继续说道，从她的语气中，听不出丝毫被老鼠吓到的恐惧。

“吴敏，你刚才真被老鼠吓到了？”孙志刚几乎是被吴敏按到了床边坐下，吴敏也紧跟着坐下，双眼紧紧盯着孙志刚，目光中闪烁着异样的光芒。孙志刚感觉自己仿佛要被这目光点燃，心跳愈发急促。他心中涌起一股渴望，但更多的是恐惧。此时，孙志刚仍不确定吴敏是否真被老鼠吓到，不过这似乎已经不重要了，重要的是吴敏的意图已十分明显，他该如何应对。

孙志刚脑海中突然浮现出肖琳的面容，一想到她，不禁打了个寒颤，猛地从吴敏床边站起身来。

“不……不……吴敏，深更半夜的，我们俩单独在一起不太好，我……我还是回去吧。”孙志刚说道。

“你……真要走？我真没想到你会……会这样。”吴敏试图伸手拦住孙志刚，却没能拦住。

“吴敏，我走了。要是还有事，你就给我打电话。”孙志刚顾不上许多，说完便往门外走去。

“你……你……”吴敏还没反应过来，孙志刚已经打开门，离开了她的房间。

回到自己房间，孙志刚的心还在“扑通扑通”狂跳。他一时不知所措，只好躺倒在床上。

一边是吴敏近乎祈求的眼神，一边是肖琳平日里威严的面容，孙志刚在床上辗转反侧，不知如何是好。

不知过了多久，房间里的电话又响了。孙志刚既担心是三楼按摩室打来的，又害怕是吴敏的电话，一时间不敢伸手去接。可电话铃声异常执着，响个不停。孙志刚无奈，只好拿起听筒，果然是吴敏打来的。

“你……你就这么走了？我害怕，你真一点都不担心？”吴敏在电话那头劈头盖脸地质问。

“吴敏，这么晚了，我……我留在你房间不合适。”孙志刚解释道。

“我看错你了，你没良心，一点……爱心都没有。”吴敏说完，便挂断了电话。

孙志刚拿着听筒，呆呆地愣住了。这个吴敏，看她样子，不像是被老鼠吓到；可她说的话又这么强硬，万一她真被老鼠吓得不轻，自己身为一个大男人，却因怕别人说闲话而躲开，是不是太胆小怕事了？孙志刚思来想去，决定再去找宾馆服务员，让服务员陪他一起去吴敏房间，哪怕在那儿坐一整晚也好。

宾馆服务还算周到，总台接到孙志刚的请求后，二话没说，立刻派了一名服务员上来。孙志刚随即给吴敏打了个电话。吴敏一听，先是发火，说不需要他这种假情假意，与其让他带个女服务员来，还不如不来。后来经孙志刚再三解释，说自己实在不方便单独去她房间，吴敏才勉强同意。

吴敏房间有两张床，孙志刚带着女服务员进去后，让女服务员躺在另一张床上，自己则搬来一把椅子坐下。那一晚，吴敏后来没再跟孙志刚说什么，但看得出她也没睡，在床上翻来覆去，床板被压得“吱吱”作响。孙志刚更是一夜未合眼，他盼着能听到吴敏所说的老鼠动静，要是听到了，他一定会迅速出手抓住老鼠，借此展现自己关键时刻的勇敢与果断。可直到天亮，既没见到老鼠，也没听到老鼠的响动，这让孙志刚越发怀疑吴敏所说老鼠之事的真实性。

六

那一晚，成为孙志刚一生中最难忘记的经历。第二天一大早，孙志刚和女服务员起床，跟吴敏打了声招呼，便各自离开了。等到孙志刚和吴敏在餐厅再次碰面时，孙志刚发现吴敏哭过，眼睛红肿，头发也不如往日整齐，整个人仿佛变了模样。

“孙科长，谢谢你昨晚帮忙。”吴敏一见到孙志刚就说道。在孙志刚听来，她的声音生硬，全然没了以往跟自己说话时那种半调侃半撒娇的语气。

“吴敏，唉……吃饭吧，吃完我们好赶路。”孙志刚也不知该跟吴敏说些什么。

“你今天早上见到我，就只想说这两句话？你……你真让我失望。”吴敏接着说道。最后一句话声音很轻，但孙志刚还是听清了。

“……”孙志刚欲言又止，终究什么也没说出来。

返程途中，吴敏和来时判若两人。一上卧铺车厢，她就倒头睡觉，直到列车到站，孙志刚叫醒她，她才起身，眼睛依旧红肿。

孙志刚没想到，那次出差回去没多久，吴敏就以想多学习其他业务为由，向局领导申请调到别的科室，离开了他的办公室。

半年后，吴敏调回老家长春工作。

在调回长春之前，孙志刚曾几次想找吴敏好好聊聊，都被吴敏找各种借口拒绝了。

吴敏回到长春后，孙志刚主动给她写过两封信，问候她的生活，并委婉解释了之前的事情。然而，信件如石沉大海，没有得到任何回应。

孙志刚彻底死心了，他明白吴敏对他成见已深，恐怕这辈子都不会原谅他了。尽管如此，孙志刚内心偶尔还是会想起吴敏，他也清楚，以自己的条件，往后很难再遇到像吴敏这样心仪他的姑娘了。可他终究还是没能迈出那关键一步。

孙志刚从同事口中得知，吴敏回长春后不久就结婚了，丈夫是她儿时的伙伴，也在长春工作。但这段婚姻维持不到两年就以离婚收场，之后，吴敏便独自生活。孙志刚所了解到的吴敏的情况，仅此而已。

关于吴敏那个儿时伙伴，也就是她后来的丈夫，孙志刚在和吴敏一起出差的路上听她提起过。吴敏说，那个伙伴的父亲曾在她家乡当乡长，后来成了长春市的一名市级干部，家境比吴敏家优越许多。可吴敏对那个男人没有感觉，正因如此，她拒绝了男人父亲为她安排的好工作，凭借自己努力考到孙志刚所在的城市工作。孙志刚记得吴敏曾说过，如果她没能在南方这座城市结婚，就只能回到北方，和那个儿时伙伴结婚。

吴敏回到长春后，果然和儿时伙伴结了婚，这在孙志刚意料之中。但他没想到，吴敏和丈夫的婚姻仅维持两年就走到尽头，原因是她丈夫看上了一个从长春考出去的演员，很快发展到谈婚论嫁的地步，便将吴敏抛弃了。

从此，在偌大的长春，吴敏开始了独自一人的生活。

七

时光飞逝，十年转瞬即逝。年过五十的孙志刚，在前年好不容易才晋升为副调研员，算是成为一名副处级干部。

回想十年前，刚过四十的孙志刚，内心还涌动着些许激情，偶尔也会有些不安分的想法。但这十年来，生活的磨砺早已将他的棱角消磨殆尽，他变得随波逐流，对工作和生活都没了太多追求。孙志刚变得慵懒，懒得和任何人联系。

失去激情的孙志刚，就这样平静地生活着。他的女儿前年大学毕业，被分配到沿海一座城市工作。他和妻子肖琳的关系，依旧不冷不热、不亲不疏。

十年来，再没有人像吴敏那样走进他的生活。孙志刚觉得，这辈子恐怕也不会再有这样的人出现了。

他心想，就让生活这样平静地流逝吧，就让吴敏彻底将他遗忘。他觉得自己不过是个平凡、庸俗，甚至有些怯懦的人。

然而，他万万没想到，吴敏的生活会遭遇如此巨大的波折，更没想到年纪轻轻的吴敏竟会身患绝症。

于兰告诉孙志刚，其实吴敏三年前就查出了这种病，期间多次跟她提起，想让她告知孙志刚，可吴敏始终不同意。直到这次病情实在无法拖延，才让她给孙志刚打电话。

"吴敏，我对不起你，真的对不起！我没想到会是这样，你这傻孩子，太傻了……"孙志刚抱着已经离世的吴敏，痛哭流涕，喃喃自语。

八

从长春回来后，孙志刚变得愈发沉默寡言。

尽管孙志刚一直努力维护和肖琳的婚姻，可从长春回来三个月后，肖琳还是提出了离婚。原因是肖琳的一位中学同学从美国回到了他们所在的城市。这位同学中学时就追求过肖琳，当时被她拒绝了。后来，同学去了美国，和一位华侨的女儿结了婚。再后来，华侨女儿出轨他人，离他而去。肖琳的这位同学虽在美国赚了些钱，但随着年龄增长，难以忍受异国他乡的孤独，最终回到了家乡，恰好与肖琳重逢。虽说两人都已年过半百，可还是很快擦出了爱情的火花。

肖琳此时提出离婚，让孙志刚有些意外。但出乎肖琳意料的是，孙志刚没怎么犹豫就同意了。

孙志刚内心早已疲惫不堪，他不想也不愿再和肖琳过多纠缠。

两个女人先后离他而去，孙志刚却觉得内心平静了许多。

两年后，孙志刚向市规划局申请提前办理了退休手续。退休后，他做出了一个让旁人难以理解的决定：卖掉和肖琳离婚时分得的房子，在长春购置了一套新房，而且选在了离吴敏安息之地不远的地方。

来到长春生活后，孙志刚几乎每天都会去吴敏的墓地走走。每次去，他都会把吴敏写给他的纸条拿出来看看，看完后，总是泪流满面。

孙志刚知道，吴敏再也看不见他的眼泪，听不到他的声音了。但他还是决定，就这样一直陪伴在吴敏身边。

“唉，吴敏，你这孩子，怎么这么傻啊！”在吴敏的墓前，孙志刚常常轻声自语，旁人却听不懂他在说什么……

怀念小黑

我早就想写一篇怀念小黑的文章了，为的是那一双已在我的脑海中晃动多年、直逼我心灵的黑眼睛。

小黑是一条狗，一条有灵性、有感情的狗。

我和小黑的初次相遇，是二十五年前的那个冬天。

那个冬天没有降雪，却是我生命中最寒冷的一个冬天——我的母亲永远离我而去了。母亲去世后，我和妹妹跟随父亲住进了他所在的农场，姐姐则被远在株洲的叔叔接走。一个原本完整的家，就此支离破碎。

那时我年仅九岁。母亲的离世，给我幼小的心灵带来了极大的创伤。父亲所在的农场以养鸡为主，场里大多是从城里下乡的知识青年。小孩除了我和妹妹，还有副场长林叔叔的女儿。她与我年龄相仿，但因为林叔叔在农场有一定职位，加之当时男女界限分明，尽管妹妹很快和她玩到一起，我却始终与她保持距离。

那个冬天，我成了一个孤独的孩子，幼小的心灵迫切需要慰藉。

就在那时，小黑走进了我的生活。

记得那天临近黄昏，我在屋外的操场闲逛，突然看见一条母狗带着几只小狗在操场边徘徊。母狗通体乌黑，几只小狗也都是一身黑毛。它们的出现，像一道黑色的光，划破了我孤寂的内心。我瞬间决定：赶走母狗，留下一只小狗。

我随手捡起一块石头朝母狗扔去，石头砸中了它的左后腿。母狗痛得大叫一声，因身处陌生环境，它不敢与我对抗，拖着受伤的腿匆匆逃走。几只小狗见状也跟着逃窜，我快步上前，一把抓住了落在最后的那只小黑狗。

母狗发现小狗被抓，想要折返施救。我抱着小狗，装作捡石头的样子，吓得它再次逃离，再不敢回头。等狗妈妈带着其他小狗走远，我才开始打量怀中的小黑狗。它毛发乌黑发亮，身形小巧，那时大概只有一斤多重，毛发刚刚长齐。因为刚离开母亲，它在我手中拼命挣扎、大声叫唤，稚嫩的叫声里满是不安。我决定收养它，却不知父亲会不会同意。当我忐忑地抱着小黑狗回家，向父亲讲述事情经过后，没想到平时脾气暴躁的他并未责备我，只是说："这小狗怕刚满月，你要养就好好养。"父亲的应允让我喜出望外，我立刻和妹妹在屋后墙边用砖头搭了个小窝，铺上稻草，把小黑狗放了进去。妹妹提议给它取个名字，我脱口而出："就叫小黑吧。"妹妹连连叫好。当晚，我们特意用猪油炒了一碗饭，还加了个鸡蛋给小黑吃。

小黑被我留下后，它的妈妈来找过几次。每次，小黑和妈妈都隔着一段距离相互叫唤，而我总是用石头驱赶母狗。几次之后，母狗见营救无望，便不再来了。从此，小黑成了我的好朋友。

我们都是失去母亲的"孩子"，不同的是，我的母亲因病离世，而小黑的母亲是被我强行赶走的。

有了小黑，我的生活不再如一潭死水。起初几天，小黑因思念母亲，叫个不停，有时嗓子都喊哑了还在叫，对我不理不睬，也不怎么进食。可连续叫了几天后，它似乎接受了现实，开始用审视的目光打量我。说实话，听到它的叫声，我也曾心软，想把它送回母亲身边。作为一个同样失去母亲的孩子，我理解它的痛苦。但那时的我太过孤单，实在舍不得刚得到的小黑。所以，当它注视我时，我总是尽力露出和善的表情，轻轻梳理它的毛发，希望能让它放下戒备。或许是环境所迫，或许是感受到了我的善意，小黑渐渐对我友好起来，开始大口吃饭喝水，我梳理它毛发时，它还会摇起尾巴。

小黑适应环境后，长得很快。三个月过去，体重已有十多斤。为了让它见见世面，我决定带它外出。但我不太放心，就用铁丝做了条链子套在它脖子上。第一次带它走出农场围墙时，它兴奋极了，尾巴不停地摆动，走路一蹦一跳，还几次扑到我身上。小黑生性向往自由，外出几次后，它开始抗拒铁链，每次我带它出去，它都不停地扭动身体，使劲咬链子。虽然它不会说话，但它的意图早已通过动作表达得明明白白。我理解它的心情，在它挣扎几次后，我说："小黑，我放开你，但你不许跑。"随后解开了铁链。小黑一边摇尾巴，一边发出"咕、咕、咕"的声音，仿佛在回应"好、好、好"。

果然，放开小黑后，它依然紧紧跟着我，即便偶尔离开，也很快就会回来。

到农场不久，我和妹妹就在附近小学上学。小学离农场不远，渐渐地，我在周边结识了一些朋友，他们都很羡慕我有小黑，常常来农场逗它玩。其中有个叫李小高的男孩，比我小三四岁，他家住在农场对面的村子，与农场隔着田垄。在新交的朋友里，我和李小高玩得最好。他想找我玩，就在家门口喊："阳小兵，过来玩咯。"我想找他，就在围墙门口喊："李小高，过来玩啰。"

小黑见证了我和李小高的友谊，也成了我们共同的好朋友。有时我们隔着田垄对喊，小黑就会在两边来回奔跑，充当信使。我们还常和小黑玩登山游戏，跑到农场附近两百多米高的雨母山下，站在同一起跑线，喊着"各就各位，跑"，然后一同向山顶进发。大多数时候，小黑都是第一个登顶。等我和李小高气喘吁吁地爬上去，它就会兴奋地在我们身上跳来跳去，那得意的模样，让我常常忘记它是条狗，只当它是和我们一样的伙伴。

小学毕业后，我要转校读初中了。

初中学校离农场不算远，但要求住校，父亲也觉得这样能省去不少麻烦，便同意我住校。要离开农场了，我放心不下小黑，就把照顾它的事托付给还在上小学的妹妹。每个周日下午去学校前，我都会给小黑准备好多好吃的，恨不得让它把一周的食物都吃完。小黑也变得格外懂事，每次我去学校，它都一路把我送到校门口，到了学校还要亲昵好一阵，在我的再三催促下才依依不舍地离开。而每个周五下午放学，我一出校门，总能看到小黑摇着尾巴等在回家的路上。它像久别重逢的老友，激动得毛发乱颤，围着我又蹦又跳。我至今都不明白，它远在数里之外，是如何准确知道我放学时间的？难道人与动物之间真的存在某种神秘的心灵感应？

小黑不仅是我难以割舍的好朋友，在某种程度上，更成了我生命的一部分。那时，我连做梦都会梦到和它在一起。在我心里，甚至期盼能和它相伴一生。

然而，天有不测风云。初二上学期的那个冬天，我十三岁，厄运和阴谋降临到了小黑身上。更让我悔恨终生的是，我不仅默许了这个阴谋，还成了参与者之一。

那年冬天，城里兴起吃狗肉的风气，乡里狗肉价格随之暴涨，狗皮价格也水涨船高。一时间，农场附近人家养的狗几乎被打光，很多人靠卖狗赚了一笔钱。家养的狗没了，一些人便开始打其他狗的主意。路上的每一条狗都危机四伏，随时可能掉进陷阱。我曾亲眼看见一条狗被一块看似鲜美的猪肉吸引，咬上去却触发了自制土炸弹。意识到小黑的危险，我重新给它做了条铁链，整日把它拴在窝里。

即便如此，危险还是来了。

记得那是寒假刚开始不久的一个上午，李小高的哥哥李小福突然来到农场。他是手扶拖拉机手，常帮农场拉货，和父亲也很熟。那天他来拉货，车到后先到我家喝茶。小黑常去李小高家，李小福对它也不陌生。可那天他见到小黑时，眼神突然一亮，自言自语道："这小黑越来越胖了，怕有四五十斤，是条好狗。"

听到这话，我立刻警觉起来，赶忙站到他面前挡住他的视线。

“哈，阳小兵，这狗干脆让我早点打掉算了，不然也会被别人打掉。”他果然打起了小黑的主意。

“不行，小黑是我的好朋友，谁都不许打。”我态度坚决，没有丝毫商量的余地。

“嘿嘿，我不跟你说了，我去跟你爹说。”李小福不再多言，转身去找父亲。父亲向来不愿得罪人，加上我和妹妹年纪小，又考虑到李小福在周边村子有些威望，一开始虽不同意，但经不住李小福劝说，很快就动摇了。他跟着李小福走过来，劝我：“他要打，你就让他打吧，反正是条狗，迟早都要死的。我们再养一条不就行了。”父亲的语气，已然和李小福如出一辙。

我依然坚持：“小黑是我养的，我说了不准打！”

见我态度强硬，李小福又换了软招。他让李小高来劝我。我知道李小高的来意，话没听完就拒绝了。李小高碰了钉子，没过多久又哭着来了：“我哥说你要是还不同意，就再也不让我跟你玩了。”说着，眼泪夺眶而出。

这一招直击我的软肋。李小福清楚，我是在母亲去世后来到农场的，也知道李小高是我在这儿最好的朋友。这意味着，我必须在李小高和小黑之间做出选择。一边是李小高含泪的恳求，一边是小黑可怜巴巴的眼神，年幼的我从未面临过如此艰难的抉择。

我确实需要李小高这个朋友，也离不开小黑。

为了再争取一下，我决定去李小高家，试探李小福的态度。这次，我没带小黑。

“小兵呀，我还以为你把小黑牵过来了呢。听我一句，你们家小黑我不打，也很快会被别人打死，根本保不住。”李小福的话，让我明白他非要打掉小黑不可，也证实了李小高没有骗我。

在确定要打掉小黑的前提下，李小福给了我两个选择：一是我和李小高把小黑牵到他家，他打完后，开春再找一条同样乌黑的小狗给我；二是他到农场来打，那样就什么都不给，还威胁说如果我不答应，就不让李小高和我来往。

我知道，小黑终究是保不住了。

为了不失去李小高这个朋友，也为了那只承诺的小狗，犹豫再三后，我勉强同意和李小高把小黑牵到他家。

李小高很快跟我回了家。父亲不在，小黑见到我们，欢快地摇着尾巴，丝毫没察觉到即将降临的厄运。当我和李小高解开它的铁链交给李小高时，它还以为终于自由了，摇尾巴摇得更欢了。可我的心里满是痛苦，刚把铁链交出去，又一把夺回来："还是不要打小黑了。"

"那怎么行啊？我哥还等着呢。"李小高说。

"不，不能打了，我舍不得我的小黑！"我攥着铁链，声音哽咽。

小黑依旧没看出异常，在我和李小高之间来回打转，一会儿扯扯我的裤腿，一会儿扯扯李小高的裤腿。没想到，这时李小福突然赶到。见我反悔，他一把夺过铁链，生气地说："阳小兵，你怎么这样？说好了把小黑牵过去，我那边都准备好了，等了这么久还不见狗。"小黑落到李小福手里，我知道再说什么都没用了，泪水夺眶而出。

这时，小黑终于察觉到危险，拼命挣扎着往我这边跑。

"李小高，我们走。"李小福怕再生变故，牵着小黑快步往家走。

我呆立原地，不知所措。过了好一会儿，才跟着往李小高家走去。

一路上，小黑多次挣扎着想要往回跑，可李小福紧紧攥着铁链，它根本挣脱不了。快到李小高家时，小黑看到我跟了上来，挣扎得更厉害了，一边挣扎一边大声叫唤。

"小福哥，还是把小黑放了吧，我舍不得它！"我哭着哀求道。

"都牵到这儿了，哪有放回去的道理？"李小福态度坚决，毫无商量余地。

小黑不停地叫着，用凄惨、无助又绝望的眼神望着我，仿佛在说："我跟了你这么多年，救救我吧，只有你能救我了！"我想冲过去抢回铁链，却被李小福一把推倒在地。等我爬起来，他已经把小黑牵进了厨房。小黑大概也知道大难临头，不再挣扎，只是用那双充满无助与绝望的眼睛，死死地盯着我。

李小福一进厨房，就开始宰杀小黑。我原以为他说的“打掉”是用锄头或刀，没想到他竟打算用绳索勒死小黑，说是这样能让血渗进肉里，肉会更美味。事已至此，我无能为力，只能眼睁睁看着。

我知道，这是我和小黑诀别的时刻。我看到它眼角滑落的泪水，知道它也舍不得离开。趁李小福还没动手，我再次跑到小黑身边，蹲下身，最后一次抚摸它的毛发。

“小福哥哥，别杀它了！”我明知无用，还是做了最后的恳求。

李小福不再理会我，开始按计划动手。只见他迅速解开小黑脖子上的铁链，用一截黄色电线绕了上去。我不忍再看，捂着眼睛跑出了厨房。李小高则留在里面，给哥哥帮忙。

后来李小高告诉我，我离开后，小黑不知哪来的力气，竟挣脱了李小福的手，朝我跑的方向冲来。可惜李小福动作太快，又把它抓了回去。

离开厨房后，我像被抽走了灵魂，呆呆地站在那里。我能想象到，电线在小黑脖子上越勒越紧，它绝望地挣扎，那双眼睛始终望着我离开的方向，盼着我能回去救它。可我就站在隔壁，终究没有勇气再冲进厨房。

小黑就这样走了，睁着那双乌黑的眼睛，绝望地离开了这个世界。我想，它到死都不明白，为什么熟悉的人要夺走它的生命；更不会知道，我作为它的主人，不仅没能保护它，还默许了这场阴谋。自那以后，那双眼睛虽然在现实中消失了，却永远留在了我的心里。每当想起，那眼神里满是无助、绝望，更多的是对我的鄙视、审视，仿佛燃烧着满腔怒火……我怎么也忘不掉。

第二年开春，李小福信守承诺，让李小高送来了一只毛色和小黑一样乌黑的小狗。可我已无心养狗，当场让李小高把小狗带了回去。

从那以后，我再也没养过狗。

时光飞逝，小黑离开这个世界一晃二十多年了。它走后的第五年，我的童年好友李小高也因病离世。至此，自母亲去世后，我生命中最重要的两个伙伴——小黑和李小高，都离我而去。又过了两年，我们全家也离开了农场。

听说，我们离开不久，农场就卖给了衡阳市的一家钢管厂，曾经住过的房子也全部改建。即便小黑泉下有知，恐怕也找不到我为它搭建的小窝了。

我总觉得亏欠小黑太多太多。是我在它年幼时，剥夺了它享受母爱的权利；又是我在它信任我时，眼睁睁看着别人夺走它的生命。长大后，读顾城的诗“黑夜给了我一双黑色的眼睛，我却用它去寻找光明”，我总觉得诗里写的那双黑眼睛，就是小黑的眼睛。它用那双眼睛在人间寻找光明与真爱，得到的却是阴谋、欺骗、背叛和暴力。后来看到达芬奇的名画《最后的晚餐》，那句“你们中间有人出卖了我”，总让我感到无比羞愧，仿佛这话就是对我说的。

如今，这个世上已经很少有人记得小黑——那条全身乌黑、漂亮又聪明的狗了。但我会永远记得它，记得我对它的爱，记得它给我的温暖，也永远不会忘记这份无法释怀的悔恨。